本书为广东外语外贸大学外国文学文化研究中心研究成果，获广东省“211 工程”三期重点学科建设项目“人文学中心建设——比较文化视野的文学通化研究”经费资助

本书为教育部 2011 年度人文社科青年基金“波伏瓦与张爱玲之比较研究——基于女性观的视角”（编号：11YJC752039）课题的最终成果

人文学丛书

人文学丛书 第三辑

主编 栾栋

跨越空间的对话

波伏娃与张爱玲文学的女性意识之比较研究

张向荣 著

暨南大學出版社
JINAN UNIVERSITY PRESS

中国·广州

图书在版编目（CIP）数据

跨越空间的对话：波伏娃与张爱玲文学的女性意识之比较研究/张向荣著. —广州：暨南大学出版社，2013.6
（人文学丛书·第三辑）
ISBN 978－7－5668－0736－6

Ⅰ.①跨… Ⅱ.①张… Ⅲ.①波伏娃，S. D.（1908—1986）—妇女文学—文学研究②张爱玲（1920—1995）—妇女文学—文学研究 Ⅳ.①I565.065

中国版本图书馆 CIP 数据核字（2013）第 200422 号

………………………………………………………………………………

跨越空间的对话：波伏娃与张爱玲文学的女性意识之比较研究
著　　者：张向荣

丛书策划：史小军
责任编辑：黄少君
责任校对：卢凯婷　刘　璇

地　　址：中国广州暨南大学
电　　话：总编室（8620）85221601
　　　　　营销部（8620）85225284　85228291　85228292（邮购）
传　　真：（8620）85221583（办公室）　85223774（营销部）
邮　　编：510630
网　　址：http：//www.jnupress.com　http：//press.jnu.edu.cn
排　　版：广州市天河星辰文化发展部照排中心
印　　刷：佛山市浩文彩色印刷有限公司
开　　本：787mm×960mm　1/16
印　　张：15
字　　数：247 千
版　　次：2013 年 6 月第 1 版
印　　次：2013 年 6 月第 1 次
定　　价：32.80 元

总　序

栾　栋

克服“单面人”生产和突破“块垒式”教学，探索宽基础、大口径、深层次培养通识通才的途径，是世界所有高校的重大难题，也是广东省建设文教大省不可回避的关隘之一。从2003年12月起，我们以省普通高校人文社会科学重点研究基地外国文学文化研究中心为依托，进行了集约性融通的尝试，一系列成果聚焦于“人文学中心建设——比较文化视野的文学通化研究”。2008年底，我们以此为题，获省“211工程”三期重点学科建设项目立项，一个融通人文学科的核心实践在广东外语外贸大学拉开序幕。2012年底，该工程经省发改委、教育厅、财政厅组织专家审核，顺利通过验收，这一项“从无到有的创制”首战告捷。

何谓人文学？从学科脉络上讲，她是研究文史哲互根的学问；从学术本质上看，她是求索中西学融会的艺术；从学理辐射而论，她是探讨教科文贯通的方略；从学丛变数展望，她是文科大类场域趋通的津渡。我们将之作为文学化感通变的“核心加速器”，从“比较文化视野”多向度运作，以推动中外语言文学的通化性研究。这是我们创新团队数十年的精心设计，是我校长期师资建设和学术积累的集成绽放，是我校的比较文学在本科、硕士、博士学位授权点和博士后流动站配套后的新拓展，尤其是我校作为省属涉外型重点大学对“明德尚行，学贯中西”校训的认真践履。

“人文学中心”是广东省文科基地（外国文学文化研究中心）重点项目建设的一个工作站。本中心面向海内外招聘学术带头人和教研骨干，大力推动国内外同行间的多向交流，旨在打破近代以来人文领域分科治学人为分界的局限，同时坚守合理的规则，以具有长远规划、长期积累和趋向性影响的重大项目实施，带动人文主干学科的多面建设。

从省文科基地已经完成的“人文学研究”成果和全校人文力量的整合情况来看，以“人文学中心建设——比较文化视野的文学通化研究”为题，全面推进省“211 工程”三期重点学科建设项目的效率日益加强。广东外语外贸大学的人文人为学校、全省和全国高教界践履这一历史使命作出了突出的成绩。这个工程已经如期结项，然而其积极的成果还在源源不断地涌现，科研成果的实践性转化也在与时俱进地展开。

本团队积极进行中外语言文学的教研改革，力求在人文学探索上有较大的突破，把中心建成教学科研、学术交流和资料信息的综合平台，努力实现省内领先、国内出色的目标，扩大在国际学术界的知名度。增强实力，协调运作，承担对本学科发展具有中长期导向作用的重大课题，使本中心成为国内外有一定影响力的人文学高层次人才培养基地和文史哲通化研究的资料中心。

“人文学丛书”是“人文学中心”建设的一个信息窗口，她将本项目的水平标高展现给社会。“人文学丛书”也是“文学通化研究”的一个交流平台，她把本团队融贯文史哲和勾兑中西学的成败利钝呈现出来，与学界同仁品鉴。这套丛书包含三个方面的内容，其一是人文学原理与方法探要，其二是中外文史通义问题求索，其三是中外文学通化现象研究。毋庸讳言，这样一套丛书的编著，连同上述“人文学中心”建设的重大任务，都属于既“吃螃蟹”又“尝蜘蛛”的艰险行动。但是全球化的历史潮流迫使我们斗胆进取，面对国际教科文演变的一道难题，中国的人文学者总得交出自己的答卷。

“人文学丛书”第一辑的10部著作已于2011年问世，第二辑10部著作在2012年出版发行。第三辑即本系列15部著作整装待发。本辑的第一本是张进教授的《历史诗学通论》。“历史诗学”问题是一个跨越学科语际和时代国别界限的理论和实践问题，关系到当前文艺发展的命脉和全局，但目前尚没有一部打通如上界限的“通论”性质的专题著述。《历史诗学通论》旨在打通学科界限、时代界限和国别界限，对古今中外的“历史诗学”思想资源进行综合比较和通化研究。在文学与史学相贯通的基础上，打通人学与史学、文本学和审美学之间的学科壁垒，对论题展开科际整合研究；在综合古今相关思想资料的基础上，通过历史诗学形态的历史比较研究，揭示其历史演替和范式转换的过程；在跨越国别语际界限的意义上，对中国、英美和俄苏的历史诗学作宏观统照，通过对相关思想的文化比较研究，阐发历史诗学的思想内涵和多重取向，进而实现对历史诗学问题向心式挖掘与横向性贯通相统一的研究目标。在综合比较基础上的通论研究和通化研究是本书的基本特色。

第二本是张进教授的《新历史主义文艺思潮通论》。新历史主义是20世纪70年代末期以来崛起于英美等国的一种跨学科、超国界、多流派的文艺文化批评运动。80年代末，这一“外生”批评运动与中国文艺文化领域“内生原发”的历史文学书写活动策应互动，渐次演变成一种声势浩大的新历史主义文艺思潮，至今仍方兴未艾。它所提出的问题涉及历史哲学观念和历史理性精神的价值取向，关乎文艺文化发展的命脉和全局。本书在当代世界文论和国内文艺的实践背景上，通过对历史文学、历史转向和新历史主义及其间复杂关系的具体研究，以及历史哲学、批评流派与创作实践之间的对勘互证，全方位、立体式地考察这一思潮的精神风貌、思想谱系、文学观念、创作实践、批评探索和价值效应等问题，探索历史理性与人文精神、诗性智慧与历史逻辑的深层对话和整合会通的可能途径，规范和引导历史文学的理论与实践，推动新历史主义文艺思潮在中国文化传承创新过程中发挥出更大的正能量。全方位的会通研究是本书在内容和方法上的主要特色。

第三本是冯晓莉老师的《人文通识教育新论》。人文通识早先被理解为对一般人文知识的撷取。20世纪末叶，人文精神的讨论将之推进到人文思想的层面，近十多年渐次成为国内外高校教育改革和教学研究的重要内容。本书以“人文学”研究为主脉，以当前中国高校的通识教育改革为切入点，全面而深入地探讨了人文通识教育的关键问题，包括人文通识教育的人文学内涵、中西方人文通识教育的历史渊源、外语类大学人文通识教育的实践经验、全球化背景下加强人文通识教育的现实意义等方面。本书内容分为三大部分，共十二章。三大板块分别聚焦于人文通识教育的历史演变、人文通识教育的案例分析、人文通识教育的多向突围。其中关于广东外语外贸大学人文学建设的跟踪研究，可谓人文学前沿的实录和通识教育创新的亮点。

第四本是李安博士的《乔叟文学思想研究》。杰弗里·乔叟（Geoffrey Chaucer，约1343—1400）是中世纪向文艺复兴转变时期的文学翘楚，是英国文学史上里程碑式的人物。他在英语文学中的历史地位，一如但丁之于意大利文学。面对法、意文化的碰撞和思想新潮的冲击，乔叟可谓第一个自觉用本民族语言进行创作的英国作家。乔叟在西方世界很受关注，相关研究颇为活跃。国内的兴趣点主要集中于《坎特伯雷故事集》和《特罗勒斯与克丽西德》两部作品。再早一点的作品几乎被学界忽略。本书作者力求全面观照乔叟的文学思想，将其早期诗歌和后来的作品作整体理解，不仅深入释读《公爵夫人之书》、《声誉之宫》、《百鸟议会》，而且细致剖析作家同期短诗和法语文本《玫瑰传奇》的翻译活动。从意气风发的王室家臣到沉郁顿挫的海关税收官，乔叟经历了始而高举理想、继则怀疑迷惘、最终重立信念的过程。《乔叟文学思想研究》生动地再现了诗人在基督教传统和人文主义过渡中的矛盾性格，扼要地勾勒出了他在贵族阶层理想与历史批判眼光之间的取舍过程。乔叟的诗作曾借女神立言："因此我——自然女神——宣判，我不会撒谎；/我不会对任何阶层有所偏袒。"李安博士赞赏诗人博大的胸怀和对新世界的憧憬，其知人论世的严谨治学和以意逆志的诗学情采，都为本书增色不少。

第五本是陈穗湘教授的《莫里哀戏剧话轮研究》。作者从莫里哀戏剧的对话话语层面，尤其是话轮交替层面突显实现人际意义的语言手段，揭示语言手段所折射出来的社会层面的人际意义。本书的核心是人物的社会身份决定人物采用的语言手段以及非语言手段，譬如：手势语、肢体语言（非语言手段由剧作家对演员的演出指示。反之，语言手段的选择反映人物身份以及社会地位，换言之，人物语言特征取决于人物的社会地位）。本书着重分析了权势者和弱势者人物的语言特征，聚焦于两组人物的对话：主人与仆人、父亲与孩子。莫氏戏剧中的主人和父亲代表权势者，而仆人和孩子象征弱势群体。主仆呈对立关系，主人主宰仆人，仆人唯有服从主人。观察这两组人物采用的语言策略，人物的性格特征也可见一斑。

第六本是袁兆文博士的研究成果——《〈恶之花〉及其现代性研究》。自《恶之花》问世以来，层出不穷的研究大都集中在诗学角度，本书作者重点关注"诗"与"思"融通视域下的思想文化特征。循《恶之花》由诗向思的推进，本研究揭示了波德莱尔精神世界的纠结，揭示了诗人所展现的悖谬的现代性样态，揭示了启蒙现代性与审美现代性的矛盾冲突。作者给我们勾勒出了波德莱尔症结的历史看点，即现代社会深层的现代性焦虑。正如栾栋所言：“波氏诗作和波氏焦虑是互为表里的同一个文化现象，其中隐含着现代性张力，昭显出现代性历史阵痛在‘这一个’作者身上的种种表现。美与丑交织，美与恶同源，美与资本勾结，美与进步错位。《恶之花》的发表象征了审丑的崛起，同时提出了审恶的话题。这本书是思想文化演变的重要节点。而且，《恶之花》引出的审丑论为矫治审美贵族化倾向作出了深一层的解说；《恶之花》体现的应和论为万物相似性作出了神秘性的诠释。”概言之，《恶之花》是人类文明史上的奇葩，在意识上是审丑文艺的生发和扬厉，在创作上是象征方法的凝练和凸显，在思想上是现代主义的溃疡和痼疾，在文化上是自由情感的红杏出墙，在心理上是欲念根底的沉渣泛起，在人性上是精神提升的反面推力。袁兆文的《恶之花》在这些方面有明显的突破，其深度和创新程度值得学界关注。

第七本是杨劼博士的《白璧德人文思想研究》。这本著作借鉴栾栋先生人文学思想中的“檃栝理论”，从“文史哲互根”和多元文化涵养通和的思路，深入地论述了白璧德学说的核心思想。白璧德非常关注现代社会分裂人格的问题，提倡内在超越的生命哲学，主张以“人之法则”克制“物之法则”的僭越，并且殚精竭虑地推进二者的调和。他借鉴东方体验、省思的方法，洞察内在超越的生命根源。其“更高意志”是“知性直觉”所感悟到的始源事实，也是一种超越庸常的“道德想象”。在美国崛起的时代背景下，白璧德的人文构设有引领美国和世界文化的理论诉求，其思想有着和平的人文旨归。万物相檃栝，宇宙本超然。作者把工具理性纳入人文理性之中观照，对白璧德学说的研究，多了几分多元文化生态的意味，增加了许多现实性的考量。从这个角度重新审视“五四”学人和“五四”文化，对当今中国梦的构建无疑具有积极的作用。

第八本是雷晓敏博士的《苦闷文学反思——以厨川白村与鲁迅为枢纽》。厨川白村与鲁迅都是各自民族的脊梁，也都是人类文学文化的翘楚。他们在文学本质及其功能问题上有着惊人的吻合。本书从两位思想家的内在联系和时代背景等方面爬梳剔抉，深层次地解读了中日文化交流中这一奇特的“共鸣”现象。作者从《苦闷的象征》中挖掘出了厨川白村隐性的思想源头，即他对马克思主义部分元素的吸收。将苦闷问题与命运问题、人文精神问题统合圆观，特别是把这些问题与厨川白村和鲁迅的多舛人生以及艰难的奋斗经历交叉互证，新见迭出，妙趣横生。值得称道的还有文学理论方面的多元探索。从模仿说、实证说、象征说一直到檗栝思想，作者对文艺理论的钻研可谓锲而不舍，如剥笋，似观澜，又像登山，给读者展现的是丰富多彩的学术进路。读者或可从中领悟到这样的看点："文学是'为人生'活动的写照，文学也是'非人生'事物的提炼，在出生入死和钩深致远的意义上，文学是多面神，是九头怪，是星云曲。人类不可无文学，因为她是想象的摇篮；文学不能弃人类，因为人类是文学的真正的载体。"（栾栋语）本书或可为一记佐证。

第九本是张平功教授主编的《全球化与文化身份认同》。国内外学术界对全球化与身份的研究方兴未艾。本书旨在介绍全球化与文化身份的基本理论，呈现该理论在中国语境下的接受和发展趋势，内容包括全球化的形成及其后果，针对全球化与文化传播、多元文化主义、大众文化研究、海外流散文学、文化形象建构、中国影视、传统医学、休闲方式以及"迪斯尼化"等方面的问题展开了细致分析。与此同时，在充分吸收国内外现有分割式研究成果的基础上，也对全球化与文化身份认同的理论和实践进行了综合探讨。本书深入浅出、言简意赅地揭示了全球化与身份研究的超领域和跨学科性质。一方面可以适应专业课及通识课的教学参考之需，另一方面也希望为那些对全球化和身份研究感兴趣的读者提供具有一定纵深性和广延性的著作，为全球化多角度的文化释读提供新的可能。

第十本是裴云博士的《波德里亚理论及其在中国的传播》。波德里亚是西方后现代主义的代表人物之一。他的学说在欧美广为传播，进入21世纪之后，其文化生产与消费的思想引起了更多领域的关注，诸如文化的符号特征、爆裂方式、虚拟生成、替代关系等方面的见解，在国际学术界内外都有所反响。波德里亚理论在20世纪末叶逐渐传入中国。国内学者对他的思想有研究，但是深度和广度都有待发展。作者认为，我国正处于大力发展文化创意产业的起步阶段，波德里亚对符号政治经济学的批判、拟像与拟真学说、象征性交换理论，对我国发展文化产业具有重要的启示作用和借鉴价值。该书系统地梳理了波德里亚理论在中国传播的过程和本土化情况，对其思想内涵和学术特点有深入的发掘，为学界深入研究提供了很好的基点。借他山之石以攻玉，研究波德里亚可为中国如何实现现代化寻找更多的参考点。就思想文化的互动性而言，本书也是一个有意义的个案研究，读者或可从中披阅出20世纪中西方文化交流的新特点。

第十一本是张向荣博士的《跨越空间的对话——波伏娃与张爱玲文学的女性意识之比较研究》。本文主要对法国的西蒙娜·德·波伏娃和中国作家张爱玲进行比较研究。波伏娃与张爱玲作为不同文化背景下的女性文学典范，让人看到“作家即文化演变的产儿”这一历史真言。阐释二者独特的文学思想是本书的思想进路。作者对波伏娃和张爱玲文学中的女性意识进行了系统的分析，揭示了波伏娃概念化的、超越性的女性意识，比对了张爱玲作品作为女性命运的“苍凉”注脚的意蕴。在整个文明发展史上，女性是弱性，波伏娃称之为“第二性”。社会实际往往把女性当异类，对于这一点，波伏娃的理论解析颇为深刻，其小说创作则比较概念化。张爱玲与之相反，她的理论思考很少，但是文学作品却入骨三分，对女性的不幸遭遇有许多穿透历史谎言的真切描述。张氏作品不啻女性悲惨命运史和女性被歪曲历史的矫正史。可以再补一句，张爱玲一生的经历和结局，本身就是女性特别是中国女性命运的一个缩影。张向荣博士对波伏娃和张爱玲均有深切的理解，对女性的生存和尊严有多方面的探讨，对当今世界的拜物倾向和精神空虚问题有认真的思考，这些研究都是很有现实意义的文学观照。

第十二本是马利红的译著《副文学导论》。这本书的法文作者是达尼埃尔·库埃尼亚斯（Daniel Couégnas）。作者以质疑副文学既定的身份属性为出发点，分别从副文学作品中的重复形式、参照错觉、意义解读、主导性叙述和人物分类五大方面对副文学作品进行了详细的诗学分析，通过“副文学模式”和“副文学标准”的建构，深层探讨了副文学性和副文学话语存在的逻辑前提，论证了副文学品种及其样态的必然性与合理性。就其学术特色而言，《副文学导论》是第一部从诗学的角度观照副文学现象及其作品的法文著作。这部著作首次提出了诸如“副文学模式”和“副文学标准”等比较新颖的原创性文学批评观点。该书的翻译旨在向广大的汉语读者提供完整的译本，推动国内学界对法国副文学理论的研究。翻译者马利红是广东外语外贸大学培养的文学博士，研究方向为法国文学与比较文学。她目前是暨南大学外国语学院副教授、广东外语外贸大学外国文学文化研究中心兼职研究员，在“人文学丛书”第一辑出版有专著《法国副文学学派研究》。这本《副文学导论》译著和马利红研究法国副文学思想的专著，是目前国内外国文学思潮研究的一个新动态，即栾栋所说的“文学他化于烈为今”，“文学非文学于今为烈”。马利红的译介和研究印证了这一文学变数。这些成果对我国的外国文学研究和广义的文学批评都将产生积极的影响。

第十三、十四两本书是马歌东教授编选、校点的《日本诗话二十种》（上、下卷）。日本大正九至十一年（1920—1922）相继出版了日本唯一的诗话总集“日本诗话丛书”全十卷，共收载日本诗话59种，其中和文诗话29种，汉文诗话30种，本书从其汉文诗话中精选出20种，加以校点，以飨读者。日本诗话伴随着日本汉诗千余年发展史，其作者为日本古代著名汉诗人、汉学者。日本诗话奉中国诗话为圭臬，其内容既品评我国古代诗歌，亦品评日本汉诗，并探究二者的渊源关系。本书的出版对于我国古代诗歌与诗话域外繁衍史研究、国际汉学研究、中日文化交流史研究等多项基础研究及理论研究，都将提供珍贵的文本资料。而诗话这种形式本来就因富于知识性、趣味性与可读性在我国拥有永久的读者，本书所选日本诗话置我国古代诗话中几可乱真，熟悉的格调语言，新颖的内容趣味，加之首次被引入国内，一新耳目，故其读者几可涵盖我国古代诗话读者群。

第十五本是张宪生教授主编的《东亚近世历史与思想的地平线——差异·冲突·融合诸相》。这是中日两国学者合力完成的学术成果。中方主要撰写者还有日本文史专家韦立新教授及赵晓亮、姚奇志等中青年学者。日本作者是立命馆大学桂岛宣弘教授、神户女学院滨下昌宏教授。韩国作者有东西大学李元范教授。这三位日韩专家均为日本历史与思想史研究领域的著名学者，其中桂岛宣弘曾任日本思想史学会副会长。他们都有丰硕的学术成果，受到学界广泛关注。更为难能可贵的是，桂岛宣弘教授与滨下昌宏教授均对近代以来日本国家的路线持质疑态度与批判立场，在研究近世历史与思想时，也表现出强烈的批判精神。进入17世纪，日本民间知识界习儒风气日益浓厚，与此同时，日本知识分子的主体意识也在觉醒。国学派等日本本土思想与作为外来思想的儒学之间产生了明显的冲突，这个变化构成了日本近世思想史的重要内容，并影响了日本历史的走向。作者选取了其中一些重要事例作为切入点，既注意微观层面的实证研究，又重视宏观方面的理论概括，以日本为聚焦点，描绘出一幅近世东亚思想空间中多种观点冲突交错与融合的复杂图景。本书选题新颖，资料翔实，论证深刻，许多章节都有所创见。作为国际合作的学术著作，本书的出版为我国日本文史研究领域贡献了一项重要成果，展示出中、日、韩学术界同行交流的最新动向，为国内外读者提供了了解日本近世社会历史和思想文化的前沿成果。

上述十五种论著从不同角度阐发了人文学的一些大的方面。表面上看，这些著作云行雨施，各有所专，与建设“人文学中心”的主旨若即若离，实际上都很切近人文学思想的大主题，每部书都从治学理路上体现“文史哲互根”的命题，从学术格局上注重“中西学融会”的方略，在学科交叉上追求“教科文通化”的目标。细心的读者可以从每本书的字里行间看到文史与哲理的磨合，看到思想与逻辑的链接，看到学问与学科的切磋。人文学在茁壮成长。

这套丛书的主编是广东外语外贸大学外国文学文化研究中心主任栾栋教授。他是广东省“211 工程”三期重点学科建设项目“人文学中心建设——比较文化视野的文学通化研究”的首席学者。该丛书的总策划是暨南大学出版社总编辑史小军教授。

“人文学丛书”的出版渐入佳境。外国文学文化研究中心的工作焕然一新。仅从这套丛书的出版情况即可看出，不仅人文学研究循序渐进，外国文学文化研究中心的三大主攻方向也有新的成色。国别研究又有收获，比较研究进入熔铸研究的阶段；人文学研究上了一个新的台阶，原理研究与专题研究均有突破；跨文化语言研究有了新的拓展，从戏剧到诗话，由文学而文化，东亚协奏，中西共鸣。在本辑的15部著作付梓之时，另一个系列著作的撰写也在有条不紊地进行。诸如栾栋教授的《人文学举要》、《文学通化论》等书稿业已竣工。此外，人文学研究“走出去”的思路也在酝酿中。

我们不难看出，外国文学文化研究中心为人文学研究奠定了在全球化大潮中拼搏的平台，人文学研究为外国文学文化研究中心带来了脱胎换骨的改造。人文学的创制，从学术凝练、学科变革和学人培植等方面为外国文学文化研究中心开创了走向未来的新格局。对于广东外语外贸大学的人文学者而言，外国文学文化研究中心是他们实现良性全球化的工作站，人文学中心建设是打造这个工作站的核心工程。它们是合二为一的学术擘画，也是持之以恒的学术追求。这套丛书的研发是外国文学文化研究中心发展的标志性成果，凸显了省文科基地的一个里程碑路段。人文学研究未有穷期。

2013年5月27日于广州白云山麓

前　言

本书之所以命名为《跨越空间的对话》，是因为两位20世纪文学史上风头劲健的女主角：西蒙娜·德·波伏娃（以下简称波伏娃）和张爱玲，不同国度的两位名人，从未谋面，从未相识，却在本书中跨过空间遥界相望。

波伏娃是法国现代文学史上一位与众不同的女作家，她一方面是著名的文学家，一方面又承担起女权运动的重任，《女宾》、《他人的血》、《波伏娃回忆录》、《名士风流》等诸多优秀作品让她跻身文坛、殊荣闪耀，论著《第二性》则使她蜚声女权运动领域。与波伏娃几乎同时代的中国现代文学家张爱玲则以其特有的目光聚焦于“爱情、婚姻、家庭和女人的处境”——一个充满“旧式主题”的女性世界。从创作实践看，波伏娃坚持用文学形式表现女性的自我意识与生存环境的激烈冲突，把哲学与文学创作融为一体，显示了其强烈的社会责任感。而张爱玲则将“私人空间”作为文学追求的宗旨。张爱玲认为：“一般所说‘时代的纪念碑’那样的作品，我是写不出来的，也不打算尝试，因为现在似乎还没有这样集中的客观题材。我甚至只是写些男女间的小事情，我的作品里没有战争，也没有革命。我以为人在恋爱的时候，是比在战争或革命的时候更素朴，也更放恣的。”① 学界对波伏娃的研究始终以其对女性价值和女性意识的毕生追求为支点，其崇尚自由、尊重女性和追求平等话语权成为学界阐释的核心要素；而对张爱玲文学的剖析则往往将其作品中的女性生态圈作为“海派小资”的典范，或者对其“不关国事”的写作主题大加批判，谭璧君先生就认为张爱玲“重人情大于世情”。

---

① 张爱玲：《自己的文章》，金宏达、于青编：《张爱玲文集》（第四卷），合肥：安徽文艺出版社1996年版，第174页。

本书之所以选择波伏娃和张爱玲作为比较研究的对象，不仅仅因为她们是中西方女性书写的代表，更因为她们虽风格迥异但文化背景、阐发视角、文学表现手段、叙事话语具有很强的互补性。这也是在社会多元化状态下，文学发展所必须经历的更迭覆新的过程。只有批判性地吸收他国或他族文学，并将本国或本民族的文学推向世界，才能便于不同文化背景的族群之间通过文学的途径进行有效的沟通和借鉴。国内著名的比较文学学者乐黛云女士说："必须有不同文化的互相启发、互相促进，构成丰富多彩的文化生态，人类才有发展前途。"① 只有通过文学比较，才能在寻找共性和差异的同时发现新的文学增长点。因此本书既有理论的基础，也具备实践的可能。本书在研究波伏娃和张爱玲文学世界中的女性特质与生存状况的基础上，系统整合波伏娃和张爱玲文学的女性意识实质。这首先涉及有关女性文学的话题，女性作为社会性别群体之重要组成部分，其创作出的文学，不但是人类文明的一部分，也是整个人类艺术思想的补缀，而且越深入了解，就越能发现女性所创作的文学具有与男性不同的气质风范。其主题与风格、出发点、视野、深度以及创作兴奋点，都区别于男性。其次，女性意识作为本书阐释的基础，是指女性对自身行为，尤其是女人价值的体验和醒悟。从狭义角度来说，女性意识是关于女性个体的所有美好品格、质朴天性以及适应社会进程的能力和在社会演进中的回归与异化等的思维状态。对女性意识的阐释是所有女性文学不约而同的归宿，因此，女性文学在很大程度上承载、负重并承担传播女性意识的义务。中西方女性文学因其文化背景、社会价值及写作旨归不同而呈现出巨大的差异性，其差异性也导致了各自的女性意识内涵及外延的迥异。因此，探讨波伏娃和张爱玲文学女性意识的目的在于，发现在不同文化背景下女性对自身存在意义的阐释，关注并反映女性的角色困境，揭示社会制度、环境因素对女性命运的影响，旨在了解女性文学在不同社会背景下的主张、理由、责难及辩护。通过对比波伏娃和张爱玲，我们发现，同为女性，她们都具有强烈的关心女性的文学特征。但是，由于文化背景及成长环境的不同，波伏娃作为一名具有文学特质的思想家，她积极参与当时的女性文化运动，

---

① 乐黛云：《多元文化与比较文学的发展》，《江苏社会科学》2003 年第 1 期，第 95 页。

她希望用文学在众语喧哗的文学叙事中凸显自己对女性的关心与关注，而张爱玲作为一名纯粹的文学家，用文学的细腻解剖人性中的微观世界，将人性的“恶”毫无顾忌地展现给读者，启发读者发现挣扎在生活死角的女性，看到女性在凌乱中的不堪。本书借波伏娃与张爱玲的比较，揭开了不同文化背景下的女性文学各自的成长轨迹，但在这些成长轨迹中却也存在相似的价值取向；同时，本书借对二者的比较研究，揭示异质文化背景下女性文学的“女性意识”、“性别立场”、“性别理解”，并且把女性文学的现实世界与女性文学的可能世界在跨文化认同的目标下统一起来，借此建立一种超越地域、跨出藩篱的共同精神归属；本书借对二者的比较研究，也启发学界发现并关注当下中国女性文学的迷失与困惑，以西方女性文学的开阔意识，拓展中国女性文学的眼界，以西方女性意识的政治强劲姿态，弥补中国传统女性文化的阴柔造作，从而在比较和借鉴的基础上，增加中国女性文学文化与世界文学共轨的原动力，更为中国女性的生存价值提供多元文化参照，这是本书阐释的重点。

简言之，本书试图以不同文化背景的女性文学为蓝本，既提炼出波伏娃超越一般学界意义上的女性意识，也归纳出对张爱玲的超越“苍凉”释义上的女性文化生态，从比较的视角借鉴和批判性吸收二者的女性意识之合理部分，观照部分女性文学基于物质崇拜症而导致的精神空洞化境遇，集中阐释异质文化对当代女性的价值和启示。因此，如何在中西方的大背景下理解各自不同的文学主张，如何通过比较和融合的思路开启中西方女性意识研究的新途径，如何为中国女性文学文化的发展提出合理建议，是本书最终的研究目标。本书尝试采用历史分析、比较分析、演绎和归纳等研究方法，挖掘中西方语境下女性意识发展的脉络、差异及共通之处。

基于上述研究思路和研究方法，本书将从以下几个方面展开论述：第一，研究波伏娃文学生成的社会背景，研究波伏娃文学中的女性形象和女性世界，研究波伏娃文学所折射出的普世价值及其历史局限性，梳理其女性意识的核心要素与观点。第二，研究张爱玲文学中的女性及其存在价值，研究张爱玲文学生成的社会背景，研究张爱玲在作品中所描画出的女性世界，并借以揭示女性的生存危机与存在价值，为分析张爱玲的女性意识提供论述基础。第三，比较波伏娃与张爱玲文学之女性意识的差异与共通价值，虽然波伏娃与张爱玲身处不同的文化环境，其文学表现手法也各有不同，但二者关爱女性、展现女性困境、寻求女性自由的指向及二者文学中女性意识的价值具有相通之处，这是本书的最终旨归。

但就比较文学而言，将波伏娃和张爱玲放在一起进行比较，注定是一项艰巨且复杂的系统工程，尤其将两位创作风格迥异的作家放在一起比较更是一件危险的事情，由于世界文学活动中从未留下两人有实质性文学互动的史料，这给二者的比较造成了客观上的困难。同时，普遍持有的“波伏娃是女权主义者，张爱玲是作家”的观点，也让作者对面临的比较研究战战兢兢，如履薄冰。但是，本着“相同的时代，共同的女性书写身份，面临的世纪女性话题，历史给予了两位女性对同胞关注的普遍视野等”原则，作者小心谨慎地爬梳条缕，坚持不懈地追问其中的普遍共性，这既是作者在比较文学领域的大胆探险，也是让不拘一格地透视中西方女性文学、探索双方各自成长规律的文学批评行动成为研究女性文学的经验借鉴。所以，本书秉承“他山之石可以攻玉”之理念，更会对中国当下的女性价值及女性发展作出恰当的判断！

本书获得教育部2011年度人文社科青年项目“波伏瓦与张爱玲之比较研究——基于女性观的视角”基金资助。

由于受到研究视角、资料的限制，本书还存在诸多不足之处，衷心欢迎读者提出宝贵意见！

张向荣

2013年5月18日

目　录

总　序（栾　栋）　/1

前　言　/1

绪　论　/1

一、本书研究的目的与意义　/2

（一）本书研究的目的　/2

（二）选题的意义　/3

二、文献综述与评价　/6

（一）国内对波伏娃及张爱玲文学相关研究的文献综述　/6

（二）国外对波伏娃及张爱玲文学相关研究的文献综述　/18

（三）对国内外研究现状的基本评价　/22

三、本书的研究重点、方法与界定　/23

（一）本书的研究重点　/23

（二）本书的研究方法　/24

（三）关键术语解析　/24

第一章　中法女性文学的发展概述与波伏娃、张爱玲文学的价值　/30

一、法国女性文学发展考察及波伏娃的地位与价值　/31

（一）法国女性文学发展考察　/31

（二）波伏娃在法国女性文学中的地位与价值　/38

二、中国女性文学发展考察及张爱玲的地位与价值　/40

（一）中国女性文学发展考察　/40

（二）张爱玲在中国女性文学中的地位与价值　/43

三、小结　/48

第二章 波伏娃文学的女性世界：第二性与“他者” /50
一、波伏娃文学生成的社会背景 /51
（一）20 世纪法国文学的社会思想根基 /51
（二）波伏娃的文学基础 /52
二、波伏娃文学的女性形象 /53
（一）《女宾》：对抗与悲哀 /53
（二）波伏娃的回忆录——女性的身份认同 /59
（三）《第二性》：波伏娃女性意识叙事极致 /67
三、波伏娃文学的女性世界：矛盾的“他者” /71
四、小结 /73

第三章 张爱玲文学中的女性世界——不确定的人生 /75
一、张爱玲文学生成的社会背景 /76
二、张爱玲小说的女性叙事：世故与传奇 /78
（一）《倾城之恋》之白流苏：乱世中的欲望人生 /79
（二）《连环套》霓喜之传奇：枷锁上的人生 /83
（三）张爱玲小说的女性世界：清醒与放逐 /87
三、张爱玲杂文中的女性世界：解构喧嚣与建构孤独 /92
（一）清醒的世界观 /93
（二）孤独的体验 /96
（三）迷惘的出路 /98
四、小结 /100

第四章 波伏娃与张爱玲文学女性意识比较 /102
一、波伏娃与张爱玲文学比较的基础 /103
二、波伏娃与张爱玲文学的女性意识差异性的多视角比较 /103
（一）波伏娃的革命性与张爱玲的小资表象 /103
（二）波伏娃的坚定性与张爱玲的不确定性 /107
（三）波伏娃的超越性与张爱玲的安之若命 /115
（四）波伏娃的显性哲学与张爱玲的隐性哲学 /124
（五）二人的性格因素分析：波伏娃的“介入理想”与张爱玲的“避

世寻梦” /145
三、波伏娃与张爱玲女性意识的共通之处 /149
四、小结 /152

第五章 波伏娃与张爱玲女性意识对中国当代女性文学文化的批判性启示 /154
一、对中国当代女性文学的启示 /155
（一）中国女性文学概述 /155
（二）中国当代女性文学欲望化写作模式批判 /157
（三）中国当代女性文学的启示与前瞻：传统精神与现代视野 /170
二、对中国当代女性文化发展的启示 /172
（一）中国传统女性文化——教义训诫的缄默 /172
（二）中国当代女性文化的诗意家园 /179
三、小结 /191

结语 /193

参考文献 /199

后 记 /216

绪论

一、本书研究的目的与意义

（一）本书研究的目的

20 世纪以来，女性逐渐从对男性话语理论的借用与反叛，从对传统观念的颠覆与皈依中突起，从文化的边缘向中心处迂回渗透。而且，女性在新的文化格局重整重建的过渡时期，在文学领域的开辟中亦获得了独立的一席之地。女人们以文学形式使得女性的“他者”状态被逐渐挖掘出来。之所以我们以文学为论述基础，就是因为“文学的主要作用就是寻找，寻找接近真理的途径。它与读者进行对话的目的不再是为了随时准备着说服他们，而是为了唤醒他们的意识，帮助他们更好地了解自己的命运和更好地履行自己的使命”。① 女性文学亦是如此。

西蒙娜·德·波伏娃（Simone de Beauvoir，以下简称波伏娃）是法国 20 世纪著名作家、思想家和女性主义者。她毕生致力于文学创作和女性问题研究。波伏娃的《第二性》发表以后，引起了西方思想界的普遍重视，成为 20 世纪关于女性的经典专著。正如徐真华所说：“波伏娃在《第二性》中提出了一个十分严肃的话题：欺骗性文化。这种文化首先考虑男性利益，宣扬女性低微。自此，女性境遇的改变成为当今社会深刻变化的标志之一，就显得非常迫切。”② 波伏娃在这本书里对女性进行了生物学、心理学和社会历史学的考察，并得出了“女人不是天生的，而是后天生成的”的结论，这种结论成为男权社会女性的标签。尤其在“爱情、婚姻、家庭”三大社会主题中，女性的“他者”地位更是明显。波伏娃在 1949 年出版的《第二性》一书中就指出：“女人是由男人决定的，除此之外，她什么也不是，因此人们把女人称为‘le sexe’③。意思是说，在男性看来，女性本质上是有性别的、生殖的人；对男性而言，女人是 sexe，因此，

---

① 徐真华、黄建华：《20 世纪法国文学回顾：文学与哲学的双重品格》，上海：上海外语教育出版社 2008 年版，第Ⅵ页。

② 徐真华、黄建华：《20 世纪法国文学回顾：文学与哲学的双重品格》，上海：上海外语教育出版社 2008 年版，第 93 页。

③ 法文，有女性、性、性器官、性欲等意。转引自［法］西蒙娜·德·波伏瓦著，郑克鲁译：《第二性 I》，上海：上海译文出版社 2011 年版，第 9 页。

女人绝对如此。女人相较男人而言，而不是男人相较女人而言确定下来并且区别开来；女人面对本质是非本质。男人是主体，是绝对；女人是他者。”①

在中国，20 世纪是中国现代文学开放、重新组合的黄金世纪，尤其是五四运动以后的新文化运动，让现代文学获得了前所未有的发展契机。五四新文化运动以后，越来越多的女性关注自身命运，她们通过文学的形式对女性“被边缘化”的现象进行全面思考和深刻阐述。张爱玲就是其中最独特的一位，她以“琐屑”和“小人物”的视角审视普通女性的命运和遭遇，为广大的女性立碑作传。她说“文学史上朴素地歌咏人生安稳的作品很少，倒是强调人生的飞扬的作品多，但好的作品，还是在于它是以人生的安稳做底子来描写人生的飞扬的。没有这底子，飞扬只能是浮沫。许多作品只予人以启示，就是失败在不知道把握这底子”。②

当我们把以波伏娃文学为代表的西方女性文学和以张爱玲文学为代表的中国女性文学放入同一个宏观历史文化语境中进行思考的时候，再次回味马克思的话：“每一个了解一点历史的人都知道，没有妇女的酵素就不可能有伟大的变革。社会的进步可以用女性的社会地位来精确地衡量。”我们将体会到，妇女在寻求平等的道路上仍然是路漫漫其修远兮。同时，本书在对波伏娃女性主义和张爱玲文学中的女性特质进行系统分析、归纳的基础上，试图提炼出既不同于波伏娃的把女性放在概念化的、神话了的、超自然的观念世界里的女性意识，也不同于张爱玲的对女性命运的“苍凉”注脚的女性未来。本书将在系统整合波伏娃与张爱玲文学的女性意识的基础上，继续深入研究，结合当下全球化及中国社会转型变化的背景，比较、借鉴和批判性地吸收二者女性意识的合理内核，观照现时部分女性文学文化基于物质崇拜症的地位从属化和精神空洞化境遇，集中揭示其对当代女性的价值和启示。

（二）选题的意义

本书的意义将从以下几个方面来系统阐释：

---

① ［法］西蒙娜·德·波伏瓦著，郑克鲁译：《第二性 I》，上海：上海译文出版社 2011 年版，第 9 页。

② 张爱玲：《自己的文章》，金宏达、于青编：《张爱玲文集》（第四卷），合肥：安徽文艺出版社 1996 年版，第 172 页。

第一，从比较文学的视角阐释波伏娃文学的女性意识的实质。

法国现代女作家波伏娃是西方现代女性意识的代表性人物，她的女性意识主要基于弗洛伊德精神分析、存在主义以及生物学视角而展开对男权社会的批判及对女性觉醒意识的呼唤。例如，在其女性意识代表作《第二性》中，波伏娃描述了女人怎样经历各种不同的处境（婚姻、母亲、社交、中老年），在这些处境中女性又怎样受到以男性话语权为主的社会的局限；描写了在男性审美统治下的社会如何导致女人被边缘化；指出女性自身缺乏稳定性和控制力，以致其对世界的把握能力有限且不足。通观波伏娃的其他文学作品，如《女宾》、《他人的血》、《回忆录》、《名士风流》、《性别政治》等皆体现了波伏娃对女性存在价值和意义的关注，特别是其采取了存在主义的立场，从女性生存的角度得出“女人不是天生的，而是后天生成的”的女性“他者”结论。这一重要命题和精神内涵到底是如何贯穿于其超越时空的女性斗争的呢？又是如何得以表达并推动了女性世界新觉醒的呢？波伏娃的社会责任感又是如何体现在作品中的呢？这是本书在对波伏娃文学展开主体分析时所要加以重点阐述的，相信这种阐述将深化对同时代的中国现代女作家张爱玲文学世界中的女性特质的新认识。

第二，剖析在异质文化映衬下的张爱玲文学世界中的女性特质。

与波伏娃差不多同时代的女作家张爱玲是20世纪中国最有女性书写气质的作家。张爱玲文学创作旺盛的年代，恰是中国抗日战争时期，文学的主流话语是抗日和救亡。但是，张爱玲并没有在其文学作品中正面反映这一宏大的社会政治话题，而是将其敏锐而善感的目光聚焦于较受冷落的“爱情、婚姻、家庭和女人的处境”——一个充满女性主题的世界。《倾城之恋》、《封锁》、《五四遗事》、《金锁记》、《沉香屑　第一炉香》和《小艾》等作品皆着墨于“旧式女性”的生活命运，在细腻地刻画她们人生细琐一面的同时，凸显了具有卓越气质的女性的人生价值。张爱玲文学作品的这一写作风格，究竟是对现实的完全回避，还是在其特有的“私人写作”空间里曲折反映时代和女性的话题？换言之，张爱玲是否在以其独有的叙事方式从另一个侧面反映女性和人生的意义与价值？通过本书对张爱玲文学的观照及与波伏娃文学的比较，我们将在她的文学作品中深入剖析20世纪普通中国女性的生存状况，体味她们在异质文化映衬下的独特的中国式女性的艰辛和挣扎，触摸中国女性独特的生命意蕴和魅力，试图探寻她们在中国文化背景下与法国女性不一样的命运注脚，最后我们还将溯本逐源，寻找导致中国女性命运跌宕沉浮的深层文化因素。

第三，借比较波伏娃和张爱玲文学中的女性意识之机，剖析中国当代女性文学的现状和未来发展的应有之义。

张爱玲创作旺盛的年代——20 世纪 40 年代，恰是波伏娃酝酿、创作与出版《第二性》的时代。同时间不同空间的创作使得她们蕴含了不同表达方式但趋于共同主题的女性意识。①基于不同的文化背景和生活经历，她们相互间作品的表现手法和叙事手段存在区别。生活在老宅深院、受过传统儒家教育的张爱玲具有中国式的婉约，喜欢从细节、微观等方面反映女性的主题，而波伏娃生活在喜欢革命的国度，这养成了她激进、宏观的写作风格和强烈的社会责任感，并习惯于以人类话语模式论述女性。②张爱玲力图从婚姻中寻找安全感，而波伏娃则抵抗婚姻对女性的异化。③张爱玲是女性理论的文学实践者，而波伏娃则从哲学层面进一步对女性理论加以阐释。尽管张爱玲和波伏娃所处的文化背景不同，但她们在作品中围绕女性存在的阐释剖析却有很多可贵的相同之处，并由此成为女性文学语境下对女性世界进行解读的典型案例。例如，在女性的处境、特性形成因素方面，张爱玲和波伏娃持相似的观点。她们均认为无论是传统的社会制度、环境因素，还是经济地位等都影响了女性的成长命运。再比如，她们都提倡女性的“个体意识”。张爱玲用“个体写作”手法，努力塑造“私语空间”，从细节处挖掘具有普遍意义的女性主题，通过对普通小人物的描写反映女性面对的时代命运与困境；波伏娃认为，女性的个人意志和个人情感的发挥可以使其获得社会的认同和主体地位，作为个体的女性意识的普遍提高将使得女性群体的社会叙事话语权得到改善。另外，她们在抨击父权制社会结构的同时，均分析了女性意识中的“奴化”思维。综上，通过比较她们文学中女性特质的内核，通过细致入微地研究双方的女性意识，能让我们具体深入地理解女性文学存在的价值与意义、矛盾与冲突，并在辩证审视两者女性意识优劣异同的基础上，对中国当代女性文学的商业媚俗、曲解的身体写作，以及泯灭女性特征的所谓“男女平等”的非女性化趋势加以批判，并给未来女性文学的健康常态提供借鉴。

第四，借比较波伏娃的女性意识和张爱玲的女性意识之机，剖析中国当代女性的文化维度和生存价值。

文学是文化的载体，是现实世界的影射。女性文学是基于女性自身的体验而对特定文化背景下的女性的观照和理解，这也正是女性想证实“女人也是人”的努力。女性文学的思想原动力从文化的发现和觉醒中生发出来，证明女性也是社会文化组成的一部分。通过对比波伏娃与张爱玲的女性意识，我们发现，同为女性，她们都具有强烈的关心女性的文学特征，因为在尚未取得独立、自主这一根本点上，全世界女性的处境和向往、追求都是相同的。但是，由于文化背景及成长环境的不同，波伏娃与张爱玲对女性关爱的表现形式完全不同。波伏娃是以一名活动家的呐喊姿态参与到女性文化构建中去的，而张爱玲则是以一名女性的细腻剖开人性中的“恶”，将之血淋淋地展现给读者，让读者在唏嘘中看到女性在人性世界的挣扎。借波伏娃与张爱玲比较的契机，我们会发现在中西文化相异背景下的女性具有相同的人生指向，同时也各有各的人生轨迹；借比较的契机，充分认识中国女性文化在发展过程中的迷惘和不成熟，借鉴法国女性文化的劲健，修补中国传统女性文化的阴柔过饰；借比较的契机，发现异质文化中的关于女性文化的特色之笔，对中国女性文化的“性别意识”、“女性意识”、“性别立场”、“性别理解”加以凸显，把女性的事实世界和可能的价值世界在现代中国人文理想的目标下统一起来，进而为中国女性的文化维度增加激情的原动力，也为中国女性的生存价值提供异质借鉴。

二、文献综述与评价

（一）国内对波伏娃及张爱玲文学相关研究的文献综述

第一，国内对波伏娃的研究现状。

国内对波伏娃的研究主要集中于她的代表著作《第二性》。在 20 世纪 90 年代以前，对波伏娃的《第二性》的研究很少，即使译成中文，问津者仍寥寥。因为它在大陆最初的书名是《女人——第二性》。直到 90 年代中期，大陆学者始用学术眼光审视《第二性》，如李小江、李银河女士等。2008 年是波伏娃诞生 100 周年，国内外掀起了重读波伏娃的热潮，国内学者对波伏娃有了深层的理解和阐释。值波伏娃百年诞辰之际，国内召开了两次大型的学术研讨会，分别为 2008 年 7 月 14 日在昆明召开的由中国法国文学研究会、云南省文学艺术界联合会联合主办的“纪念西蒙娜·德·波伏娃诞生100周年学术讨论会”，以及2008年11月11—12日，由南京大学、法国驻中国大使馆、上海译文出版社主办的“波伏娃及其当代的意义”国际学术研讨会[①]。两次会议重点讨论《第二性》及其哲学思想、当代意义、波伏娃—萨特模式等，还分析和解读了波伏娃的其他文学作品。从这两次研讨会来看，学者在阅读《第二性》的视角上已经从单一走向多元，有对其主题思想进行揭示的，有从文化交流的高度予以把握的，还有从叙事学的角度探究其暗含的性别意识的。中国学者对其研究逐渐走向多元化、深层化。国内学者对《第二性》的阐释主要分以下几点：

首先，重新解读《第二性》，探寻其当代意义。

大连大学性别研究中心主任李小江认为波伏娃给了我们女性的定义，她在发表于《读书》杂志的《世纪末看“第二性”》[②] 中写道：“在我，当时读这本书，要紧的不是它对女性的论述，而是作者在研究女人的女性立场和自我反观的态度。”[③] 首先，李小江女士赞叹《第二性》给女性一个信念：在这个广阔的世界上，无论在哪片土地上生活，女人其实并不孤独。对女性的认识，可以从女人、从我们自己起步——在这方面，波伏娃的书和她的行为都已经走在前面，给了我们一个可以借鉴的榜样。[④] 其次，李女士很赞叹波伏娃其人的机智、敏锐和博览群书。她认为波伏娃的《第二性》中最有价值的部分就是，波伏娃从生物学、精神分析学、男性立场等角度对妇女理论作出的批判性清理；但同时，李女士也用批判的眼光解构《第二性》，她并不认同波伏娃的“女人不是天生的而是后天生成的”的观点。李女士指出女人“走向女人”的起点，就是必须面对“天生是女人”的种种不便，生为女人就是要正视种种不可改变的、自然的和历史的命运。李女士不屑波伏娃在萨特的思想阴霾下寻找自己的栖身之地，并极力反对波伏娃对母性的否定。

其次，厘清波伏娃的女性主义派别归属。

---

① 转引自沈珂：《重新认识波伏瓦——波伏瓦研究新进展综述》，《外国文学动态》2009年第3期，第45～47页。

② 李小江：《世纪末看“第二性”》，《读书》1999年第12期，第207页。

③ 李小江：《世纪末看“第二性”》，《读书》1999年第12期，第207页。

④ 李小江：《世纪末看“第二性”》，《读书》1999年第12期，第207页。

中国著名性学研究专家李银河在《女性主义》一书中把波伏娃的女性意识归为自由主义女性主义。她把波伏娃认定为自由主义女性主义在第二波女性运动中的代表人物。她说："自由主义女性主义的基本观点是：理性、公正、机会均等和选择的自由。……自由主义女性主义的理论基础是启蒙理性，代表思想是提倡理性，向传统的权威提出质疑。"① 李银河指出波伏娃之所以被归为自由主义女性主义，是因为其十分看重公平和机会均等，而且反对关于女性的传统哲学思想，即女性与男性相比在理性上是低劣的。李银河赞同波伏娃在《第二性》中关于女性的定义，即"男性将他自己定义为'自我'(self)，将女性定义为'他者'(other)。女性不仅与男性不同，而且低于男性。虽然压迫是结构性的（如经济歧视），但反抗却是个人性的。女性无法逃避'女性'以及在男权社会中女性的地位"。② 同时李银河指出波伏娃把自己为之奋斗的最终目标归纳为"三步策略"："第一步，女性只有到社会上去工作，才能掌握自己的命运；第二，成为知识分子；第三，争取对社会进行社会主义的改造，以便最终解决主体与客体、自我与他人的冲突。"③ 这是社会正义的表现，这个社会正义就是"在一个公平的社会里，每一个成员都应该得到发挥自己潜力的机会，男女两性应当拥有同等的竞争机会"。④

再次，剖析波伏娃《第二性》的哲学意蕴及其本人的写作规则。

我国著名法语翻译家郑克鲁先生倾力翻译《第二性》。郑克鲁在翻译《第二性》的过程中，曾经翻阅过许多女权主义者的作品，他认为《第二性》的表达独树一帜。郑克鲁认为正是《第二性》这本书使女人拥有了自己的理论。郑克鲁说，《第二性》引用的材料丰富翔实，论证相当严密。波伏娃博览群书，学识渊博。她的生物学知识达到了专业水平，她对马克思、恩格斯的有关著作相当熟悉。她深谙人类学家、精神分析学家、生理学家、性学家、经济学家、东方学家等的作品，尤其对历代妇女运动家、法国乃至欧洲的文学与历史、古希腊神话的旁征博引，如数家珍。在作品中，波伏娃引用了大量精神病科医生和精神分析学者著作中的实例，如斯

① 李银河：《女性主义》，济南：山东人民出版社 2005 年版，第 40 页。
② 李银河：《女性主义》，济南：山东人民出版社 2005 年版，第 27 ~ 28 页。
③ 李银河：《女性主义》，济南：山东人民出版社 2005 年版，第 28 页。
④ 李银河：《女性主义》，济南：山东人民出版社 2005 年版，第 28 页。

特克尔的著作《性欲冷淡的女人》，埃纳尔、克拉夫特—埃宾、雅内的《困扰与精神衰弱症》，海伦·德奇的《妇女心理学》等，这些引文使这部著作既有学术性又生动活泼。郑克鲁指出，波伏娃在《第二性》中敢于触及一些敏感的问题，一方面融合了以往在女性问题上的研究成果，另一方面又更多地阐述了自己的独特见地。郑克鲁把波伏娃所指归为女性主义，她更加看重的是女人作为一个人而存在的权利。“我以为，波伏娃在历史上的真正地位也许不在小说等文学创作上，而是在思想史方面，《第二性》就是波伏娃的价值。”① 郑克鲁这样说。徐真华对波伏娃的《第二性》持肯定态度，认为《第二性》是女性获得自由、解放的丰碑式文学工程。他说：“首先，男女之间的关系，尤其是丈夫与妻子之间的关系总是不真实的，大部分情况下男性不承认女性在家中的平等地位……显而易见的是，男性在与女性接触时不会应用他在与其他男性打交道的过程中所使用的原则。似乎女性在社会中注定要扮演次等的角色……再者，男性在公众面前的态度与日常行为完全不一样，在这一差别中表现出的虚伪尤其令她们失望……这一辛辣的批判，唤醒了受压迫妇女的意识。她们的目标是通过道德、政治和法律上的胜利来获得个性的解放。虽然波伏娃论述的女性性问题和母性本能问题引起了与传统思想者的激烈论战，《第二性：女性》仍然代表了妇女解放运动中的一个重要进程。”② 徐真华的观点在一定程度上代表了中国现代男性文学批评者对波伏娃女性意识的理解和认同，具有典型意义。

波伏娃在《第二性》中流露的存在主义女性意识影响深远。在这一领域，方珏在《波伏娃存在主义的女性主义哲学思想渊源探析》③ 中从哲学角度对波伏娃的女性意识进行了分析。他指出，波伏娃对女性问题的原创性研究，有充分的文本根据和学理证据可以表明，其哲学思想主要是从存在主义哲学运动中汲取养料的。波伏娃“女人是他者”的断言在于父权制

---

① 郑克鲁：《女性问题的透视与自省——对女性主义理论经典〈第二性〉的解读》，《学习与探索》2008 年第 3 期，第 186 页。

② 徐真华、黄建华：《20 世纪法国文学回顾：文学与哲学的双重品格》，上海：上海外语教育出版社 2008 年版，第 95 页。

③ 方珏：《波伏娃存在主义的女性主义哲学思想渊源探析》，《山东社会科学》2008 年第 12 期，第 36 ~ 41 页。

文化下社会生活观念在女性的观念世界与生活中衍生出的“第二性意识”或“他者意识”。张柟在《“第二性”的存在与超越——波伏娃娃〈命运的百年交响〉》[①] 中指出，波伏娃的女性意识既有存在的超越，也有荒诞存在的变奏和二律背反的复调重奏。从文学创作的独特个性看，波伏娃将存在主义“介入文学”，特别是着力表现女性生存条件和生存自由间的矛盾冲突。从创作实践看，波伏娃用文学形式表现女性自我意识与生存环境的激烈冲突，把哲学与文学创作融为一体，显示了其独特之处。郑敏在《论西蒙娜·德·波伏娃自身的“第二性”及其教训》[②] 中从另一个角度阐释了波伏娃的女性意识，指出“第二性”的主要特征是妇女在摆脱了经济上的依附地位后仍然要成为“第二性”，其根源是社会生活全部观念和事实在女性的观念世界与生活中衍生出的“出嫁意识”，这种意识导致了女性在社会上常常处于劣势地位。

另外，我们在探讨波伏娃《第二性》的同时不要忘记，她同时也是一名出色的小说家。波伏娃以小说形式在继续着她的女性意识的传播，她的《女宾》、《他人的血》、《名士风流》、个人回忆录等在文坛均享有盛誉。

第二，国内对张爱玲文学的研究现状。

张爱玲是中国现代文学史上的一朵奇葩，她的出现是民国怀旧气质与西洋风格叠合交错的风景线。张爱玲的文学是烽烟战火中的一泓碧水，悠悠荡荡，波澜不惊却内涵深厚。作为女性的张爱玲，其作品对女性倾注了全身心的力量。她对女性的关怀既不是反帝反封建旗帜下的女性解放诉求，也不是洋腔洋调的民国时尚女性素描，而是独特的张爱玲式“私人空间”写作。张爱玲认为：“一般所说‘时代的纪念碑’那样的作品，我是写不出来的，也不打算尝试，因为现在似乎还没有这样集中的客观题材。我甚至只是写些男女间的小事情，我的作品里没有战争，也没有革命。我以为人在恋爱的时候，是比在战争或革命的时候更素朴，也更放恣的。”[③]

---

① 张柟：《“第二性”的存在与超越——波伏娃〈命运〉的百年交响》，《徐州师范大学学报》（哲学社会科学版）2008 年第 5 期，第 36 ~ 40 页。

② 郑敏：《论西蒙娜·德·波伏娃自身的“第二性”及其教训》，《外国文学评论》1993 年第 4 期，第 123 ~ 124 页。

③ 张爱玲：《自己的文章》，金宏达、于青编：《张爱玲文集》（第四卷），合肥：安徽文艺出版社 1996 年版，第 174 页。

但恰恰是这男女间的小事情，却挑战着千百年来的以男权为核心的社会堡垒。

国内（包括港台）研究张爱玲的文学批评主要分为两个派别：

首先，是以夏志清为首的20世纪40—60年代的一批学者对张爱玲的研究。

20世纪40年代是张爱玲文学创作的鼎盛时期，其红遍上海滩乃至中国文坛。才女张爱玲的横空出世让时为才子的胡兰成心切以求之，既成就了自己与张爱玲的爱恋，也造成了张女士的终生情殇。胡兰成热恋时题就文章《评张爱玲》，在文章中，胡兰成将张爱玲与鲁迅相提并论。他说："鲁迅之后有她。她是个伟大的寻求者。和鲁迅不同的地方是，鲁迅经过几十年来的几次革命和反动，他的寻求是战场上的受伤的斗士的凄厉的呼唤，张爱玲则是一株新生的苗。……鲁迅是尖锐地面对着政治的，所以讽刺、谴责。张爱玲不这样，到了她手里，文学从政治走回人间，因而也成为更亲切的。时代在解体，她寻求的是自由、真实而安稳的人生。"① 虽然这篇文章出于爱而溢满谄媚之辞，但却道出了张爱玲与鲁迅的共同点，那就是在对人性、对文学人生的探索方面，张爱玲和鲁迅同样出色。

谈到张爱玲在中国现代文学史上的定位，一定离不开夏志清，夏志清是第一位奠定了张爱玲在中国文学史上的地位的人。夏志清，江苏吴县人，1921年生于上海浦东，中国文学评论家，现为哥伦比亚大学中央研究院院士。夏志清在英文版的《中国现代小说史》中，首次把张爱玲文学拉入文学史的圣殿，颂扬其文学贡献。另外，在20世纪50年代夏志清就发表了分析文章《张爱玲的短篇小说》，刊登在台湾当时最重要的文学刊物《文学杂志》（夏济安教授主编，1957年6月号）上。这篇文章首先是对张爱玲的评鉴定位，文章一开始就指出"张爱玲该是今日中国最优秀最重要的作家"。其次是分析方法，夏志清运用美国形式主义文学批评手段中苦读细品、就文论文的方法评介张爱玲。夏志清首先指出张爱玲对文字色彩敏感，小说的意象非常丰富且力求表现"苍凉"，是"人生一切饥渴和挫折中所内藏的苍凉的意味"；夏志清还很赞赏张爱玲的心理描写，认为其观察视野老辣细腻而客观；夏志清说张爱玲是彻底的悲观主义者，是一

① 胡兰成：《评张爱玲》，《杂志》1944年第13卷第2期。

种“大悲”，也就是“一种非个人的深刻悲哀”。最后，夏志清在整篇论文中指出张爱玲受弗洛伊德的影响，也受西洋小说的影响。“可是给她影响最大的，还是中国旧小说”，“她对于中国的人情风俗，观察如此深刻，若不熟读中国旧小说，绝对办不到”。① 夏志清对张爱玲小说的分析文章成为开山之作，为后来者作出了指导，尤其是关于张爱玲“女性苍凉”的结论，成为后继者竞相效仿研究的根据。因此说，夏志清对张爱玲的定位，使得后世文坛出现了文学创作上的“张派”、文论分析的“张学”及读者群中的“张迷”。

研究张爱玲的还有一位重要的人物——水晶，他是唯一一位亲自拜访过张爱玲的“张学”研究者。水晶运用西方的神话原型理论分析张爱玲小说的象征和意境。他解析《倾城之恋》是“祸国殃民的美人”的现代版；指出《第一炉香》与亨利·詹姆斯的《淑女画像》在结构上的相似性；分析过《红玫瑰与白玫瑰》中的镜子意象等等。水晶先生对张爱玲的总评价是：粗看像章回小说，但貌合神离，精神技巧近西洋，属于现代派文学之一种。②

其次，是以20世纪40年代的傅雷、谭正璧为首的一批学者对张爱玲文学的批评。他们对张爱玲文学的态度，或有限度地褒扬，或质疑，或以不以为然的语气谈论张爱玲的文学作品。

傅雷是中国20世纪最著名的翻译家之一，在他为数不多的文学评论中就有对张爱玲文学的评价，他是第一个正式以撰文形式评论张爱玲创作的文人。他以“迅雨”为笔名，发表了《论张爱玲的小说》③。傅雷以学院派的审美品位和艺术眼光，对张爱玲的作品进行了言辞激烈的批评。他认为，首先，张爱玲的作品过于重视语言的华丽而忽视了内容的丰富和严整。如《倾城之恋》中过于华饰的描写，《连环套》中因辞藻雕琢而显得内容较贫弱。在文章中傅雷认为张爱玲面对民族大义，却把其作品主题放在对“情欲”的剖析上，这种对“人性深处的情欲”的挖掘逃避了面对民族存亡时应有的公民责任和义务，虽然是人性真实的写照，“它是一个最

---

① 夏志清：《中国现代小说史》，上海：复旦大学出版社2005年版，第260页。

② 水晶：《张爱玲的小说艺术》，台北：大地出版社1974年版。

③ 迅雨（傅雷）：《论张爱玲的小说》，《万象》1944年第11期。

圆满肯定的答复。情欲（passion）的作用，很少像在这件作品里那么重要”①，但他认为张爱玲缺乏民族意识的写作使得文学本身失去了社会层面的教育意义。但在批判的同时，傅雷也指出了张氏作品的优点，他认为张爱玲的文章的基本特征首先是细致的心理分析，“她用暗示把动作言语、心理打成一片”；其次是省略法（raccourci）的运用；最后是风格鲜明，收得住、泼得出。“新旧文字的揉合，新旧意境的交错，在本篇里已是恰到好处，仿佛这利落痛快的文章是天造地设的一般……譬喻的巧妙，形象的入画，固是作者风格的特色。但在完成整个作品上，从没像在这篇里那样地尽快妙用。”② 傅雷认为：“毫无疑问，《金锁记》是张女士截至目前为止的最完满之作，颇有《猎人日记》中某些故事的风味。至少也该列为我们文坛最美的收获之一。”③ 傅雷评张爱玲的这篇作家论，是20世纪40年代张爱玲研究的最重要的奠基之作，是中国现代批评史上的经典篇章。

女性文学研究者谭正璧先生紧随其后发表了《论苏青与张爱玲》，论者将“五四”时代的女作家与这两位20世纪40年代的女红人作了这样的比较：“我们读了以前的冯沅君、谢冰莹、黄白微诸家的作品再来读这两位的，便生出了后来何以不能居上的疑问。因为前者都是向着全面的压抑作反抗，后者仅仅是为了争取属于人性的一部分——情欲——的自由；前者是社会大众的呼声，后者只喊出了就在个人也仅是偏方面的苦闷。”④ 谭先生认为张爱玲是重视人情甚于世情的作家。谭先生指出张氏部分作品内容狭窄，反映的生活只局限于爱情和婚姻。在她描写的媒妁婚姻、金钱婚姻、高等调情、通奸姘居及其他种种畸形变态的两性纠结中，虽然包含着丰富的人性与社会文明的冲突，但是题材单调，因而文学生命力不高。但谭对张爱玲的文学创作技巧赞誉有加，他曾说过：“张爱玲在技巧上始终下着极深的功夫。”⑤

到了20世纪50—60年代，台湾著名文学评论家唐文标对张爱玲进行

---

① 迅雨（傅雷）:《论张爱玲的小说》,《万象》1944年第11期。
② 迅雨（傅雷）:《论张爱玲的小说》,《万象》1944年第11期。
③ 迅雨（傅雷）:《论张爱玲的小说》,《万象》1944年第11期。
④ 谭正璧:《论苏青与张爱玲》,《风雨谈》1944年第11期。
⑤ 谭正璧:《论苏青与张爱玲》,《风雨谈》1944年第11期。

了深入细致的史料整理。他编纂了《张爱玲资料大全集》[①] 和《张爱玲卷》[②] 等书，搜列了与张有关的文字、图片，并编有作品系年，为张爱玲研究提供了不少珍贵的材料，为进一步的深入研究打下了较好的基础。这部两百多页的专著，由两篇长论组成。他说："我认为她代表了上海的文明——也许竟是上海百年租界文明的最后表现。她的小说，表现出几重新旧矛盾的结晶。""她是这个没落的'上海世界'的最好和最后的代言人。"[③] 唐文标详尽分析作品，为张爱玲笔下的遗老遗少家庭进行画像、谱系分析、制表，为后人研究张爱玲及其作品提供了可贵的参考资料。但唐武断地把《封锁》中的吕宗桢、吴翠远，《桂花蒸·阿小悲秋》中的哥儿达，《倾城之恋》中的范柳原，《红玫瑰与白玫瑰》中的佟振保等受过洋式教育者或者洋人统统划为遗老遗少系列，显得力度过大、明证不足，有些牵强。而且他还把张爱玲归为鸳鸯蝴蝶派，其根据只是张爱玲的一句话："鸳鸯蝴蝶派的小说，感伤之中不缺少斯文扭捏的小趣味，但没有恶意。"[④] 并将之与张的小说相比较，认为二者无多大区别，所以形成一家之言："她是一个活在新时代中的租界上海的旧作家。"

20 世纪末，香港学者刘再复反对夏志清的"把张爱玲和鲁迅相提并论"的说法，他认为两位作家都是天才，但鲁迅是彻底的天才，而张爱玲在把自己推向创作高峰后就抛弃了那种"超越一切"的审美特点，把自己的创作变成了悲剧，从而成了夭折的天才。刘再复指出"绝望"是鲁迅和张爱玲文学的共同特点，但"鲁迅虽然绝望，但他反抗绝望；而张爱玲感到绝望却陷入绝望，因此风格上表现为苍凉"。[⑤] 刘再复举例张氏的《十八春》(后更名《半生缘》)、《小艾》因没有守住早期文学的深刻而彷徨踯躅，他说张爱玲文学天才的夭折是时代的悲剧。刘再复对白先勇称赞张爱

---

① 唐文标：《张爱玲资料大全集》，台北：时报文化出版事业有限公司 1984 年版。

② 唐文标：《张爱玲卷》，台北：台北远景出版公司 1983 年版。

③ 唐文标：《张爱玲卷》，台北：台北远景出版公司 1983 年版，第 12 页。

④ 张爱玲：《忘不了的画》，金宏达、于青编：《张爱玲文集》(第四卷)，合肥：安徽文艺出版社 1996 年版，第 144 页。

⑤ 刘再复：《张爱玲的小说与夏志清的〈中国现代小说史〉》，刘绍铭、梁秉钧、许子东编：《再读张爱玲》，济南：山东画报出版社 2004 年版，第 40 页。

玲的文字也提出了异议，他觉得没有深广的精神内涵而徒有优美的文字，是承载不了“伟大”二字的。“张爱玲早期的作品比中晚期更令人喜爱。……她早期的精彩是永恒性的思索压倒时代性的思索，而到了中晚期则相反，现实的政治倾向性显然压倒了审美形式也压倒了早期那些带有永恒性和普遍性的哲学意蕴。……总之，她放下文学的超越视角而走进了世俗视角。”① 刘公对张爱玲文学的质疑整体看来虽然偏颇，但至少他开启了“张学”界多维思考的先河，使得人们从盲目崇拜的沉梦中醒来，辩证地解读张爱玲，这是“张学”未来发展的趋势。

在香港岭南大学中文系2000年10月24日至26日举办的“张爱玲与中国现代文学国际研讨会”上，两位香港作家和学者的发言都谈到张爱玲作品的共同现象。戴天说：“我最早接触张爱玲的东西是在一个僻远的小岛上，没什么人，没什么文化，很闭塞、很保守的地方。在那个环境之下，我看到她的别人认为惊为天人的作品《我的天才梦》，《西风》杂志比赛得奖的作品。那时候很闭塞，还有家里的文化背景，看了以后也不太知道它到底是一种什么东西。后来家里的人也看张爱玲的作品，可总把她跟张恨水还有几个别的什么流行的作家摆在一起，而且不让我们看，说小孩子不能乱看书。那时候小孩子嘛，就偷来看，中文也没念好（我那时是在外国地方），觉得就情情爱爱嘛，恋爱故事，每一本都差不多。看《红楼梦》也有这个感觉。这是因为比较闭塞，没有什么大文化在这边影响。”② 郑秉钧也说：“在香港长大，阅读父母一代从国内带来的五四文学，也就阅读了《流言》和她的短篇小说，很自然地被其中比较现代的感情和态度吸引了。我记得少年读书，爱好正统文学的阿姨走过，翻翻书的封面，带点不屑地说：‘还以为你在埋头读什么！’对我阿姨来说，这大概不过是又一个流行的言情作家罢了。”③ 从这两位香港作家和学者的发言中，我们可以解读出这样的含义：在他们的幼年，张爱玲的文学作品被拿来与张恨

① 刘再复：《也说张爱玲》，刘再复编：《西寻故乡》，香港：天地图书公司1997年版，第291～292页。

② 戴天：《无题有感》，刘绍铭、梁秉均、许子东编：《再读张爱玲》，济南：山东画报出版社2004年版，第335页。

③ 郑秉钧：《反墓志铭》，刘绍铭、梁秉均、许子东编：《再读张爱玲》，济南：山东画报出版社2004年版，第337页。

水、周瘦鹃等言情作家的创作相提并论，当时张爱玲被认为不过是一位言情作家罢了，而她的文学史价值则很少被关注。

再次，因特殊的地域和意识形态差别，大陆对张爱玲的研究自成体系。

在中国大陆，直至20世纪80年代思想解放，随着海外华人文学的被推介，张爱玲文学重出江湖，被史家们请回庙堂。大陆研究者一般是从主题、语言及创作心态来阐释张的作品。在学术界，正式研究张氏的研究者有赵园、颜纯钩、李子云等。赵园在1983年即有论文《开向沪、港“洋场社会”的窗口——读张爱玲小说集〈传奇〉》[1]，着重阐发了张的洋场小说的认识意义，并提请研究界注意这位独特的作家。几乎与此同时，颜纯钩在《评张爱玲的短篇小说》[2] 中认为张承继了旧式传奇志怪小说传统，在刻画人物方面又吸取了西方小说方式，形象有相当深度。这篇文章被视为“相当充实”的学术之作。李子云则将张与受其影响的白先勇、施叔青等作家作了一番细致中肯的比较。[3] 1985年出版的钱理群等四人所编撰的《中国现代文学三十年》[4] 使张爱玲第一次被列入大陆文学史排行榜。有关张爱玲文学的研究，还应特别提到柯灵。他的《遥寄张爱玲》[5] 在两家颇有影响的杂志上同时刊出，深受读者关注。柯灵以老友身份回忆往事、评价人物，肯定其才华，颇有史料价值。“我扳着指头算来算去，偌大的文坛，哪个阶段都安放不下一个张爱玲，上海沦陷，才给了她机会。”[6] 从1987年起，研究张爱玲文学的论文明显增多，研究日渐细致深入，范围更

① 赵园：《开向沪、港“洋场社会”的窗口——读张爱玲小说集〈传奇〉》，《中国现代文学研究丛刊》1983年第3期，第206～220页。

② 颜纯钩：《评张爱玲的短篇小说》，《文学评论》编辑部：《文学评论丛刊》（第十五辑），北京：中国社会科学出版社1982年版。

③ 李子云：《同一社会圈子里的两代人——与女作家李黎的通信》，《读书》1986年第5期，第58页。

④ 钱理群、吴福辉、温儒敏、王超冰编：《中国现代文学三十年》，上海：上海文艺出版社1985年版。

⑤ 柯灵：《遥寄张爱玲》，《收获》1985年第3期，第86页；《读书》1985年第4期，第95～102页。

⑥ 柯灵：《遥寄张爱玲》，金宏达、于青编：《张爱玲文集》（第四卷），合肥：安徽文艺出版社1996年版，第426页。

加广泛，甚至出现了“张爱玲现象”的研究局面。[①]

综合探寻张爱玲文学的艺术气质的专论，饶芃子、黄仲年合撰的论文指出张爱玲是专写“她的时代的阴暗的一面的高手”[②]。王剑丛在比较中得出张爱玲是现代作家中最专注于“恋爱、婚姻”的作家，其婚恋描写指向人性、人性的恶的一面。[③] 以上文章大都注重从题材入手探讨其独特而深刻的文明与人性的认识价值，这也是张爱玲小说能历久弥新的魅力所在。另外，张爱玲独特的语言表达也吸引着众多研究者的兴趣。胡凌芝从象征、意象、心理描写和语言特色等方面进行多种概括。[④] 饶、黄的论文对张的小说结构与语言风格的分析清晰细致，认为其结构完整，有完整美和节奏感；[⑤] 其语言则华丽中有素朴、流丽中见凝重，词旨多寓篇外，耐人寻味。有人认为张的题材与宋话本小说中人鬼离合故事、世故邪俗的市井风情类似，具有阴柔美。[⑥] 有人将张爱玲作品与通俗话本小说进行比较，评价她“以通俗小说为基石，铸入新的表现技巧，并把西方现代小说的心理刻画，和我国传统小说的意象艺术巧妙地结合在一起，她的作品就是这几方面巧妙结合的宁馨儿”[⑦]。

从创作视野角度把握张爱玲的，有宋家宏《张爱玲的“失落者”心态及创作》[⑧]、赵顺宏《论张爱玲小说的错位意识》[⑨] 和潘学清《张爱玲家园

---

① 盛英主编：《二十世纪中国女性文学史》（上下卷），天津：天津人民出版社1995年版。

② 饶芃子、黄仲年：《张爱玲小说艺术论》，《暨南大学学报》1987年第4期，第81页。

③ 王剑丛：《雅俗结合的宁馨儿——试论张爱玲小说的审美特征》，《社会科学战线》1991年第1期，第291~297页。

④ 胡凌芝：《张爱玲的小说世界——评小说集〈传奇〉》，《抗战文艺研究》1987年第1期，第32页。

⑤ 饶芃子、黄仲年：《张爱玲小说艺术论》，《暨南大学学报》1987年第4期，第88页。

⑥ 阎志宏：《美丽而苍凉的花》，《沈阳师院学报》1991年第2期，第91页。

⑦ 王剑丛：《雅俗结合的宁馨儿——试论张爱玲小说的审美特征》，《社会科学战线》1991年第1期，第291页。

⑧ 宋家宏：《张爱玲的“失落者”心态及创作》，《文学评论》1988年第1期，第105~112页。

⑨ 赵顺宏：《论张爱玲小说的错位意识》，《华文文学》1990年第2期，第27~32页。

意识文化内涵解析》[1] 等文章，他们注重解析张氏的独特人格和文风，都生动可读。宋家宏从身世环境等方面认定家国“失落感”是张的基本心态，这不仅导致了其精神上的悲观气质，并使其作品充满了“荒凉感”。赵顺宏将张爱玲小说中的错位表述为人物与时代的错位以及人与人之间的错位，而这正是与小说家的特殊心理状态分不开的。潘学清在现代作家普遍的“离家”与“怀乡”情结的冲突中把握张爱玲“无家可归感”的独特意义，据此概括张氏批判封建性的独特角度以及价值和局限性。

20 世纪 80 年代以来，大陆学界有近百篇张爱玲研究文章[2]，其涉及面之广空前。

但是纵观对张爱玲的研究，可谓坎坷跌宕几十年。由傅雷发轫、夏志清掀波澜、唐文标继起，蓬蓬勃勃一路走来，基本都是前辈的调子，突破性研究成果并未出现。当代对张的研究还在各说各话，既有热闹的鹊起，也有沉寂的无声；既有大陆与港台的不同解读，亦有各地学者的自我臆断。总结起来，可以这样说，中国人的学术环境太过复杂，张爱玲的生平创作太独特。天降大任于张爱玲，必将劳其心智，损其筋骨，也必将鞭策读者和学者下一番苦功夫去细品慢读一代才女——张爱玲。

（二）国外对波伏娃及张爱玲文学相关研究的文献综述

第一，国外对波伏娃《第二性》的研究很多，但是比较受瞩目的主要有两个系统，一个是以法国为中心的法国学者的研究，一个是以英美为中心的英美学者的研究。法国学者侧重对《第二性》的史料研究，其研究具有史料参考价值；英美学者偏向阐释和解读《第二性》的思想，成果多属于研究型。

首先，法国学者的研究。

法国学者对波伏娃的研究更多的是建立在梳理历史评价基础上的视角与观点。2008 年 1 月 9 日至 11 日，“纪念西蒙娜·德·波伏娃百年诞辰国际学术研讨会”在巴黎大学举办。法国各大报纸杂志如《费加罗报》、《解放报》、《世界报》、《快报》等多次专版刊登与波伏娃相关的访谈、记述

---

① 潘学清：《张爱玲家园意识文化内涵解析》，《上海文论》1991 年第 2 期，第 21 页。

② 阿川：《〈乱世才女张爱玲〉之附录二：〈近十年来国内张爱玲研究资料索引〉》，西安：陕西人民出版社 1993 年版，第 226 页。

或评论性文字，尤其是《现代》杂志刊出了长达420页的“波伏娃专刊”，《文学杂志》也将2008年的首期栏目全部献给了波伏娃。关注波伏娃，就不得不谈到波伏娃的扛鼎之作《第二性》，学界对它多有评价。

法国小说家伯努瓦特·克鲁（Benoîte Groult）在《为女性战斗》一文中给《第二性》以高度评价，他指出，波伏娃在梳理女性历史的基础上，将之前零碎的、散乱的思想或女性诉求作了系统的整理与描述，让世界第一次真正听到了来自女性的声音，这声音集合了哲学、生物科学、社会学理论与现状的支撑。法国学者安格里德·贾尔斯特（Ingrid Jurst）著的《千姿百态的西蒙娜·德·波伏娃》，从波伏娃所扮演的不同角色——女权主义的领路人、萨特的伴侣、左派知识分子和作家入手，考察了她生前、身后作品和思想对这些角色的接受程度，对法国乃至世界妇女运动、女性主义思想的发展、文学创作以及存在主义哲学等多领域、多方面的影响。他特别指出，波伏娃最大的贡献不仅在于揭示“女人不是生成的而是变成的”这样一个具有颠覆性的论断，而且在于她借助现象学的理论找到了一种可以将原本被禁止的话题引入公众话语当中的方式，这才是获得妇女解放，或者人的解放不可或缺的一步。里尔第三大学教授埃利娜·勒加姆—塔博纳（Hélène Bohene）著的《西蒙娜·德·波伏娃的〈第二性〉》总结并提升了法国乃至世界范围多年来对《第二性》的评论。通过此书，她呼吁“我们为建造理解《第二性》的大厦而努力，特别是从作品本身出发对其中的观点、论断加以分析”，因为对《第二性》的研究始终是“有意义，而且有现实价值的”。其他作品还有朱丽娅·克里斯蒂瓦（Julia Kristeva）著的《重读西蒙娜·德·波伏娃的作品》、吉约姆·莫里库（Guillaume Mauricou）著的《西蒙娜·德·波伏娃的特权》等。有关波伏娃在证明存在主义问题上的观点，索邦大学教授艾里克·德·沙瓦内（Eric de Savoine）撰文《重新创造的存在主义》指出，波伏娃对这一问题的看法没有萨特那么绝对。她以存在主义为基本视角，从女性的现实生存状态出发，反思将女性与现代性隔离的根源和世界。对于女性而言，存在及其价值都取决于男性看待她的眼光，因此，证明女性存在的合理性可以通过幼稚化和牺牲两方面来实现，但这是虚幻的。女性只有积极参与社会活动才能获得主体性的地位，证明其存在的合理性。

其次，英美学者的研究。

在国外传播波伏娃的过程中，翻译扮演着相当重要的角色。1953 年由 H. M. 帕什利（H. M. Parshley）翻译的《第二性》自出版至今，在英语世界仍广为流传。1983 年，玛格丽特·西蒙（Marguerite Simon）撰文揭示英译本的众多漏译、误译现象之后，英译本的可信性受到质疑，纽约大学法国文明与文化研究中心三位教授汤姆·毕肖普（Tom Bishop）、德尼斯·霍利耶（Denis Hollier）和帕斯卡尔·福特耶（Pascale Fautrier）主持翻译的新版《第二性》对《第二性》在别国的正确传播与接受有着重大意义，这也是对波伏娃百年诞辰最宝贵的献礼。

2008 年 1 月 9 日在英国举办的“西蒙娜与我”的论坛中，来自多个领域的学者都对波伏娃的作品和思想的意义表达了自己的看法。著名记者贝阿特斯·肯贝尔（Beatrix Campbell）认为波伏娃的独立价值在于她的思想是一种全新理论灵感的源泉，她在女性生存状态问题上提出了一种具有颠覆性的观点，《第二性》宣告了一场正在酝酿中的社会运动的开始。牛津大学教授伊丽莎白·弗莱茨（Elizabeth Fallaize）则重点阐述了她对《第二性》中所偏爱的一章“独立的女人”。英国小说家利莎·阿皮纳乃奇（Lisa Appignanesi）对波伏娃的独特之处作了精辟的概括：“思想明晰，论据似百科全书般丰富有力，敢于将女性的身体与经历置于思考世界的中心位置。”波伏娃借此体现了“自我创造的世界观”。伦敦大学哲学教授格雷林（Grayling）指出，波伏娃的作品，尤其是《第二性》，是这位女性知识分子“自我再创造，自我证明”的具体体现，也是波伏娃能够摆脱萨特—波伏娃关系笼罩，实现自我价值最重要的方面。芝加哥西北大学教授比尔·索瓦（Bill Schwart）撰文《爱人与他者》，对《第二性》中提出的女性处于“他者”地位的问题作了进一步的阐述与补充，并进而将之置于当下语境中，赋予其现实的意义。《现代》杂志也刊登了不少关于《第二性》的论文，如《西蒙娜·德·波伏娃和女性历史》、《西蒙娜·德·波伏娃与“女性争吵”》、《〈第二性〉是一部文学作品吗?》、《〈第二性〉：一部经典著作》等等。①

再次，国外对张爱玲文学的研究。

---

① 有关波伏娃研究的综述资料转引自沈珂：《重新认识波伏瓦——波伏瓦研究新进展综述》，《外国文学动态》2009 年版第 3 期，第 45 ~ 47 页。

就目前掌握的资料来看，只有日本学界及少数美国高校的研究机构对张爱玲文学有过系统译介和研究。

日本学界对张爱玲的关注限于对张氏作品的译介工作。第一位接触并翻译张爱玲文学的是第一次世界大战到第二次世界大战期间在中国工作的日本人室伏克拉拉。张爱玲的杂文集《烬余录》发表于1944年2月上海的《天地》杂志上，四个月之后，室伏克拉拉就将它译成日文刊载于1944年6月20—26日的《大陆新报》上。而在“二战”后，日本有两次译介张爱玲的高峰。第一次是在20世纪50年代，1955年东京生活社出版由柏谦翻译的张爱玲小说《赤地之恋》，1956年东京时事通信社出版社出版由并河亮翻译的张爱玲小说《秧歌》。这两本书的出版并没在日本引起什么反应，甚至日本的中国文学研究者也并未过多关注这两本书。之后的60年代和70年代，日本的学界和出版界对张爱玲文学的关注暂时中断。第二次是进入80年代后，日本学术界陆续有一些人开始关注张爱玲，翻译活动也随之兴盛。特别是80年代末，现代中国研究者池上贞子花了大量时间向日本读者介绍张爱玲。90年代初，由藤井省三主编，出版了张爱玲的短篇小说集（并收杨绛的短篇）。其中包括清水贤一郎等译的《封锁》、《倾城之恋》等小说及《流言》中的数篇散文。藤井省三以当年的《杂志》等第一手资料为据，为该小说集写了一篇两万字的结语，把张爱玲在文学史上的重要地位介绍给日本读者，称她为在国家存亡时代，审视现代文明、家庭和恋爱等现代社会制度的作家。之后，1995年，日本东京大学留学生邵迎建完成了博士论文《不确定的认同：张爱玲文学》，1998年，北京生活·读书·新知三联书店出版了该论文的中文版。同年，池上贞子出版了张爱玲的短篇小说翻译集，该书包括《倾城之恋》、《金锁记》、《留情》三篇。90年代，有为数不少的张爱玲研究论文发表，这才开始真正意义上的张爱玲研究。但是，日本的研究多局限于译介和借鉴，而无独到见地，亦是憾事。①

美国的张学研究群体主要以在大学研究机构工作的研究者为主，他们以华裔为主，既谙熟中国现代文学的发展历程，又可以用英语进行系统的

① 有关张爱玲日本学者研究资料转引自藤井省三：《张爱玲文学在日本》，刘绍铭、梁秉钧、许子东编：《再读张爱玲》，济南：山东画报出版社2004年版，第212～224页。

研究工作。因此，他们为张爱玲文学在西方的传播发挥了决定性作用。美国学者对张爱玲文学的研究主要以西方文论的“意象说”为依据，从两个方面审视张爱玲，一是从女性文学视角审视之，二是将其与西方作家的文学进行比较研究。哥伦比亚大学的卡罗琳（Carole HF. Hoyan）创作的《张爱玲生平及作品研究》全面剖析了张爱玲及其创作；华盛顿大学的童璐丁（音译）则在《写作与转型：对现代中国女性小说中的女性主体性研究》中从女性文学中关于女性主体性的角度比较20世纪中国三位女作家：丁玲、张爱玲和王安忆；伊利诺伊大学的克里斯托弗（Christopher Ming Lee）在《美国亚裔的主体性：美学调和与写作道德》一文对张爱玲的《秧歌》和《赤地之恋》两部作品进行了分析；珀杜大学的朱梅（音译）在《我们的世界，废墟：二十世纪早期中美现代小说》中通过废墟的意象来比较研究中美小说，文章以战争为研究基调，对比分析了海明威和张爱玲文学对战争的态度。①

（三）对国内外研究现状的基本评价

纵观以上学界的研究现状和成果，可以发现，对波伏娃文学的研究开始从文学领域转向对其思想性的重视，即从单一架构分析向综合运用文学、哲学阐释演变。对张爱玲文学的研究，则开始显现出从零散的独家独言走向派别纷呈、从文学领域向思想领域的迁移倾向。究其原因，在于综合性分析可以在以往单一研究视角的基础上，展现其思想全貌，从而对研究女性书写的走向作出更好的判断和把握。本书就是顺应这一趋势，尝试在此方向上进行深入的研究。但是，纵观许多研究论文、著作，大部分研究都是停留在前人理解基础上的扩展性阐述，鲜少创新之处；或者由于研究者的学术专长与偏好的局限，学术著作大多是就某个专题、某个领域、某类现象的研究。例如，在文学史料的编撰中，国内外对波伏娃文学的研究多停留在《第二性》上，多关注她的有关女人的定义“女人不是天生的，是后天生成的”上，并未挖掘出除了《第二性》以外，波伏娃有关女性的生存价值、现实意义及历史、地域局限的写作；对张爱玲文学的考察也仅仅是“张迷们”用猎奇的目光关注其海派小资风格，而鲜少深刻探究

---

① 海外尤其是西方学者研究张爱玲的资料转引自柳星：《海外张爱玲研究现状述评》，《吉首大学学报》（社会科学版）2010年第5期，第134～137页。

张爱玲文学中的宏大女性主题，更少有论著着眼于对张爱玲的“私人碎语”背后的普遍人性主题进行扩展性的追寻。这些尚未被纳入现代女性文学与文化研究的主体范畴，尤其是对西方女性文学与中国女性文学的碰撞研究更是至今学界一个有待垦殖的地带。这是学术界的憾事，面对我国社会经济与文化的转型，这种遗憾在与世界接轨的全球化进程中变得越来越明显。

三、本书的研究重点、方法与界定

（一）本书的研究重点

西方女性意识的代表——法国女作家波伏娃始终以探索女性价值和女性精神为毕生追求，以崇尚自由、尊重女性和追求平等话语权为核心价值要素。张爱玲文学中女性的生态圈，是20世纪中国女性文学进程中重要的一环，现代女性意识的发展从此日益深化。在以传统男性文化为中心的背景下，出身旧式家庭并深受其苦的张爱玲，在作品中以冷峻自省的目光描摹女性，刻画母性，挖掘人性，审视人物内心构成，充满了严肃的思考。

本书将在系统研究西方女性意识的代表——法国女作家波伏娃文学的女性意识的基础上，深入探讨张爱玲文学世界中的女性特质与生存状况，以此来整合比较波伏娃和张爱玲女性意识的实质，并借整合和比较的契机，给当下中国女性的生存状态及生存维度提供启示和借鉴。

从本书研究发展的内在需要看，首先，以波伏娃和张爱玲文学作品为线索，逐次展示女性世界的生存状态，并通过波伏娃的女性意识来揭示女性的生存困境和价值追求成为本书研究的重点；其次，本书研究将围绕对张爱玲文学作品中的女性状况和波伏娃文学的女性意识的分析而展开，这是学界目前研究不足的问题，其中又涉及如何以西方视角评价张爱玲文学中的女性价值、如何用东方女性的特质判断波伏娃女性意识内涵以及如何突破传统的格式化评价，这些问题构成了本书研究的难点和重点；再次，本书拟解决的另一个关键问题，是通过深入研究，从零散且繁多的文学作品中归纳、抽象出不同文化背景下女性意识的内涵，异中求同，并以此反观和透视当下中国女性的文化状态和文化困境，寻找既富于时代内涵，又具有恒久价值的女性存在意义。

（二）本书的研究方法

基于研究目标和思路，本书将采用综合的分析方法：

首先是历史分析法，对波伏娃《第二性》的思想性质进行历史整合，对张爱玲文学中的女性角色予以历史考察和分析；在此基础上进行比较分析，对波伏娃《第二性》所反映的女性意识的内涵、对张爱玲文学语境中的女性意识及要素进行剖析比较，对中西方文学语境下女性意识的内涵加以分析，理清东方女性主义思想的合理内核，挖掘西方女性主义思想的历史局限；通过比较，我们再使用矛盾分析的手段，探讨推动波伏娃文学的女性意识和张爱玲文学中的女性世界演进的矛盾动力；以上的逐层剖析以后，我们将采用归纳和演绎的方法，以便透过波伏娃和张爱玲对各色女性人物的刻画，发掘蕴含于文学语境下的女性状态和生存价值；当然，本书在论证过程中，将通过对典型人物、典型社会状况的深入剖析，印证二者女性价值的内涵与指向。

（三）关键术语解析

为了便于本书写作过程的表达和读者的充分理解，在此对与本书主题有关的一些关键词语进行界定和阐释。

西蒙娜·德·波伏娃（1908.1.9—1986.4.14，以下称波伏娃）

波伏娃是20世纪法国最有影响力的女性之一，存在主义学者，文学家，法国女权运动的领袖。波伏娃毕业于巴黎高等师范学院，1929年通过考试，和萨特同时获得哲学教师资格。波伏娃出身于比较守旧的富裕家庭，但她从小就具有很强的独立性，她和萨特相识后，因共同的学识和对生活的共同追求而成为彼此未履行婚姻手续的终身伴侣。波伏娃将存在主义哲学和现实道德结合在一起，写过多部小说和论文，她的小说《名士风流》获得了法国最高文学奖——龚古尔文学奖。此外她还写过多部小说如《女宾》、《他人的血》、《人总是要死的》，以及论文《建立一种模棱两可的伦理学》、《存在主义理论与各民族的智慧》、《皮鲁斯与斯内阿斯》等，提出道德规范与存在主义理论之间的关系。波伏娃最重要的作品是《第二性》，这部作品被认为是关于女性的典范之作。波伏娃认为，除了天生的生理性别，女性的所有不同于男性的性别特征都是社会造成的，这是她这本书的核心观点。她在书中提出女人因为体力较差，当生活需要体力时，女人便自觉是弱者，对自由感到恐惧。由体力而上升为对社会地位的定义，男人用法律形式把女人的低等地位固定下来，而女人却还甘心服从之。她认为历史上女人从没有得到过权力，即使是在母系氏族社会。她认为妇女要真正解放就必须获得自由选择生育的权力。《第二性》的英译本在美国极度畅销，对推动20世纪60年代以来的女权运动发展起了很大的作用。波伏娃去世后，和萨特合葬在巴黎蒙帕纳斯公墓。

张爱玲（1920. 9. 30—1995. 9. 13）

张爱玲是中国现代文学史上风格独具的女作家。1920年9月30日出生在上海，取名张煐，原籍河北丰润，她是清末洋务运动名臣李鸿章的曾外孙女。她从小就表现出独特的艺术天赋，她对色彩、音符和文字都极为敏感。她在《我的天才梦》中说："我是一个古怪的女孩，从小被目为天才，除了发展我的天才外别无生存的目标。"她于1924年开始接受私塾教育，在背诗诵经的同时，对小说创作产生浓厚兴趣。1940年张爱玲参加《西风》月刊三周年征文比赛，以短文《我的天才梦》获得第十三名。1939年她考进香港大学攻读文学专业，1941年太平洋战争爆发，1942年回到上海，迫于生计，用英文给当时外国人办的报纸杂志写剧评、影评，她的一系列杂文就是在那时写出来的。她于1943年开始发表小说，在周瘦鹃主持的杂志《紫罗兰》连载中篇小说《沉香屑　第一炉香》、《沉香屑　第二炉香》并引起轰动。之后张爱玲接连在《杂志》、《万象》、《天地》等刊物上发表中短篇小说或杂文，如描写香港沦陷期间爱情故事的《倾城之恋》，揭示女性被压抑而变态的《金锁记》，讲述家庭伦理故事的《心经》和《琉璃瓦》，展现中国市民生存形态的杂文《洋人看戏及其他》和《更衣记》等皆反响强烈，年纪轻轻的张爱玲已红遍中国文坛。她的横空出世给当时处于"孤岛"状态的上海带来了文学的"新体验"。因为，张爱玲的文学主题既不是亢进的抗战文学，也不是粉饰太平的"伪文学"，而是规避宏大社会主题后关注普通人的"琐屑人生"。在写作手法上，张爱玲超越一般文学写作的二元对立模式，往往给人"或此或彼"、"亦此亦彼"的模糊意识。在她的作品中没有"强烈的对照"，她认为这种形式"较接近事实"，因为"凡人"的生活常是"不彻底的"，既有善良的一面，也偶尔"小奸小坏"。张爱玲于1952年7月到香港，在美国驻香港新闻处工作。1954年在《今日世界》连载小说《秧歌》、《赤地之恋》。1955年秋天去美国，直到1995年去世，未再回大陆。张在美国期间也尝试写作，但再也没能恢复40年代在上海的辉煌，只写了一些类似品鉴的作品如《红楼梦魇》，或翻译之类的作品如《海上花》等。也许只有上海那样的社会环境才能赋予她那样的创作灵感，也只有那样的灵感才能触及她敏感的文学神经，书写出"张爱玲式"的女性特质。

女性文学

在解析女性意识前，我们要对"女性文学"进行适当的解析和界说，因为女性意识在很大程度上是由女性文学来承载、负重并承担传播义务的。

从现代人文精神内涵来说，女性文学是以女性经验为基础，其思维、审美及言说主体都以女性为主，是女作家基于性别理解和视角，对女性的命运、体验、情感及特质进行关注的文学活动，或者是女作家在超越性别意识的基础上表现的超越性别的人类普遍的生存内涵。就目前学界来说，大致可分为两类：广义的女性文学首先就是女性作家写就的作品，具有鲜明的女性风格，其次才是希望通过文学的力量来体现女性主体意识；狭义的女性文学一定要体现三个方面："女性作者"、"女性意识"和"女性特征"，即一定要在作品中呈现出女权色彩的女性写作的作品。就后一种观点来说，它着重于基于女作家基础上的女性思想的构建，出发点是为了凸显女作家文学中的女性意识。作为本文论述的基础，女性文学首先是女作家即波伏娃和张爱玲的文学作品，其次是她们的文学中所体现出的女性写作特质及对女性世界特有的"书写情怀"。

女性意识

所谓女性意识（Feminine consciousness），就是指女性对自身行为，尤其是女人的价值的体验和醒悟。

目前有关女性意识的定义一般分为两种：一种是狭义的女性意识，认为女性意识是关于女性个体的所有美好品格、质朴天性以及适应社会进程的能力和在社会演进中的回归与异化等。狭义的女性意识是所有女性文学不约而同的归宿，"女性意识是女性文学有别于男性文学的根本标志，也是女性文学的同质意识。女性意识在不同的历史发展阶段，由于受到该时期政治、经济、文化、精神生活诸方面的影响与制约，而表现出不尽相同的内涵。对女性文学中女性意识的研究和了悟，可以清楚地勘探出女性文学的发展水平、文明进程和达到的历史高度，也可以窥探到社会的进步程度”①。简言之，女性文学是研究女性意识的载体，是女性意识的出发点和落脚点，通过对女性文学面貌的审视与展现，我们将能对女性意识的发展了然于胸。女性意识相对于男性意识而言，在文学作品中主要是女作家以自己独特的审美视角对社会人生、女性生活以及女性内心世界的独特感受与把握，是女作家自我意识的流露和表现。②

另一种女性意识是从广义角度看的，指女性群体的整体特征及在社会演变过程中为追求自身解放、争取政治权利、呼吁社会平等而进行的女性运动及由之产生的指导思想，有的称为女权主义（Feminism）、女性主义（Feminism），它表达的主体是以女性经验为核心的社会理论和政治运动。因此，广义上的女性意识就是女权主义、女性主义。女权主义与女性主义的英文都为 Feminism，它们都意味着妇女解放和参与政治建设，它们都与政治诉求密切相连，争取平等权利、反对性别歧视，都是以女性社会经验为来源的社会理论，因此从本质上讲女权主义与女性主义没有区别。但是纵深挖掘，女性主义则比女权主义更深刻、更全面。女权主义是 19 世纪发展起来的，女性对自由、生存、工作、参与社会的权利诉求，是基于被压迫意义上的女性运动；而女性主义是对女权主义的发展，是觉醒后的女性对自己独立自主地位的认识，是对整个女性群体在社会上发展的更全面的解释和追求。女性主义在认识上承认男女性别差异，方法上不像女权主义那样矫枉过正。③ 目前国内学界普遍认同将 Feminism 译为“女性主义”。

就本文而言，将以狭义的女性意识为论述起点，选取波伏娃和张爱玲的文学作品，集中探讨她们作为中西方女作家代表的个体精神面貌和体现在作品中的女性思维、女性感受、女性审美及她们的作品在时代背景下所呈现的历史纵深感。并且，在比较的基础上，本书将集中提炼出中西方女性文学所具有的时代共性和社会个性，并以此视角审视中国当下女性文学的成败利钝、中国女性文化在当今社会的多向度发展诉求及社会应如何公

---

① 陈树义：《女性文学女性意识研究综述》，《太原日报》（双塔副刊）1990 年第 1182 期。

② 百度百科，http：//baike. baidu. com/view/627118. htm。

③ 这是 2012 年 7 月 16 日徐真华教授在湛江师范大学“中法文学研究会学术年会”上的发言。

平解决女性问题的对策。

比较研究与比较文学

比较研究，从普遍意义上讲，就是比较当事双方的异质性，换言之，即发现两者之间的区别与联系，探求两者之间的不同特质与内在联系，并从中发现某种规律及现代性启示。就本书所进行的比较研究而言，首先是对基于女性作家身份的波伏娃和张爱玲的平行研究，研究她们的文学状态及其生存环境；其次是在平行研究的基础上所进行的交叉比较，也就是影响研究，虽然她们未曾相互知晓，未曾触觉到对方的文字思想，更没有实质性的文学互动，但是相同的时代，共同的女性作家身份，面临的同样的女性话题，历史给予了她们相互隔空联结的对话基础和纽带。同时，随着对二者比较研究的深入，一定程度上也透视了中西方女性的共性与个性，并在此基础上探索双方的个性特质及各自的成长规律，以此为女性文学提供借鉴，对中国当下的女性文学价值及女性发展作出恰当的判断。因此，就本文来说，对波伏娃与张爱玲文学的比较研究，涉及“比较文学”的定义。

比较文学是伴随着比较研究的出现而产生的文学批评形式之一。比较文学（comparative literature）一词最早产生于19世纪初法国学者诺埃尔和拉普拉斯合编的《比较文学教程》中。比较文学是基于跨国界和跨语言之上，用比较的方法研究国与国之间、民族与民族之间的文学文本研究，现代意义上的比较文学是包括文学与其他艺术形式或意识形式的发展关系的学科。① 最初的比较文学主要以法国学者和美国学者的研究为主，法国学者注重影响研究，即一国文学对另一国文学的影响状况；美国学者则注重在相同历史条件下不同国度之间文学的平行比较，并找出异同因缘，试图分析规律。

文学的比较是建立在比较文学基础上的，是将不同文化背景下的文学放在同一话语环境中的比较，文学的比较在我国的发展与五四运动密不可分。五四运动后，大量西方理论和思潮涌入我国，其中文学占了很大一部分。20世纪30—40年代中国介绍外国的比较文学的作品就出现了钱钟书的《谈艺录》、朱光潜的《诗论》、鲁迅的《摩罗诗力说》等，他们开拓

---

① 百度百科，http：//baike. baidu. com/view/44376. htm。

了中国比较文学的发展之路。到了20世纪80年代以后，中国的比较文学发展成绩显著，并总结出很多方法论，如“阐发研究”、“异同比较研究”、“文化模子寻根法”、“对话研究”、“整合与建构研究”等。①

虽然中西方学者均对文学的比较侃侃而谈，但是，为什么要进行文学的比较？人类群体的生存环境各不相同，人们在各自的环境中进行着生产、生活、思想活动，形成本族群较为固定的生活方式，其各自文化也就不尽相同。在全球化背景下，各个族群不可能固守在本族文化圈内进行自我发展和自我表述，“必须有不同文化的互相启发、互相促进，构成丰富多彩的文化生态，人类才有发展前途”②。现代社会正处于多元发展时期，而作为文化载体的文学更是面临着更迭覆新的局面，只有批判性地吸收他国或他族文学，并将本国或本民族的文学推向世界，才便于各个族群之间通过文学的途径，使不同文化背景的人们进行有效的沟通和借鉴。而且，通过跨国、跨语言的文学比较，能在寻找共性和差异的同时发现新的文学增长点，这是在多元文化存在的前提下构建新文化必不可少的步骤。

---

① 曹顺庆：《中外比较文论史》，济南：山东教育出版社1998年版，第221页。

② 乐黛云：《多元文化与比较文学的发展》，《江苏社会科学》2003年第1期，第95页。

第一章

中法女性文学的发展概述与波伏娃、张爱玲文学的价值

一、法国女性文学发展考察及波伏娃的地位与价值

（一）法国女性文学发展考察

若以国家计，法国在人类思想史中曾经占据重要地位，它是继希腊之后又一大思想国度，它为人类的思想文库贡献了很多智慧巨擘。无论是文学、哲学、史学、社会科学还是对自由的追求，法国式智慧始终在人类历史上放射着璀璨的光芒。尤其可贵的是，法国的女性同样为世界思想史奉献了宝贵的光和热，她们的贡献甚至已经超越了性别局限而进入历史。法国第一位女诗人是12世纪的冯丝（Fons），16世纪的女诗人拉贝（Labbé）的作品在西方世界广泛流传。之后陆续有女作家出现。这些女性作家，个性极其鲜明，很难用类别来划分，因此，本书拟以个人为例进行分析，期望尽可能充分地展现中世纪以来法国女性文学的基本面貌。

较早的法国女作家应是公元10世纪的女戏剧作家罗丝维达（Hrotsvitha），她的创作以戏剧为主。随后是12世纪的贝阿特丽丝·德·迪（Béatrice de Die）和玛丽·德·佛朗斯（Marie de France）等。总体上说，那时的女作家数量少，创作比较单一，多以诗歌为主，少部分为戏剧作品。中世纪法国文坛普遍不景气，女性创作就更加萧条了。到了文艺复兴时期，随着人文思潮的迭涌，一批有代表性的女作家纷纷登场，其中比较著名的有三位。一位是克里斯蒂娜·德·比桑（Christine de Pisan）。她出生于威尼斯，5岁随父回到法国，15岁结婚，25岁时父亲与丈夫相继去世，成为带着三个孩子的寡妇。为了养家糊口，她开始写作，成为法国历史上第一位靠写作为生的女作家。她的创作以诗歌为主，兼写散文。克里斯蒂娜·德·比桑还是法国历史上第一位女权主义者。她创作了大量诗歌、散文，揭露男人们虚伪的面孔，抗议男性社会以宗教名义压迫女性，迫使女人处于从属地位。她对中世纪普遍存在的歧视女性的行为发出了猛烈的攻击，她的创作初步显露了女权主义的端倪。她的代表作《女士之城》，是法国历史上第一部为争取女性权益而写的文学作品。作者以女性的视角虚构了一个乌托邦式的女性之国，居民全部为女性，她们来自不同的时代、不同的国度，年龄各有不同，但是她们都是历史上的杰出女子。在这个国家，女性不再被家庭、丈夫和孩子所束缚，更不用惧怕男人的权

威；她们不但实现了完全的自由，而且人与人之间的等级藩篱也被打破，妓女、皇族、贵妇、平民平起平坐；尤其是每位女性都受到良好教育，一言一行都体现着女性的美德规范，她们的性格中透着智慧的光芒，她们的真诚中闪烁着人性的溢彩，尽显女性的才华与成就。比桑既在作品中论证了女人和男人生来就是平等的，也指出女人与男人一样，都有优点和缺点；女性也富有智慧和天赋，因此，女性理应获得与男性相同的社会地位和权利，比如受教育权等。这些观念在当时是大胆而离经叛道的。第二位是16世纪初以创作自传体言情小说为主的女作家艾丽兹娜·德·凯纳（Hélisienne de Crenne）。虽然她开创了一种新的小说题材，但由于那时女性作家是不被主流文学群体所重视的，出版受到限制，所以尽管她创作勤奋，数量颇丰，但流传下来的作品只有三部：《爱的痛苦的焦虑》[①]、《通俗与责骂》[②] 和《艾丽兹娜女士的沉思》[③]。其中《爱的痛苦的焦虑》是她的代表作。小说以女性视角为创作起点，写作风格淳朴而真切。作者推翻了文艺复兴时期盛行的以男性为中心的骑士文学的理想主义写作，真实地塑造了一个虚有其表、内心粗鄙不堪的男子形象——盖内里克，把那时对男性的歌颂全部推翻。她的作品更贴近女性的心理感受，为文学史上女作家创作情感小说开创了先河。玛格丽特·德·那纳瓦尔（Marguerite de Navarre）是文艺复兴时期著名的诗人、小说家和剧作家。她出身高贵，是法国国王佛朗索瓦一世的姐姐，是国王亨利四世的妻子，即纳瓦尔王后。她性格忧郁，内心历经坎坷。失去亲人的痛苦、三次失败的婚姻、与天主教会的明争暗斗，以及她对革新派的支持等等，让她备受折磨。受薄伽丘《十日谈》的影响，纳瓦尔写成《七日谈》。《七日谈》讲的是五位贵族女士和五位绅士从疗养胜地回来，途中突遇山洪，被困在一座修道院里，为了消磨时间而讲真实的故事，故事的主题是爱情。这十个人的哲学倾向、宗教信仰、生活背景等都不同，所以他们几乎构成了一个小社会。在《七

---

① CREENE Hélisienne de, Les angoisses douloureuses qui précèdent d'amours, *Textes littéraires de la Renaissance*, Paris: Honoré Champion, 1997, p. 1.

② CREENE Hélisienne de, Les épîtres familières et invectives de Madame Hélisienne, *Textes littéraires de la Renaissance*, Paris: Honoré Champion, 1997, p. 34.

③ CREENE Hélisienne de, Le songe de Madame Hélisienne, *Textes littéraires de la Renaissance*, Paris : Honoré Champion, 1997, p. 46.

日谈》中涉及最多的是婚姻问题、女性在婚姻中的低等地位。其次，她还探讨了男性与女性的关系问题，她认为，女人的人格应该受到尊重，女人应该主动获得爱的权利。纳瓦尔是文艺复兴时期把人文主义对女性的关怀贯彻得最彻底的女作家。那时女作家的文学主题已经涉及对女性权益问题的探讨。

17—19 世纪，法国女性文学开始涉猎小说，并取得了不小的成绩。法国作家拉法耶特夫人（Madame de La Fayette）的《克莱芙王妃》不仅宣告了“法国式”小说的诞生，而且书中对人物精微细腻的心理分析还使之成为欧洲第一部完整的心理小说。19 世纪上半叶比较突出的女作家是在 19 世纪浪漫主义文学浪潮下异军突起的斯达尔夫人（Madame de Stael）和乔治・桑（George Sand）。她们是早期浪漫主义文学的代表。前者对浪漫主义文学产生了巨大的影响，其《论文学》、《论德意志》将浪漫主义概念引进法国；后者在浪漫主义文学领域独树一帜，拓展了田园牧歌式的积极浪漫境遇。

纵观从文艺复兴时期到 19 世纪的女性文学作家，虽然她们已经开始涉及并具有比较鲜明的女性意识倾向，但实际上她们并不反对既定的社会制度。有很多文学作品甚至愿意表现女性温婉可人的品质，并把它当作女性的优点来弘扬，期望能借此获得男性社会的认可，比如乔治・桑的作品。虽然她们提倡女性要开阔眼界，要跳出狭小的视野、追求自然等信念，她们的文学饱含了对乌托邦的畅想和追求，但是，她们的倡议、畅想只是在社会许可范围内进行超越女性固有本质的活动，她们并不反对既定的社会秩序，甚至从她们的作品中可以很容易发现，她们充满对男性权威的景仰和无限遵从。她们热爱家庭，为家庭倾心尽力，在对爱情的抉择中也存在服从的意味。她们强调“女人要有女人的样子”，这是时代女性的象征，后来的女性文学也多有此类意识表达。

到了 19 世纪末 20 世纪初，法国的女性文学则从原来的关注女性具体而微的空间转向了对社会、对大众、对整个女性群体的关注。这个时期是女性作家出现最集中的时期，茜多妮・加布丽艾尔・柯莱特（Sidonie-Gabrielle Colette）、娜塔丽・萨洛特（Nathalie Sarraute）、玛格丽特・尤瑟纳尔（Marguerite Yourcenar）、西蒙娜・德・波伏娃（Simone de Beauvoir）、玛格丽特・杜拉斯（Marguerite Duras）、弗朗索瓦兹・萨冈（Françoise Sagan）、玛丽·达里厄斯克（Marie Darrieussecq）等一大批女作家的出现让法国的女性文学圣坛一时灿若星河，闪耀夺目。

信奉“自然就是艺术”的茜多妮·加布丽艾尔·柯莱特是20世纪最伟大的女作家之一。柯莱特出生于一个虽不富有但十分和睦的幸福家庭中。父母开明的教育方式让她得以在乡野中亲近大自然，为她的性格增添了质朴的魅力。她博览群书，这培养了她的独立意识和哲学思维能力。其文学主题以描绘乡村和都市女郎生活状态为主。柯莱特以女性特有的细腻笔触描绘同胞们的心理活动，激情荡漾、生动逼真。1893年结婚后她与丈夫来到巴黎。1900—1905年间，她陆续出版自传性质的《克洛迪娜四部曲》。1906年她与丈夫离婚，继续从事文学、舞台编剧工作。1908年出版了著名的《葡萄卷须》。1920年出版的《谢莉》，奠定了她在法国文坛的地位。之后陆续发表作品，比较著名的有《心爱人的结局》（1926）、《日之生》（1928）、《监狱与天堂》（1932）、《母猫》（1933）、《自家窗前看巴黎》（1942）、《琪琪》（1944）。

柯莱特崇尚自然，大自然是她创作的源泉，她善于把对田园的清新感受融入作品的情感中。她的作品散发着乡村气息，常常描绘清新的田野与人类的家园。阅读她的作品，我们能感受到她内心世界的纯净，尤其能充分体验到女性创作的细腻与亲和。也许是女性的缘由，她善于挖掘都市女性的生存状态，其作品的独特魅力就是对于女性独特的审美视角。她从自身出发，认为自由和爱是女性追求的重要内容。“实际上，长期以来柯莱特被认为是‘无拘无束的假小子’和‘女性解放’的最典型代表。”[①] 但是她也深深意识到很难撼动根深蒂固的男性社会基础，因此，她意识到女性在这个二元对立的社会中始终处于劣势：女屈从于男、爱情顺从于家庭、自由败于束缚。而且她指出女性的悲剧就在于社会对性别差异的偏见。

20世纪初的法国文坛呈现多元化趋势，“新小说”是这时的新生儿和宠儿。“新小说”家们创作了一大批与巴尔扎克等现实主义风格迥异的反传统、追求小说艺术革新的作品，强调对物描写的非主观性，擅长描写人

① 徐真华、黄建华：《20世纪法国文学回顾：文学与哲学的双重品格》，上海：上海外语教育出版社2008年版，第89页。

物内心意识的对话。阿兰·罗伯·格里耶（Alain Robbe-Grillet）、娜塔丽·萨洛特、克洛德·西蒙（Claude Simon）、米歇尔·布托尔（Michel Butor）是“新小说”的四员大将。尤其引人瞩目的是女作家娜塔丽·萨罗特，她既是20世纪法国女作家的代表之一，又是“新小说”的领袖，多次获得诺贝尔文学奖提名。她出生于俄国的伊凡诺瓦，童年时父母离异，8岁随父亲移居巴黎。她熟读俄国、法国等的经典小说，陀思妥耶夫斯基（Фёдор Михайлович Достоевский）、马塞尔·普鲁斯特（Marcel Proust）和乔伊斯（James Joyce）对她影响巨大。她的著作有小说《向性》、《陌生人画像》、《天象仪》等，戏剧《伊森姆》、《太好了》，回忆录《童年》。萨洛特的评论集《怀疑的时代》，收录其4篇论文，阐释对旧文学的眷恋与摆脱，并期待于“新小说”。萨洛特亦是比较活跃的女权主义者，她在写作之时就融入了女性主义色彩。她自1935年起，为争取妇女投票权而奔走，是女权主义的先锋，其作品也是现代女性文学的开端之一。

玛格丽特·尤瑟纳尔是20世纪法国女性作家中最具历史感与人文视野的作家之一。她创作的主要动机是对古代文明和历史变迁中的人类行为作出解释。她出生于比利时布鲁塞尔的富裕家庭，双亲均为贵族。父亲是法国人，母亲为比利时人。她只受过很少的正规教育，在父亲的指导下，10岁学拉丁文，12岁习希腊文，18岁出版第一本诗集《幻想的乐园》，19岁出版第二本诗集《众神未死》，1929年出版第一本小说《阿列克斯》，1936年出版诗与散文合集《火》。尤瑟纳尔的作品充满历史感。她坚信，历史是一所“获得自由的学堂”，是人类对现实进行哲理思考的跳板。因此，她带领读者漫游于古代、文艺复兴时期以及20世纪初的广大空间。尤瑟纳尔的全部作品都是历史与现在、灵与肉、具体与抽象的对话。其历史小说《哈德良回忆录》，名列20世纪法国文学十大经典之一，小说采取第一人称，以书信独白的方式叙述罗马帝国时代“五贤君”之一哈德良的故事。另有小说《东方故事》与《一弹解千愁》等。尤瑟纳尔将女性的哲理思维发挥到极致，她每次写作都被形容为一场与人物或历史合谋针对作家自己的战争。尤瑟纳尔的写作成就非凡，因此她也成为法国三百年来第一位女院士，她的不平凡之处就是她以女性身份颠覆了男性社会统治下的写作。

除了“新小说”的流行，此时的法国文坛被一股“情人”风席卷，这是因为一部电影《情人》的上映。《情人》是根据一部小说改编的，这位小说家也借此电影为法国人甚至世界文坛所瞩目，这就是与众不同的玛格丽特·杜拉斯。杜拉斯是极端唯美的实验型女作家。她以毫不掩饰的坦率回忆了自己的初恋，这位70岁的女作家历经半个多世纪的时间流逝，仍能饱含激情地回忆自己16岁时的爱情故事，虽然经过了时间的磨砺、世事的冲刷，但是杜拉斯仍具对历史敏锐的洞察力和俯瞰式的姿态。《情人》将少女的青春和激情表现得丰富深邃、充满张力，对感情的爱与恨、青春的希望与绝望、爱情的激情与幻灭，都以极端而凄厉的语言来表现，悲怆而低沉。半个多世纪的磨砺使杜拉斯笔下的诗篇具有深邃的厚重并迸发出瞬间的亮度，几乎能杀人。可以说《情人》是杜拉斯的半自传小说，她出生于越南，父亲为数学教授，母亲是小学教师。杜拉斯在越南西贡读中学，18岁回到法国，入巴黎法学院、政治科学学院读法律和政治学，获得法学学士、政治学学士学位。她的小说多数是以她在东南亚的童年或少年时期的情感经历为主，部部摄人心魄。1960年的电影剧本《广岛之恋》一出就轰动影坛。1967年的剧本《英国情人》获得易卜生奖。1984年她的《情人》获龚古尔文学奖，引爆了法国文坛的“情人”风潮。1991年她继续写作“情人”主题，续出《中国北方来的情人》。她的《英国情人》、《情人》、《中国北方来的情人》合称为杜拉斯的“情人三部曲”。文如其人，杜拉斯本人就是一部奇幻的小说故事，故事本身充满着酷热和暴风雨、对话和失语、爱情与别离。杜拉斯总结自己的一生就是“毁灭”与“重生”，她的作品亦是如此。杜拉斯的作品被后来的女作家争相效仿，因为在杜拉斯的作品中她们似乎找到了一种源于女性的姐妹般的情感共鸣。玛格丽特·杜拉斯于1996年3月3日逝世，葬于蒙帕纳斯公墓。杜拉斯的文学生命为后继的女性文学开启了别样的话语空间：女性生命是语言与音乐的混合体——倾诉和狂欢、压抑与失控。

法国著名的通俗小说家，又被誉为“当代法国精神世界的代言人”的弗朗索瓦兹·萨冈是一位少年成名的女作家，善写无需为生计发愁的小资情调，堪称现代小资写作的教母。她18岁就以《你好，忧愁》一夜成名，并创下84万册的销售纪录，次年其英译本成为《纽约时报》畅销书排行榜冠军，成为文学领域年轻的千万富翁。之后，她又出版了《微笑》、《飘荡的晚霞》、《一年之后》、《你喜欢勃拉姆斯吗》、《奇妙的云》、《心灵守卫者》、《怯寒的爱神》、《夕阳西下》、《化妆的女人》、《静止的风暴》、《迷乱的镜子》等小说，每本都被列入畅销书行列。她在创作小说之余也介入戏剧和电影剧本的写作，如《在瑞典城堡》、《昏迷的马》，她的剧本，只要拍成电影，都保持很高的票房纪录。萨冈的语言清新、自然不做作，加上细腻真实的心理描写，她的小说给人以独特的艺术享受。她的作品既不像现代派作家那样置身于作品之外，又不像现实主义作家那样感情外露，而是用优美的文笔创造了一个独特的女性世界。萨冈是一位女权主义者，积极从事妇女自由和解放的事业，发起妇女应享有堕胎权利的签名运动。但她在文学上获得的赞誉，并不能抵销她在私生活方面的非议，她曾涉嫌吸毒或贩毒，是一位颇受争议的女作家。

除了本文主角波伏娃和上述女作家外，还有众多才学出众的女作家，有“故事的灵感来自东方”的奮蒂（Cherdy），她的作品带着东方的神秘，有一首诗《长期忍耐的女人》表现中东地区的战争，表达了中东女人的觉悟；有“众多文学奖的获得者”的玛列特·裘莉（Maliette Julie），她一生获过很多文学奖，小说《谎言》获1957年图书奖，《天朝》获1958年费米纳奖及1964年摩纳哥王子奖等；有拥有“神童写手”美誉的玛丽·达里厄斯克，她出生于法国南部的贝幼纳，从小就表现出超人的写作能力，七岁即获母亲节诗歌大奖，1986年获学士学位，著有《小姐变成猪》、《丈夫不见了》、《海之恶》、《波浪的精密度》、《在活人之间短暂停留》、《宝贝》、《白》等。

通过以上叙述，我们已经基本梳理清楚法国现代女性文学的脉络走向。从清新的田园气息、优雅的都市小资到颓废的堕落女人，显然，法国女性文学很清晰地走在文学史的道路上。它大致经历了17—19世纪的浪漫气息、20世纪前半叶的个性回归、20世纪50—60年代的欲望与压抑，直至20世纪70—80年代的认知自我这几个阶段。但无论文学的横与纵、显与隐，其过程背后都隐藏着女性意识由自省走向自觉、由混沌走向清晰的过程。“女性作家在法国小说的发展过程中起着十分重要的作用。从乔治·桑到波伏娃，她们和男性一样经历了时代的盛衰曲折。凭借历经风雨后的热情以及对精神探索的执着追求，她们的创作跻身于伟大的文学作品之列，成为超越时空的经典。”① 或许我们在彻底了解了法国现代女性文学的绵延之路后，才蓦然发现所有贯穿于现代女性文学中的女性意识主线和精髓，都是关于女性生存价值的探讨，这不是结论，而是定论。

法国女性文学或许不能代表整个西方女性文学发展的趋势，但是，至少，法国文学给我们研究西方女性文学提供了一种思路和借鉴：从自省到自觉，从被动到主动，从踌躇到满志。并且，在世界文化重新合并分野的态势下，个体的发展已经是时代进步的一个印迹，我们要做的就是整合之，比较之，发扬之。基于此，我们有充分的理由将中国女性文学放在这个融合的时代背景下磨砺抛光，让它的东方魅力与西方光华合二为一，成为人类文学的典藏之笔。因此，法国的波伏娃与中国的张爱玲的比较研究，可权作中西方女性文学的微观尝试，无论成败利钝，都将是世界文学成长之路上的丰碑。

（二）波伏娃在法国女性文学中的地位与价值

波伏娃是法国女性文学中的另类代表，她的贡献不仅在于她的文学表现，而且在于她通过文学途径详细表达了对女性的解析、为女性的辩护及对女性未来的思考。因此，波伏娃是20世纪的法国女性文学中最独特的一位，她以女权主义者的身份编织着自己的文学梦，她的文学梦中时时闪现女性意识的火花。

波伏娃早在少女时代，就显示出独立的个性，她对外宣称“我绝不让我的生命屈从于他人的意志”，因此，她虽然与萨特相恋，但从未履行结婚手续，她不愿被一纸婚约束缚。她认为，女人只有保持经济独立和行为独立才能“介入”世界。波伏娃的思维敏锐、逻辑清晰，具有旺盛的生命力和坚定的意志。她对事物充满好奇心，总是努力探求问题的最终答案。波伏娃领导了20世纪女权主义运动的新潮流和新趋势，作为文学家，波伏娃在法国并不占据主流地位，她的作品与柯莱特、萨洛特、杜拉斯、萨冈等相比并不突出，仅有《名士风流》于1954年获得法国文学最高奖龚古尔文学奖。尽管如此，波伏娃依然是西方现代文学史上最具特点的女作家之一，她的作品让人印象深刻，因为她总能触动女性读者的心扉，总能说

---

① 徐真华、黄建华：《20世纪法国文学回顾：文学与哲学的双重品格》，上海：上海外语教育出版社2008年版，第92页。

出读者最想说的话。波伏娃是建立在写作基础上的哲学家和女性主义者，对她来说更重要的是后者。波伏娃试图在作品中告诉读者，她作品的最终目的是记录自己、关怀女性、见证时代。她始终想把女人的生活变成一系列的作品集，在她写的系列回忆录中，如《端方淑女》（又译《闺中淑女》、《一个循规蹈矩的少女的回忆》）就有所体现，之后她将“关怀女性”的价值观落实到了文艺创作中，如《女宾》中的弗朗索瓦丝、《他人的血》中的海伦等。《端方淑女》这部作品回顾了她作为女性那种渴望自由、渴望从事写作、挣脱传统生活模式的心情，尤其是渴望挣脱女孩既定命运束缚的整个历程。波伏娃是一个擅长哲学理性的女作家，其深受萨特存在主义哲学的影响，在写作中将存在主义哲学和现实道德结合在一起，写出了很多具有深刻哲理意味的小说。她的小说《名士风流》获得了法国最高文学奖龚古尔文学奖，主题在于说明知识分子面对革命和真理时的两难选择。此外，她的小说《女宾》、《他人的血》、《人总是要死的》也获得广泛的赞誉。在创作小说的同时，她还撰写系列论文，如《建立一种模棱两可的伦理学》、《存在主义理论与各民族的智慧》、《皮鲁斯与斯内阿斯》等，提出道德规范与存在主义理论之间的关系。为波伏娃赢得世界声誉的是她的女性主义论著《第二性》，这部作品被认为是20世纪女性主义的经典，成为“女性主义的圣经”。波伏娃在这部作品中阐述了她关于女性的主要观点。她认为，除了天生的生理差别，女性所有的“女性”特征都是“被造成的”。在这部书中她阐释了“女人不是天生的，而是后天生成的”的著名理论。她在书中从生物学、弗洛伊德精神分析学到历史唯物主义妇女观，从原始社会的女性、母系社会再到父权社会的女性，从法国大革命中的妇女到贵族圈中的女性，都进行了详尽的阐释。波伏娃对女性的一生——从女孩到女人所经历的不同处境（爱情、婚姻、母亲、中老年）都进行了详细描述。她认为女性在每个阶段都因为“女性特征”而受到了局限。波伏娃反对恩格斯所说的从母系氏族社会向父系氏族社会的过渡是男人重新获取权力的过程，她认为社会发展过程中女性从未获得过权力，即使是在母系氏族社会。她认为妇女要真正解放就必须获得自由选择生育的权利，并向中性化过渡。她这本书的英文译本在美国极度畅销，直接促成了20世纪60年代以来的女权运动的蓬勃发展。法国前总统密特朗在波伏娃去世时称她为“法国和全世界的最杰出作家”；另一位法国前总统希拉克则在一次演讲中说："她介入文学，代表了某种思想运动，在一个时期标志着我们社会的特点。她那无可置疑的才华，使她成为一个在法国文学史上最有地位的作家。"波伏娃是一个不屈从于他人意志的人，她在心里建起了一座堡垒，把所有妨碍她幸福的东西都拒之门外。她说："我们并非生来就是女人，而是后天变成的。"她要求给予女人与男人一样的自由和支配自己身体的权利。波伏娃毕生都在为女性的生存状况与自由进行着不懈的努力，因此在波伏娃诞辰100周年之际，法国国内对波伏娃的纪念隆重而持久。在其百年诞辰纪念活动中，《新观察家》和《文学杂志》都用她的照片作为杂志封面，关于她的电影、研讨会和纪念活动随处可见，而塞纳河上的第37座桥也以她的名字命名，这是这条河上第一座以女性命名的桥。相比萨特100周年诞辰纪念，波伏娃的100周年诞辰纪念不但不逊色，反而比萨特的更受到大家的追捧，这显然与他们俩生前的公众声望相反。

二、中国女性文学发展考察及张爱玲的地位与价值

（一）中国女性文学发展考察

因中国女性文学发展在20世纪前具有其独特的复杂性及与进入20世纪后的女性文学完全不同的发展历程和轨迹，而张爱玲文学主要成长于20世纪的文学土壤中，故此节对20世纪以前的中国女性文学暂不作详细概述（中国女性文学此前历程详见本书第五章）。此节探讨的关键是20世纪初及五四运动后的中国女性文学。皆因此阶段的女性文学一定程度上获得了前所未有的发展机遇，其开创性步伐和久远笃实的影响力深远而厚重。

这个时期的女性文学按时间发展可分如下几个阶段：

第一，五四运动前女性书写群体的出现。清廷末期社会思想变革对中国文学文化的冲击，女性渴望变革的斗争波澜起伏，体现在文学上则是女作家群的风起云涌，这在中国文学史上是特别的事件。"五四"前夜的中国，变革求新的幽灵游荡在阴霾的天空，女性也渴望加入求变求新的行列。秋瑾是先行者，她对女性平等权益的争取虽然可贵，但无情的社会还

是给她套上了死亡的枷锁，她的诗《致徐小淑绝命词》[①] 淋漓地刻画出女性在沉郁哀鸿的社会面前的悲怆与无奈，这正如当时的女性活动家张竹君所说的“女子之悲苦及其危险”导致女性是“天然的弱者”[②]。但，秋瑾的死并没有让她们屈服，她们似乎看到了希望和光明，于是，她们大胆反抗“强者”的意志，顽强而决绝地为重塑自我付出努力。从1897年到1919年，女性自办读物形成风潮，1898年6月上海的《女学报》是最早的女子报刊之一，然后有《中国新女界杂志》、《女子世界》、《女报》、《女学生》、《留日女学生报》、《神州女报》等种类繁多的女子报刊，而且有47种女子报纸集中在1905年到1912年出刊，并且半数集中于上海，其他则集中于北京、广州、成都、香港，乃至日本东京等。这些女性报刊很快就吸引了一批女性作者加入，形成了固定的作者群体，间接培养了众多的才女文人，潘璇、炼石、丁初我、杜清池、沈静英、张蕴华、蒋遂性、陈撷芬、王荷卿等都是那时最重要、最出色的女性作者。其中陈撷芬的《独立篇》是中国女性思考社会、问诘生命的最早文献之一。这些20世纪早期的女性书写激励着同胞们从被置于“无用”和“残疾”的双重困境中走出来，通过文字书写重新塑造女性意识，主动认知由性别差异导致的女性“弱者”地位。这些女作者不仅关注中国女性的命运，还放眼看世界，关注欧美的女性生存境况。炼石（真名燕斌）的《女权平议》援引欧洲的天赋人权理论来阐述女权运动的意义，并且认为“女权之最发达者，当以北美合众诸州为最”，而“最不发达者，则以吾中国为最”。丁初我则以“悲歌”的形式指出女同胞急需寻找“另一种生活道路”。

第二，五四运动后出现的女作家群。五四运动后，一批怀揣“女性崛起”梦想的女性奔向文学舞台，女性文学成为一道靓丽的风景线。真正意义上的中国女性文学也是从这时开始并形成体系的，而且也正是这个阴晴圆缺的“五四时代”孕育了中国女性文学的多元化格局。陈衡哲、冰心、庐隐、冯沅君、丁玲、石评梅、白薇、林徽因、凌叔华、萧红、苏雪林、罗洪、罗淑、白朗、陈学昭、赵清阁、沉樱等相继鹊起，她们掀起了五四

---

① 秋瑾：《秋瑾集》，上海：上海古籍出版社1991年版，第26～27页。

② 王忍之编：《辛亥革命前十年间时论选集》，北京：生活·读书·新知三联书店1960年版，第898～899页。

运动后女性文学繁荣的第一波浪潮，她们在中国女性文学史上留下了闪亮的印迹，也是中国女性进入文学视野最成功的典范之一。在她们的笔下，既有娜拉式的决绝，也有渲染母爱的深情，既试图保护女性的纯真，又觊觎欲望的无边。她们是矛盾的混合体，她们的内心徘徊在顺从与叛逆之间。她们是伟大的先行者，她们既打开了通向世界的窗户，也缔造了中国女性全新的、开放的视野。从此，作为社会边缘存在的女性，她们不再囿于婚姻的影子，而是勇敢地走出藩篱，观世界，闯天下。抗日战争和解放战争时期的女性文学则是五四运动后涌起的女性文学第二次浪潮。这时的女性文学是革命唢呐与小资锦瑟的合奏。杨沫、菡子、茹志鹃、丁玲是解放区中铿锵的音符，而张爱玲、梅娘、关露、苏青、潘柳黛则在“上海孤岛”倾诉着儿女情愁、家长里短。文学史与社会史有着惊人的“共性”。人类历史上的任何一次离乱、朝代更替、欣欣向荣、衰竭与进取过后，都会推动文学的大繁荣。“家国不幸诗家幸”，文学是记录大时代风云的书记员，20 世纪的五四运动后出现的女性文学风潮是社会前进的最好注解。

第三，1949 年后，女性文学因政治分野而分野于大陆和港澳台。在大陆，50—60 年代只有为数很少的女作家继续创作，像茹志鹃、刘真、宗璞等。但是在所谓的“男女平等”口号下，即使是文学作品也被要求抹杀女性的独特性别气质，一概向男性看齐，温婉、母爱、柔美、浪漫都被当作小资情调扔进故纸堆中，仅存的女性气质也限于把母性上升为家国性进行歌颂。因此，那时的女性文学单调乏味而缺乏女人气质，佳作乏陈。到了 70 年代末，情况发生了变化。原有的女作家，像茹志鹃、宗璞等经过数年沉潜积淀，厚积薄发，作品无论是内容还是思想性均别致而新颖。同时，随着意识形态的解放，又涌现出一批才华绝伦的新时期女作家，张抗抗、张洁、叶文玲、谌容、戴厚英、程乃珊、舒婷、张辛欣、王小鹰、铁凝、陈祖芬、残雪、刘索拉、严歌苓、航鹰、池莉、蒋子丹、温小钰、霍达、傅天琳、陆星儿、竹林、黄蓓佳、范小青、严亭亭、乔雪竹、梅绍静、迟子建、陈染、林白、毕淑敏、赵玫、徐坤、张欣、林珂、裘山山、须兰等百余人，犹如一道风景线伫立在时代文学的画卷前端。

一衣带水的港澳台及海外，则始终活跃着一批创作力旺盛的女作家。她们中有的吮吸营养，花开于民国大陆，创作果实流落在港台地区及海外，但她们的文学精神始终浸润在中国传统文化的母体中，她们始终关心故国家园的前生今世；有的则是其创作根蒂就在港台地区或异国他乡，但骨子里仍脱不掉浓浓的“中国心”本色。前者如张爱玲、苏雪林、谢冰莹、林海音、张秀亚等，她们裹挟着五四新文学精神而歌，既有接受西方文学、先锋文艺的意识，又为传统古国作诗意文章。因此她们的创作既有以女性人生经验再现的婚姻、家庭、爱情，也有西方文学样式在作品中的浸染，如意识流，荒诞派，商业社会的喧嚣、骚动，对人性的关注挖掘等。后者的文学生命虽长于异乡，但心始终感念着未曾谋面的故国家乡，如赵淑侠、亦舒、琼瑶、三毛、朱天文、朱天心、龙应台、聂华苓、梁凤仪、严歌苓、席慕蓉、李碧华、张小娴、张晓风、张翎等，她们背后的儒家精神和中国情结充盈而实在，情感则雀跃又心殇。这些内地以外的女作家，其共同点是都有完整的中华文化背景，同时受到住在地的文化熏陶，以致在思想和生活层面，既不同于母国的本土作家，也不同于住在地或侨居国的作家，而是拥有一种聚合华夏精神又糅合了西方基督教文明的特质，并习惯以两种文明的混合观点来品人生、看世界。

20 世纪的中国女性文学，带着浓浓的乡情与时代步伐的铿锵，优美而有力地走在新时代之路上。回顾往昔，我们依稀看到，“柔媚”、“孱弱”是女作家挥之不去的风骨与气韵，她们虽放眼华夏，观照的却是生命个体的“你、我、她”。

（二）张爱玲在中国女性文学中的地位与价值

张爱玲，中国现代作家，曾与在汪伪政权做事的胡兰成相恋。20 世纪 50 年代初由大陆到香港工作，1955 年移居美国，后成为美国左派作家赖雅的妻子。张爱玲幼年接受私塾教育，国学功底深厚。她的童年生活物质丰裕，却缺乏亲情的关爱——母亲浪漫随性，远走他国，父亲沉沦消弭，不事正务，因此她的情感颇受磨炼。这样一个缺少安全感的家庭氛围磨炼了张爱玲早熟的性格，她从小便懂得自我保护。同时，早熟使张爱玲比同龄人更能细微地体察人情冷暖，养成了她坚韧、卓尔不群的性格，也因此成就了这个奇女子在 40 年代的一段上海传奇。张爱玲的一生，是才情卓著的女人在乱世中雕刻玲珑生命的时光，轻盈而幽怨。

张爱玲的文学创作以小说为主，兼及杂文。张爱玲不是特别多产的作家，但衡量一位作家的价值不是量的积累而是质的提升。张爱玲的小说至少有四个方面的成就。其一，为后来者提供了文学创作的新主题，那就是——“小人物不飞扬、不彻底的琐屑人生”、“苍茫的悲凉”。无论是她的处女作《我的天才梦》还是之后让她红遍上海文坛的“沉香屑系列”、《倾城之恋》、《金锁记》、《红玫瑰与白玫瑰》、《连环套》、《鸿鸾禧》、《茉莉香片》等，几乎每篇文本中的人物与环境都是普通百姓多样人生的交叠，因而整个文本的思维形态呈现出不定性（可此可彼）、模糊性（非此非彼）、矛盾性（亦此亦彼）的交相辉映。张爱玲在《自己的文章》中就清晰地表明不喜欢“强烈的对照”的书写，因为这样“刺激性还是大于启发性”。反之，她偏爱“参差的对照”，一种“葱绿配桃红”的渐次交叠的形式，以给人“更深入的回味”。她不关注“英雄的宏伟”，因为她认为“这个世界大部分毕竟是凡人的世界”，并认为只有“平凡”才“较接近事实”，因为“凡人”的生活常是“不彻底的”，“他们没有悲壮，只有苍凉”。其二，张爱玲小说从“英雄纪事”时代回归到“琐碎性格”时代。张爱玲小说的人物基本都处于社会权力的边缘，是一群落后、弱势、被忽略、处于被宏大历史叙事所忽略的边缘人，是哲学意义上的“不在场”。但是，哲学的“不在场”并不等于生活中的“不存在”，而是社会人被排除于主流之外的境遇，也是弱势群体的普遍生存状态。张爱玲用“边缘”、“不在场”的写作策略来达到对“在场”的主流历史的反抗。她这样做的目的是为了消解纯文学的经典形象，满足市民对普通人之价值取向、情绪知觉的猎奇和思考，进而最大限度地刺激民间群体创造属于特定历史时期的心理态势，并有效地运用现代文学的表达方式勾勒出那个时代作为个体的人的心理境况。在张爱玲看来，这才是人生活动的基本形式的稳定表现，其中隐含着一个民族的特定时期的文化心理构架，是解读民族文化心理的精神密码。张爱玲怀着对还原人性的期望来描述现实的残酷，她不为任何人作生命里的承诺，不服从于现世的价值，不屈从于历史的需要，不折腰于某个社会任务中衍生出的生活规则，她只是力图独力完成一种没有欲望或欲望破碎的、没有恐惧或恐惧消逝的人生冒险，也算是一种小人物的英雄行为。其三，张爱玲小说对女性的关注让传统书写视野转入“女性飞扬”的时代。张爱玲众多的小说主题都是以女性为主，女人命运的“苍凉”成为张爱玲笔下永恒的话题。张爱玲不咏叹巾帼英雄，不沉醉于儿女梦长，不为前世来生的女儿情遐想，她只愿为那些于人生角落沉浮的女人立碑作传，追寻她们“不彻底的琐屑”人生。在张爱玲看来，正是这些“琐屑的音符”构成了“英雄史诗”的时代，因为她们才是“人生的主题”，关注她们远比歌颂英雄来得真实。张爱玲小说世界的这些女人基本是多元性格与多样人生的叠交。《金锁记》中由清纯到变态的曹七巧，《沉香屑　第一炉香》中由简单到诡计多端的葛薇龙，《倾城之恋》中心机奇巧而生活局促的白流苏，《半生缘》中出卖亲生妹妹以求苟安的顾曼璐，《桂花蒸·阿小悲秋》中母性无原则泛滥而护短的阿小等等，诸多女子细琐而平淡的真实命运都汇聚到了张爱玲的小说中。张爱玲独特的审美视野让中国女性洗去被历史尘封的灰霾而精神抖擞地参与到文学喧哗的大时代。其四，从文学的发展史回望，张爱玲的文学书写为后人提供了“张爱玲式”的写作平台。1995 年 9 月，王德威为台湾的《中国时报》撰文，指出张爱玲的作品带出“一大批张派作家”，其中包括台湾的白先勇、施叔青、钟晓阳、朱天心、朱天文、袁琼琼等，香港的梁凤仪，甚至大陆的苏童、叶兆言、王安忆等。这些作家不仅从张爱玲那里汲取创作灵感，甚至仿效了张爱玲某些固定的创作模式。① 这些作家以这种形式来纪念他们心中的张爱玲，并忠实地传承张爱玲衣钵。张爱玲文学以其独特而高超在高雅与通俗间走出了一条顺畅的路，成为留给我们的宝贵艺术财富。

关于张爱玲文学的女性意识，其要旨主要体现在她的小说中。她的小说既以中国古典小说为根底，又突出运用了西方现代派文学的描写技巧，并将两者融合于一体，形成“旧小说情调与现代趣味”统一的颇具特色的个人风格。正是这样的写作风格衬托出张爱玲文学的双重女性神韵。首先，张爱玲对女性主人公心理的细致透视，对人性色彩的精确意象折射，对语言流畅的役使，已经凸显出张爱玲的洒脱、不羁、随性及对人性予以关注的风貌。在对女性心理透视的基础上，张爱玲很看重“日常生活”的“琐屑”。她认为，伟大固然重要，但普通民众却难得有被关注其伟大一面的机会，他们一直默默无闻地行走在平凡之中，而平凡、不飞扬的人生才是平凡中的伟大。第一部小说集《传奇》出版时，张爱玲在扉页上这样题词：“书名叫传奇，目的是在传奇里面寻找普通人，在普通人里寻找传

---

① 这些观点出处包括王德威：《张爱玲成了祖师爷爷》，《中国时报》，1991 年 6 月 14 日；王德威：《“世纪末”的福音》，《中国时报》，1995 年 9 月 13 日；王德威：《落地的麦子不死——张爱玲的文学影响力与“张派”作家的超越之路》，《中国时报》，1995 年 9 月 11 日。

奇。”这里的“普通”是关于人的普世意义，是具体到个人的一种品格气质，是精神境界里的人生真味。作为女性，婚姻和家庭是她们赖以施展的空间。张爱玲以瓦解英雄主义的勇气，蒸发“民族大义”的决心，不厌其烦地将这个属于女性的空间的“细琐”娓娓道来，让我们感受到女性“琐屑人生”精致的一面。这里的“普通”忠实于女性“琐屑人生”的真实，虽偏向“淡烟流水”似的无迹可寻，却构成了普通女性的伟大。在看似绚丽的背景下，张爱玲的文字关乎普通女性的人生命运，关乎她们背后的民族气质，关乎女性之上的生命超越，这是张爱玲为女性设计的安于现状的“奇迹”。张爱玲力图从侧面表现女性思维的广度、密度和深度，说明女性对于认识自己、把握自己、放纵自己的渴望，以及对于等待未来的无意识的探索，而这正是作者思维的智慧放射及对人生幽微的精深探视。在张爱玲看来，女人的琐屑故事是生命存在的“传奇”，是“碎屑”背后的完整社会人生。她在提醒我们，文学思考的背后对人性的关注是应有之义，那才是获得生命永恒的源泉。同时，我们也注意到张爱玲“琐屑女人”的背后，其实包含着更为广阔宏大的女性意识和女性价值，这就是张爱玲所说的“她们全是些不彻底的人物。她们不是英雄，她们可是这个时代广大的负荷者。因为她们虽然不彻底，但究竟是认真的”①。所以，对于张爱玲为什么不去追逐那时代的时髦的革命主题而独爱“普通人”，在这里我们似乎找到了答案。因为，张爱玲是在为最广大的辛苦女性立碑，这将是怎样的洞察力与坚韧精神？甚至，当那些指责张爱玲作品灰暗不伟大的声音此起彼伏时，张依然坚守着自己和自己的“不带一丝焦火气的传奇”（余秋雨语）的文字。当时，喜好英雄叙事的傅雷就很不客气地指出张的作品“老是霪雨连绵的秋天，潮腻腻、灰暗、肮脏、窒息的腐烂的气味，像是病人临终的房间”②。而到20世纪90年代以后，更有被意识形态文艺理论思想左右的大陆文坛催生出的一些批评家甚至带着无理取闹的口吻质问张爱玲：“之所以未能取得更大成就，不就缺少一种深邃的‘艺术情怀’么？不就因为缺少一点超越世俗的‘人文关怀’么？”③ 简直妄语胡言！没有

---

① 张爱玲：《自己的文章》，金宏达、于青编：《张爱玲文集》（第四卷），合肥：安徽文艺出版社1996年版，第174页。

② 迅雨（傅雷）：《论张爱玲的小说》，《万象》1944年第11期。

③ 王斌斌：《“张爱玲热”：吃错了药》，《中国青年》1995年第11期，第62页。

“琐屑”的生活何谈“恢弘”的生命？我想，恰是张爱玲对平凡女性的关注才照亮了女性千百年被忽视的一隅——女性对一个民族、一个国家乃至整个世界文明的杰出贡献。

历史时光流转飞逝，当我们静静地缅怀这个远年的上海女子，品读她的“不染红尘焦火气的传奇”时，透过历史的尘埃，仿佛看见彩霞临界，又见惊鸿飘然而逝。

成长环境对张爱玲有着很深远的影响。其一，西式的母亲。她的母亲系名门之后，是一位新式女子，深受西方文化的熏染，几度与她的姑姑一起远赴法国留学，一心想将张爱玲培养成淑女。但因母亲长期在国外，张爱玲的记忆里对母亲的印象和感觉残缺不堪，因此心理上下意识地排斥母亲对她的训导和期望，再而她在父亲家里孤独惯了，对于突然被要求要在窘境中重学做人，而且是学做淑女，感到非常困难。其二，与父亲的疏远。张爱玲的父亲是晚清家族遗少，受过中式和西式教育，谙熟英文，继承了家族的大笔财产。纨绔子弟的本性使他很快与另一班纨绔子弟厮混在一起，沉溺于粗陋的欲望，难以自拔，几年后与张爱玲的生母离婚。少年张爱玲与继母相处不和谐。继母借口张爱玲没经过允许就去自己母亲那里住而找茬报复，父亲不分青红皂白暴打了张爱玲一顿，并将她囚禁在空房子里，足有大半年之久。后来，张爱玲趁人不注意逃出父亲家，从此，她永远断绝了与父亲的联系。

幼年的诸多苦难，使张爱玲过早地看透了人世的悲欢离合，养成了坚强、孤高的秉性，这种性格伴随她终生。也因从小缺少来自家庭的爱，她总处于没有安全感的心境中，时常困扰于对“家庭”和“乱世”的不安之中，成人之后对物质的执迷、对琐屑的专注、对日常的刻画，也皆来自这种安全感缺失的阴影。也正是这样的经历成就了她早熟的品质、缜密的思维能力和犀利的文学拷问。张爱玲幼年与父母的隔阂，使她后来的文学作品始终缺少对父母亲情的讴歌，但姑姑张茂渊却是她亲情世界中的愉悦分子。她在《姑姑语录》中说：“我姑姑说话有一种清平的机智见识，我告诉她有点像周作人他们的。”炎樱亦是她罕见的友人之一。在《炎樱语录》中她记录了这个黑皮肤女孩的许多有趣的奇思妙语。正是姑姑和炎樱的存在，才使她不幸的青年时代呈现出些许天真的本色，生活中偶然也泛起一丝甜蜜。但世事肃杀的过往像极热的铁烙烙印在她的心间，张爱玲性格中的那种悲情底色与现世衰微之感，再加上她生命的年轻时代始终处于一个王朝衰败的阴影里，使她的文学主题都浓缩到了一个大家庭、一个深刻的场景或一个命运多舛的人身上，同时充满了婉转又凉气森然的怨曲。她所选择的主题常常脱离那个时代的主流，而专注于个人和平常生命。也许，她是对的，战争、激情、口号、血腥……经过良久岁月的冲刷，一切都会变得模糊，沉淀下来的，只有对人的关注。另外，张爱玲发扬光大了从《金瓶梅》、《红楼梦》到晚清小说的中国文学传统，使得五四运动以来由鲁迅、胡适开创的现代小说在充分“西洋化”以后，重又沐浴在古典的光辉中，成就了“古典”与“现代”相交融的风格。这跟她从小熟读诗书经典及家庭中的欧化氛围不无关系。传统世情女子的里子，西方现代派的面子，成就了这个瘦削女子20世纪40年代的一段上海传奇。

三、小结

显然，作为本书探讨的中西方女性文学代表，波伏娃的文学具有鲜明的哲学意识，她的行文中渗透着女性文学少有的洞察力和思辨能力。对女性的关怀和爱意是她写作的核心，她积极发现并揭露对女性的文化塑型和规则制约，深刻探索女性所面临的问题和经历的困惑，并将之提升到哲学的高度。尤其是波伏娃努力寻求在现代社会中女性如何发展，女性怎样面对婚姻、家庭和性等问题的答案。因此，波伏娃的鲜明的女性觉醒意识和批判精神、非常坦白直率的具有鲜明西方特色的写作风格，是本书将波伏娃作为西方女性文学的代表的最主要因素。与波伏娃同时代的张爱玲，则是东方文化之一的中国文化下的另一种女性写作形态的代表。张爱玲是一位感情细腻入微的女作家，更是一位智慧的东方女性。她善于隐藏内心世界，对于世事的纷扰变幻，她皆以冷眼旁观的姿态审视。但她的行文却有着婉约背后不平凡的睿智和深刻，我们总能透过她的文学世界，发现作者对这个世界的理解和叹息，她的理解真实而冷静，她的叹息无奈而苍凉。对于事物，她并非想做哲学的判别，哲学已被她巧妙地分解到日常生活的琐屑中，让哲学从学术天堂回归人间，让人们在爱恨纷扰的细琐生活中去开悟、领受作者的良苦用心。

在面对中西方文学的重大变迁与融合影响的背景下，对文学实践中的女性文学进行比较阅读、批评、阐释将是当下所有文学活动中的一个重要环节。基于此，对波伏娃的文学思辨精神和张爱玲的纯文学写作的比较及整合，将是通读中西方女性文学的关键步骤，将对当下女性文学的发展起到重要作用。波伏娃的大气扬帆，张爱玲的细微关怀，让女性文学成为发扬女性意识的动力。一西方，一中国，一恢弘，一琐屑，交相辉映，相映成趣，其比较，成就了女性文学的别样天地。

第二章

波伏娃文学的女性世界：第二性与“他者”

一、波伏娃文学生成的社会背景

（一）20 世纪法国文学的社会思想根基

20 世纪的法国，经过工业革命的洗礼，人在现代化面前倍感孤独、压抑，人们对社会产生了深深的疏离情绪，再经过世界大战的摧残，人们开始迷惘。在这种背景下，法国出现了从存在主义者让·保罗·萨特（Jean-Paul Sartre）、加缪（Albert Camus）到结构主义者克洛德·列维—斯特劳斯（Claude Lévi-Strauss）、罗兰·巴尔特（Roland Borthes），再到解构主义者雅克·德里达（Jacques Derrida）、米歇尔·福柯（Michel Foucault）、茱莉亚·克里斯蒂娃（Julia Kristeva）等大批思想界名人。整个 20 世纪的法国思想界可谓众星闪烁，光彩夺目。尤其是福柯和德里达的解构主义理论，颠覆了传统的逻各斯中心主义，促使世界的思想界重新思考人类思想建构，并在“重组一切”的视野下重新发现各种隐藏的权力意志的纠结。由思想界的突变引发文学界的新萌芽，自 20 世纪初开始的法国文学迈向了更广阔的多元时代。从传统的古典主义、浪漫主义、现实主义文学走向象征主义、表现主义、未来主义、意识流文学、意象主义、超现实主义等。这些文学流派不像传统文学那样对客观世界进行描述，而是提倡从人的心理感受出发，表现人在生活面前所遭受的压抑和扭曲，它重点关注人在现实面前被置于“非人化”境地的遭遇。尤其是“二战”后，经过残酷的战争，人们对既定的社会秩序、价值观、伦理道德的思考由现代主义的“非理性”转向“虚无”，一切都被摧毁，一切都待重生，以致出现了完全脱离正统文学的后现代主义文学。在这些文学作品中，思想是不受束缚的，故事是荒诞的，人物是变形的，语言是碎片化的，其形式、内容、语言表述及思想境界都彻底解构了传统文学的二元思维模式，构建了多元化的写作思维，尤其是其标榜的关注人的内心的写作原则，为文学贴上了“主观化了的客观”的标签。因此，20 世纪对于法国思想界来说，注定是充满机遇与挑战的年代。

与此同时，思想多元化、后现代主义的亢进促进了法国女性权益的空前改善。法国女权运动热情日益高涨，这些运动不单对父权制文化本身提出质疑，强调争取女权，也逐渐开始重视男女性别的角色分配，女性文学也以更激昂的面貌应运而生。法国女性文学创作与社会政治问题紧密结合，尤其是在表现女性自我意识以及个人命运与国家的关系时取得了更加一致的契合。此时期的女性文学更细致地表现了女性从恋爱、结婚到生儿育女的生活道路，表现新生代女性在后工业时期寻找自我的种种矛盾心理。她们迫切要求以自身的生活经历结合强烈的自主意识表达女性的心声，并以女性视野和手法阐释妇女从不知到自知，从无意识、下意识到有意识抗争的历程。法国女性文学创作进入了一个关注性别社会的时代。

（二）波伏娃的文学基础

波伏娃的出生恰逢其时，她出生并成长的这片百花齐放的文学世界，为成年后的波伏娃写作提供了丰厚的养料。另外，她的文学天赋来自于父母的培养，她的父母均受到良好教育，教育波伏娃时既尊重个性又注重启发，因此为波伏娃奠定了深厚的自由主义基础。再加上波伏娃本人聪慧好学，博览群书，因此，她在时代的文学大潮中脱颖而出，既成就了她在20世纪女性文学发展中的地位，也为她所倡导的女权运动、为阐释自己的女性意识开辟了新的自由天地。她那个时代是法国女作家辈出的时代，是女性意识积极萌芽并成长的时代，波伏娃的横空出世为法国乃至世界的女权主义展开了一面铺天盖地的旗帜。

波伏娃借《第二性》这部经典论著，表达了自己对女性问题的认识，阐述了她对传统女性意识与男性文化的历史冲突及现代女性意识的存在状况的研究。波伏娃主要从三个方面阐释了女性问题，她认为，首先是父权社会导致了女性特质的生成，这也是女性生来就失去自由的根源。虽然历史上很多著名女性人物都标榜“自由女性”，但她们从未获得过真正的自由，因为摆脱男性的约束是非常艰难的，最终她们还是要回到男权社会的框架中生活。波伏娃提出，女性要对抗父权制带来的女性被弱化境遇。其次，波伏娃阐述了女性特质形成的自然因素和社会因素，她从生理、心理、精神分析、女性成长历程到男性作家对女性的评论等方面描写了女性经验，如剖析男女生理结构的不同、阐释生育经验给女性带来的社会损失、探析女性心灵、直面女性对性本能的需求、展示男性对女性赤裸裸的性别歧视等。波伏娃提倡女性应完善自我管理、增强自我意识，并勇敢构建自我生存领域等。再者，波伏娃揭示了女性意识的文化内涵，《第二性》的另一个贡献是把性别意识与社会文化融合为一体。在这本书中，波伏娃深深感觉到文化对性别的影响，也更加觉得文化左右着女性经验的发展与成熟，对具有双重甚至多重文化背景的女性来说，与本民族传统文化不同的文化体验似乎成了激发女性发现自我的历程。波伏娃对女性意识的三个方面的阐释，拉开了现代社会女性意识走向成熟的序幕。“波伏娃认为两性之间没有先天的区别。从她的观点看，既不是生理、心理，也不是职业或者天性决定了女人，而是男性对第二性的看法。”① 波伏娃的观点新颖而独特，因此她的《第二性》在女性研究领域具有开天辟地之伟绩。作为一名女性文学家，波伏娃把自己的女性意识贯彻到了文学作品中，比如女性受社会制约而形成的循规蹈矩、女性因抗拒而不羁等等。她的第一部小说就是带有自传性质的《女宾》，这部小说揭开了波伏娃女性意识在日常生活中的表现状态。

二、波伏娃文学的女性形象

（一）《女宾》：对抗与悲哀

《女宾》动笔于1938年10月，完成于1941年春天，1943年由伽利玛出版社出版。这不是一种现实生活中的三角恋爱关系，而是一个特殊环境下具有特殊意义的“三重奏”② 故事，此内涵就是三个男女之间的共有的性爱生活。这部书的写作背景源起于萨特、波伏娃及奥尔加之间的三角恋关系。奥尔加本来是波伏娃的学生，后来成为萨特的情人。奥尔加的到来，使波伏娃与萨特的“二人转”变为“三重奏”。这是在波伏娃与萨特既往恋爱中从未遇到过的挑战。但波伏娃无权干涉萨特的自由，如果干涉，就意味着失去萨特，这是波伏娃最害怕的，因为萨特已经成为波伏娃生命中的一部分，而奥尔加也是她生命中重要的一部分。他们给予波伏娃完全不同的感受：奥尔加给予波伏娃的是一种眷恋和亲昵，萨特给予波伏娃的除了性爱以外，还有非常真挚深厚的友情，这是思想碰撞后迸出的智

---

① 徐真华、黄建华：《20世纪法国文学回顾：文学与哲学的双重品格》，上海：上海外语教育出版社2008年版，第95页。

② ［法］克洛德·弗朗西斯、弗朗德·贡蒂埃著，唐恬恬译：《波伏娃：激荡的一生》，桂林：广西师范大学出版社2009年版，第50页。

慧的火花，此二者对波伏娃来说缺一不可。波伏娃无奈接受了三人共享性爱的现实，但是，面对萨特对奥尔加的疯狂追求，无论此前有过什么“爱情契约”，波伏娃都有种深深的失落感。她时常能在“三重奏”中听到噪耳的音符。

“当我们三人一起出门时，过去的奥尔加烟消云散了，因为，萨特期望的是她的另一个侧面。有时，她能不负他的希望，比与我相处时表现得更为女性化，更风姿绰约，更搔首弄姿。有时，她感到他的期望令人生厌，就会愁眉苦脸，甚至大发雷霆。但无论哪一种情况，她都比较注意场合。萨特呢？想着奥尔加时的他与和我相处时的他判若两人——如此一来，我们三人在一块时，我会感到双重的失意。他们常制造一种动人的气氛。对此，我尽力有所贡献，但无论什么时候我一想到这‘三重奏’要长期延续下去，我就被吓坏了。”①

面对这种局面，波伏娃的心情不是“嫉妒”，而是“痛苦”，既为爱情旁落而痛苦，亦为爱情契约的束缚痛苦。波伏娃深深感到，作为女性，在两性关系中，始终处于被动的地位，这既是面对男权的无奈选择，也是女性在社会约束困境中的具体表现。此“三重奏”深深刺痛了波伏娃的情感，迫使她开始重新思考女性的地位及“女性如何变成自我”而不是“他者的我”。这段“三重奏”生活给波伏娃带来了创作灵感，她有一句名言：“当生活乱了套时，文学就出现了。”《女宾》就是在她乱了套的生活中诞生的，波伏娃的文学事业就此起步，也正是这样的生活成就了日后伟大的波伏娃，当然伟大的人总是能抓住生活的点滴、化腐朽为神奇的，波伏娃就是这样的人。《女宾》是波伏娃对自己的情感再教育的尝试。波伏娃在书中将自己的感情升华为哲学思考，在写书的过程中，她摒弃了传统观念，不把自己依附于任何人，尤其是男人。她认为女性应该具有自己独特的生活方式，而不是被框定在男权所设计好的既定体系中。书中有三个主要人物，分别是男主人公皮埃尔、女主人公弗朗索瓦茨和少女格扎维埃尔。这分别映射萨特、她本人及奥尔加。《女宾》来源于生活，却又高于生活。《女宾》前半部基本上是现实生活中“三重奏”的再现，弗朗索瓦

---

① ［法］西蒙·波娃著，陈欣章等译：《盛年——西蒙·波娃回忆录（二）》，南京：江苏文艺出版社 1992 年版，第 281 页。

茨和皮埃尔是一对情投意合的恋人，他们的爱情牢不可摧，他们收养了十九岁的少女格扎维埃尔。弗朗索瓦茨幻想组成一个依靠坦诚相待、平等和谐的新型性爱“三重奏”，但事与愿违，皮埃尔与格扎维埃尔陷入热恋，而将弗朗索瓦茨抛于一边。小说后半部则对现实进行了加工——格扎维埃尔企图把弗朗索瓦茨排挤出去，独霸皮埃尔，而皮埃尔也禁不住格扎维埃尔的色诱，真心实意地爱上了格扎维埃尔。此时的弗朗索瓦茨胸中的仇恨与日俱增，波伏娃在小说的结尾安排了弗朗索瓦茨用煤气杀死格扎维埃尔的情节，此安排是波伏娃对现实中奥尔加怨恨的发泄，波伏娃已经对“三重奏”彻底失去了信心，她设计了在纸上把奥尔加杀死，她觉得这就把过去对奥尔加的不安一扫而空，从而从三人之间的友情中清除了愉快的回忆之中不愉快的往事。

《女宾》中的弗朗索瓦茨是一个充满怨怼的女人，也映射波伏娃挣扎的内心世界。波伏娃既对自己在三角关系的劣势地位充满危机感，也对萨特与奥尔加的恋情深怀愤怒。波伏娃意识到这时的自己已经变成了任人宰割的奴隶，而且是萨特和奥尔加共同的奴隶，她唯有听命于此二人的行动指挥，这种状况让波伏娃意识到自己处于爱情危险地带，但又不能发作，她处于被男权异化为奴隶的境地。对此“三角事件”的分析和总结，波伏娃在《女宾》中表达了这样的思想：维系社会生存发展的动力就是保持性别交往的平衡，它包括社会地位的平衡和心理上的平衡，如果失衡，就会导致社会性别系统的虚化，进而导致男权的滥觞和女性权益被吞噬。而这样的失衡，在《女宾》中无处不在。弗朗索瓦茨当初理想中的“三重奏”被无情地撕碎，她力图克制内心的阴郁和愤懑。但是，“面对格扎维埃尔，她怀着某种喜悦地感到，胸中升起她尚未经历过的一些阴暗而苦涩的东西，这东西几乎是一种解脱：它强大而自由，终于不受拘束地充分发展，这就是仇恨”①。借《女宾》之地，波伏娃把男女两性关系和主奴关系的相似性进行了文学概括。波伏娃通过对弗朗索瓦茨的描写，揭示女性的历史就是女性作为物、客体而存在的历史。女性从未获得过充分的自主权，即使已经获得，也是稍纵即逝的，女性的权益终将在同类个体之间的竞争中

---

① ［法］西蒙娜·德·波伏娃著，周以光译：《女宾》，北京：中国书籍出版社1999年版，第424页。

失去存在的意义。波伏娃意识到自己只不过是主体性存在的附庸产品，尤其是当弗朗索瓦茨被皮埃尔与格扎维埃尔抛弃时，“心中充满忧伤，甚至都没有了愤怒和眼泪的地盘”[①]。女性不过是一个符号，这个符号代表着男权眼中的“他者”（Other）[②]，每个女性“他者”都是被抉择的客体，而女人本身却被遗弃于“在场的主体”权力之外。因此，从某种意义上说，女性是处于男权意志下的动态人际关系中的奴隶，这是男女关系的辩证存在。而且，作为一名富有激情的女性，面对爱人被他人占有，尽管有契约爱情在先，但是从爱情心理出发，无论如何也接受不了分一半爱给别人的现实。但不愿意又如何？在没有社会契约保障的前提下，一句口头爱情约定是保护不了女性对爱情的权益的。当对方已经对女人失去兴趣的时候，也就是女人该退场的时刻，黯然离去是女人败局已定的无奈结局。于是，仇恨的种子注定会生根发芽。在《女宾》中，波伏娃安排了谋杀的结局，以报现实中奥尔加夺爱之仇。看得出，即使富有理性的女人，也免不了陷入爱情纠葛的迷局，充分证明女人在爱情面前的“失智”和“排他性”。

关于波伏娃现实中的这种行为，以及文学对现实联想性的发挥，这其实是女性所共有的一种集体行为意识，也是在两性关系中任何女性都可能出现的问题。我们可以通过心理学进行分析，获取答案。奥地利著名心理学家弗洛伊德（S. Freud）的精神分析学中把女性作为男性附属物的观念，即以男性为中心的女性心理观，使他及其拥趸们“老是在弗洛伊德的‘阴茎羡妒’、‘女性受虐说’和‘阉割恐惧’的理论中兜圈子”[③]，这样，女人们在男人面前争风吃醋。女性学家卡伦·霍妮猛烈抨击弗洛伊德的学说，认为那不过是男性文化的负面暗示，它是对女性自我意识的剥夺，强迫女性在集体无意识的精神状态中接受男性意志。霍妮在心理学层面拨开

① ［法］西蒙娜·德·波伏娃著，周以光译：《女宾》，北京：中国书籍出版社2000年版，第424页。

② 目前学界都将波伏娃《第二性》的“une—autre”译为“他者”，如陶铁柱先生1998年的译本为“他者”，郑克鲁先生的2010年译本也为“他者”。但依栾栋先生对法文的细读，“une—autre”译成汉语的“异类”更为合适。但为读者理解方便，本文暂还是采用“他者”译法。

③ ［美］卡伦·霍妮著，许科、王怀勇译：《女性心理学》，上海：上海锦绣文章出版社2009年版，第1~2页。

了两性间冲突的屏障，揭示了婚姻中女性焦虑的渊源与消长。霍妮认为，女性在两性的关系中得不到情感的满足或者被剥夺了爱的权利的时候，就会产生焦虑，这种焦虑是“在每一个患有神经病的女性那里，都可以看到‘心理性生活’紊乱的症状”①，这种心理紊乱让女性产生强烈的排他性和不可遏制的嫉妒心。这就是《女宾》中的弗朗索瓦茨之所以会在“三重奏”之中强烈感受到不和谐的音符的原因，这是源于女主人公自身对于“三重奏”状态之下被剥夺了爱人的痛苦，以及深陷嫉妒他人美好的性爱关系的心理症状。弗朗索瓦茨在皮埃尔和格扎维埃尔之间看到了自己被边缘化的境地。女主人公这时意识到皮埃尔仅仅是利用她的肉体，发泄自己的欲望，或者把自己的男性压抑投射到女性身上，满足快感。一旦有更优质的选择，就会义无反顾地抛弃原来的伴侣。波伏娃虽非心理学家，但是她已经通过自己的体验觉察到了两性中女性是受到最多伤害的一方。

在弗朗索瓦茨陷入迷茫的同时，“三重奏”中的亲密爱侣也不是铁板一块，随着时间的流逝，皮埃尔与格扎维埃尔由开始的如胶似漆到后来陷入任性、相互抱怨、彼此争吵中，与现实中的萨特和奥尔加的关系极其相似。奥尔加不是一个专一的姑娘，她与萨特的朋友波斯特建立起亲密的关系，于是与萨特不断争吵，萨特指责奥尔加任性，奥尔加抱怨萨特专横。“我们三人都发现，我们已被一架由我们自己组装起来的恶魔般的机器压得透不过气来。”② 至此，三人心目中独特的理想性爱关系“三重奏”，在感情纠葛与心理矛盾中宣告失败。从萨特的存在主义哲学来看，这种“三重奏”是自由选择之后达成的一致，是大家自愿参与的游戏。但是，从结局来看，其也揭示了存在主义“自由选择”在爱情上的乌托邦性质以及无可回避的茫然。这是一次理想主义在存在哲学指引下的尝试，但也宣告了违背现实的爱情存在主义终将是一个荒诞的存在，而且反过来也验证了萨特存在主义哲学的“他人即地狱”的实质。在不确定的爱情指向中，矛盾、冲突、嫉妒、仇杀接二连三爆发，任何一方都不是赢家，只有霸权在狞笑，仇恨在疯长。这是一个任何一方都充满抱怨的选择。当然，更重要

---

① ［美］卡伦·霍妮著，许科、王怀勇译，《女性心理学》，上海：上海锦绣文章出版社 2009 年版，第 1 ~ 2 页。

② ［法］西蒙娜·德·波伏瓦著，黄荭、罗国林译：《波伏瓦回忆录·第二卷·岁月的力量》，北京：作家出版社 2012 年版，第 48 页。

的是，女性受到的伤害更大。

这种三角性爱关系，也许在旁人看来不可思议，甚至波伏娃也曾经为此纠结痛苦不已，但若换一个角度看，波伏娃的痛苦恰恰是其拥有自由的最好象征：首先，是她自己选择了这种生活，然后，尽管痛苦，也是她自己选择了与萨特相伴终生。由此看来，波伏娃无疑很为自己的这种自由生活感到自豪，作为女性，她勇敢地承担并承受了自由选择带来的命运结局。也许，用卢梭的名言来形容更为贴切："人生而自由，却无往不在枷锁中。"这话说起来令人伤感，但即使像波伏娃那样的女性也如此，我们哪个又不是如此呢？

在《女宾》这部小说中，波伏娃还表达了这样的心声：女性应当拒绝客体化，以此来改变"女人是他者"的存在状态。"在其作品中，我们可以感受到作家近乎于神经质的忧虑。"① 所以当波伏娃在描写皮埃尔与弗朗索瓦茨的关系时，加入了人的自然本性与意志力的不可理喻的较量。波伏娃一再强调弗朗索瓦茨的嫉妒、压抑与不可遏制的愤怒，她借此表达女性的心声：作为一个主体，应意识到自己的存在和主体意识，并指出主体应该坚持对自我价值的评价，不断鼓励自我，发展自我，避免被异化的境地。正是因为外部世界的推动，才使得女性意识到自身的问题。女性的未来应该在接受与拒绝中不断前进，获得发展的动力。这样的发展不是以牺牲女性的权益来获得的，而是在充分考虑性别差异的基础上进行的。当弗朗索瓦茨意识到格扎维埃尔的存在对自己已构成实质上的威胁时，她抛开了所有的宽容和大度，时刻处于嫉妒与怨恨的心理状态中。波伏娃在《第二性》中也指出："人们企图把她凝固为客体，把她推至内在性，因为她的超越性不断被另一种本质的和主宰的意识所超越。女人的悲剧，就是这两者之间的冲突：总是作为本质确立自我的主体的基本要求与将她构成非本质的处境的要求。"② 这虽然渗透着男性的主流偏见，但在实际生活中，女性的行为模式的确被一道无形的思想框架圈定着，难以超越。这并非是由女性个别原因所造成的，而是在女性群体特有的集体无意识状态支配下

① 徐真华、黄建华：《20 世纪法国文学回顾：文学与哲学的双重品格》，上海：上海外语教育出版社 2008 年版，第 96 页。

② ［法］西蒙娜·德·波伏瓦著，郑克鲁译：《第二性 I》，上海：上海译文出版社 2011 年版，第 24 页。

形成的个人表现。

《女宾》是20世纪30—40年代描写法国知识女性存在状态的标志性小说。小说除了言辞优美、情感细腻、思想深邃、心思灵动之外，更重要的是代表了波伏娃对女性状况进行的一次文学意义上的探索。在当时，《女宾》被认为是与萨特的名篇《恶心》齐名的小说，此书使波伏娃蜚声法国文坛。

（二）波伏娃的回忆录——女性的身份认同

《女宾》的成功是波伏娃文学之路上的历史性开端。她在文学上最为伟大的贡献则是其五十岁时开始撰写的回忆录。她的回忆录主要有四部：第一卷是《端方淑女》（1958，又译《一个循规蹈矩的少女的回忆》）[①]，第二卷是《岁月的力量》（1960），第三卷是《事物的力量》（1963），第四卷是《归根到底》（1972）。此外，她的《安详辞世》（1964）、《老年》（1972）、《永别的仪式》（1981）也是自传性质的作品。但最为重要的则是她的前四部回忆录。这四部作品记录了波伏娃从童年、少年、青年到中年时代的心理轨迹和文学之路。

《端方淑女》一书分四部分，第一、第二部分是波伏娃从出生到青春期的阶段，这时的波伏娃充满对世界的向往与欢愉，对家庭无限爱恋；紧接着进入青春期的波伏娃，身体性征的显现、生活环境的多样化、视野的开拓，所有这些使波伏娃在不知不觉中获取到性的萌动，也让她开始关注性别，并初步形成对性别的认识。第三部分则是波伏娃由懵懂的青春期步入青年的阶段。

波伏娃在回忆录的第一卷《端方淑女》中记述了从她出生一直到进入大学之前的岁月。在这部书中，童年时代的波伏娃是一个受宠的小女孩，被父母、祖父、叔伯、姨婶们的呵护所环绕，在这样温软如春的环境中，波伏娃渐渐趋向成为一个淑女似的人物。“每天早晨，当路易丝用一根短棍为我卷头发时，我总是满意地端详着镜子里自己两边带鬓角发卷的脸庞：碧眼褐发的女孩据说不同寻常，而我已经学会把稀罕之物视为珍

① 本文采用罗国林先生的译本《端方淑女》为文本分析来源译本。

贵。”[①] 尽管后来的波伏娃放弃了为人妻为人母的权利，但是童年时代浓郁的母性氛围让她获得了一种作为女孩的自豪感。而且，波伏娃在幼年就已经懵懂地知道取悦男性，这是女人的本能，本能是与生俱来的。“我更加尊敬男人，尊重他们的小胡子、身上的烟草味、低沉的嗓音和抱起我的胳臂。我特别想引起他们对我的注意：我说蠢话，一刻也不安生，我想听到他们的一句话，能够启迪我的朦胧意识，使我实实在在地存在属于他们的世界里。”[②] 童年和少女时代的波伏娃向往女性魅力，并以此为荣。一个玩得破旧了的布隆迪娜布娃娃让她的童年乐此不疲。少女时代的她每天按照父母设计的轨迹前进，亦步亦趋，真正是一个循规蹈矩的淑女。结识萨特后，波伏娃对女性智力开始缺乏信心。她钦慕男性的智力和才华，向往他们的天地和生活，按他们的标准和趣味来改造和发展自己，这与她童年时代的感受明显不同。波伏娃的妈妈成长于保守贵族家庭中，小时候的严格管教使她习惯于克制自己的感情，思想保守，并缺乏信心和快乐，她的内心对男女伤风败俗的事保持着严厉的不妥协态度。“但习俗使她不得不原谅男人言行上的某些越轨行为，她便把严厉集中到女人头上。对她而言，在正派女人和‘放荡女人’之间，几乎不可想象还有第三种女人。”[③] 波伏娃在妈妈的管教下成长，受到妈妈的影响极大，波伏娃从妈妈身上学到了很多女性品德：内敛、贤淑、温顺、避世。“因此，母亲和我，我们处在一种相互依存之中，我不刻意模仿她，而是任由她塑造。她给我灌输责任感及忘我和刻苦的要求。父亲不讨厌表现自己，可是我在母亲这里学到的是自我收敛，控制自己的言语，节制自己的欲望，只说自己该说的话和做自己该做的事。我不提任何要求，我敢做的事很少。”[④] 她的母亲严格限制她的阅读，在母亲眼里，阅读对女孩子来说是无意义的，她更倾向于让波

① ［法］西蒙娜·德·波伏瓦著，罗国林译：《波伏瓦回忆录·第一卷·端方淑女》，北京：作家出版社2011年版，第5页。

② ［法］西蒙娜·德·波伏瓦著，罗国林译：《波伏瓦回忆录·第一卷·端方淑女》，北京：作家出版社2011年版，第5页。

③ ［法］西蒙娜·德·波伏瓦著，罗国林译：《波伏瓦回忆录·第一卷·端方淑女》，北京：作家出版社2011年版，第26页。

④ ［法］西蒙娜·德·波伏瓦著，罗国林译：《波伏瓦回忆录·第一卷·端方淑女》，北京：作家出版社2011年版，第28页。

伏娃去了解俾路支、郎巴尔亲王夫人（法国王后玛丽·安托瓦内特的亲密女伴）、女人的灵魂、淑女之类的有关女性话题的东西。虽然妈妈对波伏娃的教育负主要责任，但父亲也给了波伏娃很大的影响。波伏娃的父亲是一位很有幽默感、修养和魅力的贵族，他非常清楚自己的地位。“在家里，他的优势是无可争议的，比他小八岁的母亲，心悦诚服地承认这一点，因为是他引导她懂得了生活和读书。‘妻子嘛，丈夫把她塑造成什么样就是什么样，她要靠丈夫培养。’”[①]对父亲的崇拜使得儿童时期的波伏娃萌生出对男性的崇拜意识。她认为父亲做什么都是对的。父亲特别注意她的拼写，波伏娃给他写的信，他总是要修改一遍再还给波伏娃。父亲让她听写很难的文章，并编写诗选教波伏娃朗诵。父母双方的影响在波伏娃身上留下了深刻的印记，它给予波伏娃双重人生——潜意识中的女性特质和潜意识中对男性的崇拜思想，当然还有写作能力的塑造。这些品性使得波伏娃在进入社会后，在自己的潜意识中隐含着作为女性的自卑感。所以，当波伏娃研究女性问题时，总会提到女性是被社会塑造成的，而且是从一出生就被当作男子的附属品来进行教育的。波伏娃认为正因为女性没有像男性那样具有社会和经济上的绝对优势，而且在社会允许妇女有从事职业的权利并向其提供实际就业机会以前，结婚或做修女是妇女的唯一生活出路。为了顺利出嫁，女孩的家庭和她自己的所见所闻都教育她必须放弃自我主张，而按照既定的框架改造自己，以便符合出嫁或做修女的规范。但是，我们可能会很奇怪，波伏娃是最激进的女权主义者，她的身上怎么会具有上述女性特质呢？从心理学上，儿童时期所处的环境对本人的一生都会产生巨大影响。法国当代著名儿童心理学家 H. 瓦龙认为儿童心理发展的实质是一种不断内化的过程，所谓“内化”，就是心理活动对外界刺激的内在反应。新生儿和婴儿，他们的心理总是对外界刺激具有简单而具体的心理反应，随着他们的成长以及受到的周围环境的影响，随着他们对周围环境经验的不断积累，逐渐形成一些自我活动。而且，他们在自我活动的基础上，具备了一定的自我思维能力，这些自我思维意识指导着他们未来的自我活动，由直接对外界的反应转化为随意反应。然后，当他们具有了一

---

① ［法］西蒙娜·德·波伏瓦著，罗国林译：《波伏瓦回忆录·第一卷·端方淑女》，北京：作家出版社 2011 年版，第 25 页。

定的主动性后，就会逐渐形成一定的能力、情感、意志特点。在父母的教育下，随着时间的推移，波伏娃由童年的印象慢慢生成了对女性的模糊但比较固定的认识轮廓，这轮廓指挥着波伏娃的外部行为。“在游戏当中、在思考当中、在计划当中，我从来没有把自己变成男人。我的全部想象力都致力于预测自己女人的命运。”① 童年时期那些来自母亲的言传身教让小小年纪的波伏娃已经感受到夫妻之间，妻子永远被许多枯燥乏味的家务所累，很少能像丈夫那样有机会从事自己喜欢的事业并获得卓越的成就。也许这成为波伏娃对女性的“第二性”定义，也让成年后的波伏娃下定决心抛弃母性角色，避免家务对女性天才的戕害。也许这正如萨特的名言“他人即地狱”，对于女性来说，也许就是“男人即地狱”或者“家庭即地狱”。成年的波伏娃信奉萨特的无神论存在主义哲学，经过童年时期，在她看来女性的存在也“是关于存在的哲学”。在回忆录中，幼年的波伏娃沉浸在来自父母与妹妹组成的家庭的温暖与关怀中，但也正是基于童年对于父母的印象，早熟的她已经联想到了自己的未来，对未来的婚姻隐忧时时困扰着她，她对婚姻感到恐惧：“只有一件事情不时使我有些忧郁：有一天我意识到，我一生的这个时期要结束了。这似乎不是真的。你爱你父母爱了二十年，要离开他们去跟随一个你不认识的人，怎能不痛苦万分呢？你生活了二十年不曾需要他，怎能朝夕之间就爱上一个对你而言什么也不是的男人呢？”②

对一个还不懂婚姻为何物的小女孩来说，婚姻还是很遥远的梦，但童年的波伏娃已经在懵懂中意识到未来的生活不会这么自由与快乐。当家人搬到雷恩街以后，波伏娃逐渐意识到，她的身体在悄悄发生变化。“我失去了童年的安全感，而没有任何补偿。”③ 青春期在尚处童年末期的波伏娃体内萌芽，这让波伏娃感到恐惧与不安。青春期的到来是仓促的，波伏娃对童年时代的依恋让她抗拒青春期的光临。但是，她在潜意识中已逐渐明

① ［法］西蒙娜·德·波伏瓦著，罗国林译：《波伏瓦回忆录·第一卷·端方淑女》，北京：作家出版社2011年版，第38～39页。

② ［法］西蒙娜·德·波伏瓦著，罗国林译：《波伏瓦回忆录·第一卷·端方淑女》，北京：作家出版社2011年版，第50页。

③ ［法］西蒙娜·德·波伏瓦著，罗国林译：《波伏瓦回忆录·第一卷·端方淑女》，北京：作家出版社2011年版，第75页。

晰，一段过去的时光是没办法重来的，以后她将作为一个女人、女性走向一种新生活，不过，这种新生活将面临选择，波伏娃已经隐约看到未来的道路将会与众不同。妹妹莎莎是个优秀而有个性的女孩子，她对事物的态度影响着波伏娃的言行，但姐妹之间始终彬彬有礼的交流让波伏娃有种“伴随着怕惹得她不高兴的担忧”①，这种感觉是波伏娃对人存在于世所受限制的朦胧意识；表哥雅克华而不实的谈吐更让她看清男孩子粗俗、狭隘的一面，她开始对男性产生鄙夷与抗拒的心理；尤其是在学校受到的对女生墨守成规的教育模式与男生所受到的优质教育显然不同，这让波伏娃变得不顺从甚至愤怒起来。对人的处境被限制的隐忧、对女性境遇的担忧、对男性优势地位的嘲讽，在少年的波伏娃心里留下了越来越清晰的轮廓。这些现实改变了她从小养成的家庭优越意识，对自己的担心、对女人的隐忧占了上风。虽然她还不具备关于两性及婚姻的清醒认识，但对异性的选择已经看出波伏娃对两性的认识。“我所相中的人，从外表看要是一个十全十美的人，为了使他永远配得上我，从一开始我就要确保他具有现在还仅仅存在于我的憧憬中的优点。他一出现就成为我希望成为的那种人的楷模，因此他比我强。另外，我要注意不让我们之间拉开太大的距离。我不能接受他的想法和工作我理解不了，那样我会为自己的不足感到难过。爱情应该是认可我，而不是限制我。”② 传统的女性意识在左右着波伏娃的择偶观念，她那还不谙世事的头脑中已经有了男性天生超越女性的映像，但对婚姻的抗拒又让她天然存在拒绝男性的意识。这样所造成的结果，一是在面对男性时，会下意识地自卑，成年的波伏娃在面对萨特时，一味听从、顺从、盲从，以致失去自我，这与她女权主义的思想并不相符。二是抗拒女性角色，期望取得男性标准下的成就，以致牺牲女性的天职。比如，波伏娃一生未婚未育，就是期望取得男性那样的成就和事业，以此获取的时间和社会经验是以被迫放弃女性的家庭义务为代价的。

对于男女爱情，波伏娃在回忆录第一卷中记述自身的体验后认为，爱情对于男女两性有着不同的意义。在波伏娃看来，对于男人来说，爱情就

---

① ［法］西蒙娜·德·波伏瓦著，罗国林译：《波伏瓦回忆录·第一卷·端方淑女》，北京：作家出版社 2011 年版，第 85 页。

② ［法］西蒙娜·德·波伏瓦著，罗国林译：《波伏瓦回忆录·第一卷·端方淑女》，北京：作家出版社 2011 年版，第 105 页。

是拥有，而对女人来说，爱情则是实际存在的生活本身。男人是爱情事务的主体，他就是他自己，他就是事务的标准，在此标准之下，男人便会竭力扩展他对爱情事务的把握，因为男性是有抱负的，他是行动的。但在一个女人的主观深处却无法感知自己的存在，女人注定是被事务规范的存在物，不可能通过行动达到自我实现。在爱情面前，男人可以保持自己的独立性，而对女人来说，恋爱则意味着为她的恋爱对象放弃一切自我主张。她为男人奉献一切，从而获得自己不断提高的地位。恋爱中的女人已经被局限在家庭生活中，只好通过她所爱的人的眼睛来观察世界，她所能感到的只是坐井观天的地方，她的崇拜对象只是她的主人。少女波伏娃与表哥雅克互有好感，波伏娃为了吸引表哥注意，使尽了浑身解数以引起雅克崇敬的老师加利克赏识自己。“如果我能成功地让这位新老师赏识我，向雅克夸奖我的优点，雅克也许就不会再把我看成一个微不足道的学生了。”① 女性对男子的依从关系自男女相互吸引的爱情阶段就开始了。波伏娃以其亲身体验告诉读者，女性在“性别政治”中的被统治地位就是这样形成的，女性在社会关系结构中是以“他者”身份存在的。在传统社会的认知中，对于一个拥有公民权、受过良好教育并且具有稳定职业的女性来说，她的妻子、母亲和情人身份更容易被辨识、被认可，这也是被波伏娃所猛烈抨击的哲学家列维纳斯（Emmanuel Lévinas）的“爱欲现象学”中的一部分。在他的学说中，所有女人的宿命都被还原成“他者”，而权利主体又落入男性中心主义的陷阱，这是以列维纳斯为首的男性解构主义者的男性中心论的一部分，这被波伏娃归为一种文化上的男性霸权。波伏娃根据自身和周围的生活经验，强调女性要有“自由原则”，她极力摧毁男性心目中的“端庄淑女”和“典雅爱情”的神话，认为爱情关系中的淑女的日子并不好过，是生活在别人目光下的日子，充满了限制。“自由原则”所对抗的是性别社会关系，即在给定的文化意识形态下进行某种女性的自我解放和自我成长。波伏娃是个善于反思的女性，她的回忆录其实是在理智地反思自己青春年少时走过的时光和情感历程——自己在其中扮演着怎样的角色，自己如何被他人以自由的名义限定义务和责任，自己与社会的无

---

① ［法］西蒙娜·德·波伏瓦著，罗国林译：《波伏瓦回忆录·第一卷·端方淑女》，北京：作家出版社 2011 年版，第 126 页。

形契约关系怎样以冷酷的面孔朝向女性。在回忆录中她同情自己的母亲，母亲兢兢业业，恪守女性行为准则，但并未换得父亲的忠心。在周围女性的身上，她也看到了不如意的情感经历，甚至是悲剧的结局。虽然波伏娃有萨特为伴，但是她同样不得不为自己独特的爱情方式付出代价。在这个社会中，女人们永远处于被主宰的地位。她写回忆录除却纪念自己的一段过去的时光外，更重要的是表达了这样的心声：女性在男性的审视下偷生。就算是波伏娃本人也不能例外。看过波伏娃有关女权的论著之后我们一般会颂扬波伏娃特立独行、独立不羁的一面，但细看她的一生，她在思想上和情感上其实从来就没有真正独立过。在思想上，她始终是萨特存在主义的追随者；在情感上，她一直没有摆脱被萨特奴役的地位。难怪萨特会对她说出那句名言：“我把你接管了。”在学术界，波伏娃高举“女权”旗帜，疾呼“女性主义”，为女性独立而奔走，但她还没有弄清楚，到底怎样的“主义”适合女性，到底怎样的“独立”算是女性新生活的开始。在波伏娃的女性世界中，自觉与解放意识不过是女性理想国的自我倾诉，还没有形成足以与主流社会并驾齐驱的力量。

波伏娃在其回忆录中尽力客观地记叙自己作为普通女性的成长轨迹，当然，其也力图展现自己作为个体不平凡的女性真实状态，让普通女性与超凡女性的特质恰当融合，呈现给大众一位典型女性的社会体验、生活经历以及思想历程等，并以此来阐明女性意识在社会推动下的形成过程。在回忆录中，波伏娃一方面记录了自己从孩提时代到长大成人的历程，讲述了此历程中大人对她性格及内在素质的影响，尤其是妈妈对她的影响；另一方面阐释了自己作为非凡女性始终保持着对文学的热情。她把文学创作看作女性“介入”和“具有独立性”的标志，认为在文学创作中女性可以“通过一种虚构的形式”来讲“自己要讲的话”。①为此，她不懈努力，甚至为了文学创作，放弃了享受天伦之乐的权利，她说“我从未产生过生儿育女的愿望”。波伏娃就是这样一位满怀叛逆情绪的女性，在这个男性占统治地位的社会上，在只有少数杰出的男性才能问津的精神文化创造的领域里，得到了社会承认后所体验的欢乐，它无疑带有一种报复性傲视，有

---

① ［法］西蒙娜·德·波伏瓦著，罗国林译：《波伏瓦回忆录·第二卷·岁月的力量》，北京：作家出版社2012年版，第118页。

时甚至发展到惊世骇俗、不顾一切的程度。女心理学家卡伦·霍妮认为这是女性竭力逃离女性身份的表现。[①] 因为人类的整个文明构建都是男性气质的，国家、法律、道德、宗教和科学等都是男性意志的产物，身处男性气质的文化氛围中，女性已经学会了顺应男性愿望，屈服于男性思想，即使表示独立，也是以男性准则为依据。根据这一点，女性的心理是被异性化了的，因此，在潜意识中女性会羡慕男性的生理结构，并贬低自身。就像波伏娃一样，她从成功中体验到了一种突破传统女性状态的乐趣、与男性平起平坐的乐趣、一种高踞于精神领域之巅峰的乐趣。波伏娃总结自己的生命亮点："我并不否认自己的女性特征，我也并非未承受女性特征的决定性，我只是对它不在意而已。我一直像男性一样享受着自由，承担着责任。"[②] 这段话非常清晰地反映了青年波伏娃那种超越女性气质的自我形象。但是，从她的回忆录中不难看出她的女性特质其实是脱胎于男性社会准则的。而且，波伏娃后来的经历只是在淡化她的具体女性特征，并在写作过程中有意识地抨击这样的女性气质。她认为女性脱离不了时代的痕迹，时代给予了她成长的氛围，同时也给予了她反抗氛围的机会。

波伏娃的回忆录看似是作者本人的成长历程，但其背后始终围绕一个哲学命题，就是在"他人即地狱"的人际关系中，女性的存在与异化的问题，也表现为女性意识与存在（物）世界的关系问题。这种关系基本可分为女性与世界的关系、女性与男性的关系、女性与自身的关系、女性与他人的关系。这些关系在抽象意义上是一种否定关系，也就是说，波伏娃的女性意识是对女性自由的否定，正是由于有否定性才有可能性。波伏娃的回忆录以文学语言提出了就女性如何被异化为"他者"的看法。但是，女人为什么会被异化为客体？她在回忆录中客观地讲述了女人从出生到成年作为"他者"身份的从属地位，女性异化部分源自她的肉体——尤其是她的生育功能，这也导致了人类自史前就有的劳动分工：女性注定要生育和抚育幼儿。分工使她们预先处于精神上的自在状态，她们的主要事务是在生育、婚姻中进行着重复性的维护工作。另一方面，重体力劳动和战争需

---

① ［美］卡伦·霍妮著，许科、王怀勇译：《女性心理学》，上海：上海锦绣文章出版社 2009 年版，第 18 页。

② ［法］西蒙娜·德·波伏瓦著，黄荭、罗国林译：《波伏瓦回忆录·第二卷·岁月的力量》，北京：作家出版社 2012 年版，第 422 页。

要男性来征服。因此，女性在早期的人类劳动中自动被分流为“他者”的存在。这种早期的分工痕迹留传世代，也成就了女性如今的状况——活在被“他人”限制的生活范围中。

波伏娃将一生中有价值、有意义的日子拼合起来，从中透视出其复杂的多面性：一生渴望成为一名“伟大的作家”，对爱情的懵懂，对陌生人的慷慨，对朋友的友好，在书籍、绘画、音乐、戏剧以及在与萨特所形成的特殊的伴侣、家庭关系等中进行的思想旅行与探索。波伏娃摆脱了回忆录普遍意义上的线性或者分段式的简单陈述模式，她围绕着自己的成长经历展开记叙，即波伏娃在自己的回忆录中提出了自己的一生是否是对自身的挑战和对自由的不懈追求，是否将女性的作品与自身的生活经历融合为一体等具有哲学价值的女性问题。波伏娃年轻时代对女性的认识是从对爱情的体验开始的，沉溺、幻想、被宠爱及至被玩弄，这是女性在爱情中的稳定形态。在那个女性形象、风格逐渐被社会趋同化的时代，波伏娃的回忆录旨在冲破此格局，抑或为了展示与陈规相异的新“女性风格”，这为之后的女性文学及女性文化提供了一种新型的话题和思考价值。

波伏娃一生都将写作视为自我实现、获得女性地位的手段，“她的几部重要作品都义无反顾地成为女性自由和尊严的慷慨激昂的辩护词”①。但因她的《第二性》影响实在太大，其他文学作品都在《第二性》论著的光环下黯然失色。然而，了解波伏娃，必然离不开作为其生命轨迹、思想外延、理论建构的文学作品，尤其她的回忆录，是一部能更好地了解波伏娃作为一名女性的成长经历及其思想轨迹变化的文学杰作。

（三）《第二性》：波伏娃女性意识叙事极致

《第二性》是波伏娃最为耀眼的著作，这本书一问世便让她蜚声国际学界。

《第二性》在国外的研究文章及著作汗牛充栋，前章已有论述，这里不再赘言。但是《第二性》真正在中国大陆受到重视则是在20世纪80—90年代。

从目前来看，对波伏娃的女性意识，国内有三种观点：第一是以郑克

---

① 徐真华、黄建华：《20世纪法国文学回顾：文学与哲学的双重品格》，上海：上海外语教育出版社2008年版，第96页。

鲁为代表的对波伏娃的女性意识持拥护态度；第二是以李小江为代表的否定波伏娃的女性意识；第三则是以学术姿态对波伏娃进行学术思想的归类，如李银河。

著名翻译家郑克鲁先生这样评价《第二性》："波伏娃的论述有不少真知灼见，她敢于触及一些敏感的问题。她对小姑娘、少女、同性恋、婚姻、家庭生活、妓女、恋爱等都提出了与众不同的见解，令人有耳目一新的感觉，尽管有的看法不能令人接受。她的论述已构成一门女性学。这门女性学既以女人作为一个生物实体来研究，分析了女人一生经历的各个阶段，又从精神、心理、历史、社会、经济、文化及文明的角度进行考察，一方面融合了以往在女性问题上的研究成果，另一方面又更多地阐述了自己的独特见地。"①

女性主义理论研究者李小江在《女人读书》中指出波伏娃从来就没有认同过女权主义，她只是沿袭着启蒙运动中知识精英们坚守的个人主义立场，主张女人的"个性解放"，尤其是身为女性，波伏娃很难跳出身份的局限去谈女人，因此，波伏娃的论述中难免带有女人看女人的惺惺相惜、凄凄艾艾。另外，李小江不赞同波伏娃"女人不是天生的而是后天生成的"的理论，她认为，波伏娃向"天生的"宿命论宣战，反对以自然生理结构为基础的性别本质主义……在现实生活中其实都是"不真的命题"。②

我国著名的女性主义理论研究者李银河将西方女性主义划分为自由主义女性主义、激进女性主义、社会主义女性主义、后现代女性主义、文化女性主义、生态女性主义、第三世界女性主义与黑人女性主义、心理分析女性主义、女同性恋女性主义等等。她把波伏娃的《第二性》思想归为自由主义女性主义，认为波伏娃属于温和、稳健派，远不如激进女性主义那么极端激烈。③

国内学者大部分从思想性的角度对波伏娃《第二性》进行理解和阐述，这样能透彻地展示波伏娃的女性意识，但学者们却没有把波伏娃的

---

① 郑克鲁：《女性问题的透视与反省——对女性主义理论经典〈第二性〉的解读》，《学习与探索》2008年第3期，第189页。

② 李小江：《世纪末看"第二性"》，李小江：《女人读书——女性/性别研究代表作导读》，南京：江苏人民出版社2006年版，第209页。

③ 李银河：《女性主义》，济南：山东人民出版社2005年版，第40页。

《第二性》作为具有文学特征的作品纳入研究视野，因此学界鲜少从文学角度阐述《第二性》，然而恰恰是《第二性》开启了关于女性意识的文学写作。

首先，从文学内涵来看，波伏娃的《第二性》作为文学的一部分，真正引领了现代意义上的女性文学，使得人们重新评估女性对于文学的独立思考能力。波伏娃写作《第二性》，以文学讲述的形式叙述了女人的生理及心理机制。波伏娃从生理、人类社会繁衍、神话女性、作为“他者”的女性、女性的成长历程、婚姻中的女性以及女性的出路等方面进行阐述，让女性的个体存在和群体境况都获得展示空间。在一系列翔实的例证中波伏娃试图佐证：“女性”是社会的产物，是被历史、文化、环境等诸多因素共同锻造成现在的境况的，这非女性所愿。为了贤妻良母的称号，女性不得不放弃诸多社会责任和权利而回归家庭，进而被社会话语逐渐边缘化。波伏娃一针见血地指出，“对于许多女人来说，超越性的道路是被阻塞的，因为她们什么事也不做，她们不让自己成为任何有作为的人；她们漫无边际地寻思自己本来可以成为什么样的人，这导致她们自问她们是什么，这是徒劳的询问；如果男人不能发现这秘密的本质，这是因为它干脆并不存在。女人呆在世界的边缘，不能在这个世界上客观地自我确定，她的神秘隐藏的只不过是虚无”①。这既是女性的悲情，也是性别差异之下女性无可奈何的选择，除此之外，女性似乎别无出路。即便找到所谓的自由之路，也是在放弃了贤妻良母角色之后的选择。那么到底是谁用什么力量让女性成为历史的被抉择者呢？在《第二性》中我们得悉这似乎是男权压制下的必然结果，但是透过权力的表面特征，其实还存在着女性群体的自我疏离。女性群体从来就没有形成过权威组织或者权威势力，女人仅仅是权威的媒介，即使她在自己的群体中拥有很高的权力，但是在男性群体面前也只能处于臣服的地位，波伏娃在《第二性》这样认为。

其次，从文学写作逻辑来看，《第二性》的构思严谨、逻辑鲜明、论述翔实，字里行间都渗透着作者缜密严谨的辩证能力和思维深度。《第二性》引用的材料丰富翔实，论证相当严密。波伏娃首先从生物学知识入

---

① ［法］西蒙娜·德·波伏瓦著，郑克鲁译：《第二性Ⅰ》，上海：上海译文出版2011年版，第349页。

手，然后以其所深谙的人类学家关于原始社会的著述为主体，以马克思、恩格斯的著作中有关女性部分的论述，以及精神分析学家弗洛伊德等的作品对女性的阐释为批判对象，旁征博引了妇女运动家学说、法国乃至欧洲的文学与历史、古希腊神话。波伏娃对历史如数家珍，尤其是她引用了大量精神病科医生和精神分析学者著作中的实例。作品中的引文既论点鲜明、行文流畅，在学术的内涵下又增加了几分平易近人的亲切趣味。

再者，从文学价值上衡量，波伏娃以《第二性》获得巨大成功是女性从事文学写作的一面镜子，在女性文学被认为是“边缘写作”的时代，波伏娃给女性作家树立了榜样——女性文学也可以具有思维的潜能和哲学的增长点。

波伏娃的《第二性》之所以如此闻名于世、受到前所未有的重视，是因为其写作的思想性很突出，而扩展思想是古今女性文学共同面对的难题之一。古代社会是男性的天下，女性囿于闺阁之内，不能参与社会活动，生活视野狭窄，因此，女性文学的内容多表现日常生活所能触及的爱情、家庭和父权。在她们笔下无非是恃宠而骄的贵妇人，无人格、无人权、无自由的宫女、歌舞伎、弃妇、童养媳等等花瓶形象，生存环境和社会观念共同扼杀了女性的艺术才能。没有独立精神，这是造成女性文学缺乏学理思考能力和社会责任感的主要原因。由此使得女性文学无法形成系统性很强的脉络流变，这是女性文学发展的最大瓶颈。而波伏娃在《第二性》中告诉我们，女性文学缺乏独立意识的支撑，其深层根源在于女性缺少社会实践，而社会实践又依赖于参与社会事务的常态，但女性很少有机会参与到社会的管理和建设中去。波伏娃的《第二性》问世以后轰动学界，它独特的观点，首先以女性的存在问题为切入点，由浅入深、层层递进进行剖析，论证女性的写作思想及其被遮蔽的现实。没有了思想性的女性文学是冰美人，美则美矣，却缺少灵气。波伏娃《第二性》逻辑严谨、论述翔实，文字犹如蛟龙戏水。字里行间充满着自信的语调与自我的呐喊，还有无视旁人的碎语闲言，这是她的风格特色。她要把整个世界都收入囊中，放在案头，一个一个地把玩、过滤，用自己的视角检阅它们，然后重新整理，重新归类入案。波伏娃很欣赏自己的《第二性》，她寄予其中自由与独立的呼声，她并不在乎别人对其作为女人而不守妇人之道的侧目，她只在乎要让世界听到自己的声音。波伏娃的生活充满了对男性社会的自由、独立、理性的崇拜，她希望像男人那样成为众人的焦点。波伏娃脱离了女性生活本色，参与政治、呼吁自由、以写作出名，她把自己的每一步行动都展演在众人面前，用喧声吸引他人的瞩目，希望别人注意到她的表演，渴望掌声，这样，她的思想、主张及所构建的理想王国才能被人们解读、诠释和竞相捧场。

波伏娃虽然指出了男女之间存在的现实问题，但也混淆了男女存在的前提条件——性别差异所导致的结果，她误以为男性社会的标准同样适用于女性。例如，波伏娃早期所称颂的苏俄革命后的“男女平等”、新中国成立后的“时代不同了，男女都一样”等等。这其中到底有没有波伏娃自己对女性的歧视和偏见？到底有没有波伏娃在“男女平等”的旗号下对男性文化中心主义的臣服？归根结底，男性中心主义的文化根源遮蔽了性别差异，女性问题从历史演变成了现实及可能的未来问题。波伏娃并没有在论著中对这性别差异之下的“平等”进行真正的反思和清算，也许，她根本没打算思考这个问题，因为她本人的生活原则也与女性之基本旨归相悖。她与母性的背离、打着存在主义旗号的混乱性爱、对其他女性的伤害等等，都让我们在写作的波伏娃和真实的波伏娃之间感到困惑而不得其解。

但不管怎样，自波伏娃的《第二性》始，现代女性文学的写作从此进入文学性与思想性兼具的时代。波伏娃对《第二性》倾注的思想源泉让现代女性开拓了哲学意义上的文学创作思维。正是波伏娃的《第二性》，掀起了现代第二次女权主义运动的波澜，然而，我们不能忽视的是，也正是《第二性》，使女权运动陷入了对抗与妄自超越的悖论漩涡。

三、波伏娃文学的女性世界：矛盾的“他者”

在波伏娃的文学世界中女性话题始终是永恒的话题。波伏娃的 20 多部文学作品通体流淌着哲学的血液，贯通着女性意识的线条。波伏娃主张女性像男人那样“介入文学”，通过文学的力量，干预生活，着力表现女性的生存价值与自由的矛盾冲突。在萨特的影响下，波伏娃将存在主义哲学观念与文学艺术的表现形式结合起来，表现西方人尤其是西方女性意识与生存环境的激烈冲突。在对女性关怀方面，波伏娃显示出无与伦比的激进风采，她用澎湃的哲学理念将女性文学掀到了法国文坛潮流之巅，其影响波及整个世界。波伏娃在《第二性》中表达了这样一种信念：女性的特质都是后天制造出来的，是女性自己用自由行动塑造了女性特质。

但同时，自由便意味着超越性，只有在对既定现实的不断超越中，自由才能够付诸实现。而女性的“他者”地位则是对自由的阻碍和疏离。“他者”境况使女性沉溺于贫乏的抽象自我，女性被单调重复的家务劳动和沉重的母性负担牢牢捆住了手脚，她的生存既无法拓展又无力创造，相对于男性的主体地位而言，女性只是客体、他者、第二性。这些女性特质是被男性社会规约出来的，而此“他者”是存在主义中所定义的“自由”招牌下不得已的产物。女性文学是女性借以表达自由信念的“行动”的唯一阵地，而这种行动的最终指向也被制约在一定范围内。

“当然，只能在暧昧不明的自欺中猜想神秘的积极现实；这神秘就像某些处于边缘的幻觉，一旦想将它固定下来，它就消失了。文学总是不能成功地描绘‘神秘的’女人；她们只能在小说开头作为古怪的、谜一样的人物出现；除非故事不结束，否则她们最终要透露自己的秘密，于是成为协调一致的、半透明的人物。例如，彼得·切尼的作品中的主人公不断地对女人意料不到的任性感到惊讶；读者永远猜不出她们会怎样行动，她们使一切估计落空；事实上，一旦将她们的行动动机向读者袒露出来，她们就显得像普通的机械一样：这一个是间谍，那一个是小偷；不管情节多么巧妙，总是有一个关键，不可能是别的样子，哪怕作者有读者所能期待的一切才能和想象力。神秘永远只是一种海市蜃楼，一旦想把它抓住，它便烟消云散。因此，我们看到，神话大部分由男人的运用而得到解释。女人神话是一种奢侈品。”①

波伏娃借《第二性》指出：女性目前状况的产生是一种在历史的、经济的、社会的、文化的综合因素作用下的结果，是外力因素慢慢影响女性内在特质而逐渐被动或主动接受的过程。女性从出生开始就受到低等的待遇，女性特质的形成是与父权制度、男权文化相伴而生的，摆脱其束缚需要靠父权制社会体系的逐渐消解直至消亡。而对于消解父权，波伏娃的态

① ［法］西蒙娜·德·波伏瓦著，郑克鲁译：《第二性 I》，上海：上海译文出版社 2011 年版，第 350 页。

度含糊不清。她首先认可男性权威的合法性：“女人本人也承认，这个世界就整体而言是男性的；正是男人塑造了它、支配了它、今天仍然在统治它；至于她，她并不认为对它负有责任；可以理解，她是低一等的、从属的。”① 并对男性权威寄予厚望，希望在男性体系内部达成对女性的和解：“总之，明察秋毫不是她的事，人们教导她要接受男性的权威；于是她放弃为自己批评、审察、判断。她信赖那个高等级。因此，在她看来，男性世界是一个超越性的现实，一种绝对。”② 波伏娃本人也自相矛盾，她对男性能改善女性的现状表示怀疑，权力是雄性的支柱，他们不会轻易放弃自己的主体地位。他若有勇气奔向超越，便会竭力扩展他对世界的把握，只是因为男人是行动的主体，没有任何力量能阻挡男人扩张、超越的脚步。而女人则不同，一个只占次要地位的人在主观深处也无法保持自己的独立思维，她生来是被规约的主体，她完全为男人奉献青春甚至生命，只有这样，女性才能获得被不断认可的地位。世界的中心与女性的距离尚远，女性只是男性掌控中的处女地而已，开垦拓荒的权力全由男性中心主义说了算。对女人来说，恋爱意味着她将为所爱的人放弃自由的权利，这是绝对的。尤其是恋爱之后走入家庭的女性，她要担负起贤妻良母的美誉，而代价则是必须放弃自由乃至全部自我，一心为男人、婚姻、生育、家庭殚精竭虑。女人，从性别意义上讲，就是被俘虏的奴隶，奴隶就意味着服从。服从——这是女性在人类发展历史上的唯一出路，虽然在历史进程中，在经济上、爱情上、家庭中她们都努力过、抗争过，就像波伏娃说的那样：“女性行为的许多方面都应当解释为抗议的形式。”但自由与独立对她们来说一直是梦想与空想。

四、小结

当波伏娃在20世纪40年代完成《第二性》时，根本没有想到自己会

---

① ［法］西蒙娜·德·波伏瓦著，郑克鲁译：《第二性Ⅱ》，上海：上海译文出版社2011年版，第442页。

② ［法］西蒙娜·德·波伏瓦著，郑克鲁译：《第二性Ⅱ》，上海：上海译文出版社2011年版，第444页。

成为几代人的偶像。波伏娃本人就像她的文学作品，在现实与理想之间游走。她始终坚持创作，坚持己见，履践着独立、自由的梦想。因而，“女权斗士”是人们贴给波伏娃的标签，波伏娃曾说过“即使把我埋在你的身旁，你的灰烬和我的尸体没有任何交集”，波伏娃到死都坚持自己是自由的、独立的个体，会为女性生存状况操心到老。然而，当人们谈到波伏娃时，往往又会说这是“萨特的忠实伴侣”。的确，她对萨特的感情炽热浓烈，当萨特风流成性的时候，波伏娃表面上会很大度，内心却已是醋意荡漾。她忠于萨特，“我会乖乖的，我会洗碗、拖地，我会自己去买鸡蛋和甜酒，如果没有你的允许，我不会碰你的头发、面颊和肩膀”，这一切与写作《第二性》的她截然相反，以致让那些鼓吹废除婚姻制度的女权追随者们很不理解。她渴望建构女性王国，获得的独立却是以失去母性为代价，渴望爱情，却又担心失去自由，她在女权斗争和做个纯女人之间挣扎。台湾著名女作家龙应台曾说：“女性主义者，如果不曾体验过生养的喜悦和痛苦，你究竟能告诉我些什么呢?”① 这未必不是波伏娃的内心挣扎，当然也可能是天下女性主义者共有的痛苦，只不过，波伏娃早早地就领悟到了痛苦的真谛。因此，尽管波伏娃彷徨无依，但她的伟大之处就在于她能将女性的疑惑和痛苦展示出来，昭告世人——关注女性、解读女性、为女性解锁。谈到波伏娃的写作，很多人对她不以为然，认为她的文学作品数不上一流，然而，当我们阅读她的文字，总能被彻底感动。读者在她的带领下能完整窥视她的人生历程、心路之旅，能身临其境般地感受到其作为女性的爱与哀愁。波伏娃用文学记录女性、见证时代，她的激进与温情、理性与感性、狂狷与乡愿，仿佛是矛盾的组合体，造就了波伏娃及其独特的文学风格。波伏娃是女性文学史上特立独行、不拘一格的先行者。

① 龙应台：《孩子你慢慢来》，北京：生活·读书·新知三联书店 2009 年版，第 41 页。

第三章

张爱玲文学中的女性世界——不确定的人生

一、张爱玲文学生成的社会背景

在中国，女性对文学有着很亲近的感觉。中国古代最早的女性文学作品是《诗经》所收的许穆夫人的《国风·载驰》。汉代蔡文姬创作的《悲愤诗》则首开文人创作自传体五言长篇叙事诗的先河，她还创作了怀乡思故国的五言诗《胡笳十八拍》。汉代还有卓文君创作《白头吟》，班婕妤写成《团扇诗》。稍后东晋宰相谢安之侄女谢道韫，两宋之交的女词人李清照、朱淑真，明末清初吴江叶氏姐妹，清代随园女弟子群体等，都是有代表性的古代女作家。她们在同一文化背景的不同时间里构成了中国古代文学史的女性文学创作脉络。她们的存在，不只是简单的文学创作，而是在一个特定的时空构建了特定的性别叙事。在传统文化背景下的女性叙事已注定成为男性叙事的衍生品，是为男权作注解的补充，从而难以创建具有独立运行机制的女性意识体系。无论是许穆夫人、蔡文姬、卓文君、李清照，还是后来崛起的明清女才人群体，甚至是江南比较有名的随园女弟子等，概莫能外。这些女作家，或是家境殷实，或是夫君权势倾城，或因拜了男性名师而得到创作的机遇，因此，其创作的背后都有一个看不见摸不着但又绕不过的社会权力系统支撑着她们的存在。这些女性文学家都怀揣着一颗古典温情主义的心，格外重视“妇道”、“孝道”、“夫权”及女性在整个社会中的从属地位，不敢超越社会性别规约的基本范畴。因此，中国的古代女性文学，着重点落在“文学”而非“女性”上。

进入20世纪，女性文学成为时代的风气。发轫于反帝反封建，蓬勃于五四运动后，女性文学作为社会进步的推动力量之一登上历史舞台。成批的女作家崛起，她们以各种创作方式，激活并书写女性自身，对长期处于休眠状态的女性自我意识进行深入勘测与探寻，从而为现代意义上的女性文学打下了良好的基础。五四运动既塑造出冰心、绿漪这样充满大爱和饱含温情的女作家，也成就了丁玲、杨沫、萧红、白薇等逆反现实的女作家，同时，也为埋头专注“琐屑、家庭与女性”的张爱玲提供了创作的土壤。对这些女作家而言，女性就是上帝派到人间的爱之天使，承担着和谐与文明的使命感来书写世间事。因此，在冰心的笔下，常常充溢着人性的关怀与爱的和谐，每个人的身上都闪耀着温文尔雅、平和恬淡的光辉。绿漪的作品更是如此。一切能使读者产生温情共鸣的情景都是女作家所钟爱的。她们发挥女性的柔情本质，把女性的普世之爱融在字里行间，把世间事极尽溢美之词创作出来。但同时，在她们的作品中，我们看到的是永远隐忍的女人，永远习惯于作他人陪衬的女人，通过作品我们甚至看不清她们的性格轮廓。还有一类女作家率真、追求爱情，在爱欲面前，忠贞与家庭都被屏蔽起来，例如萧红、杨沫、庐隐、丁玲、白薇等。这类女作家笔下的女性不是“叛女”就是“魔女”，她们通过创造出位的女性角色来呼唤自由，反对家庭专制和封建势力。这类女作家企图通过效仿“娜拉出走”的反抗模式，争取与男性同等的社会权力。另外，在后“五四”时代，文坛中的人们争相将笔墨消耗在问题与主义的论战上，著名翻译家傅雷在以笔名迅雨评述张爱玲的作品时说：“我们的作家，一向对技巧抱着鄙夷的态度。‘五四’以后，消耗了不少笔墨的关于主义的论战，仿佛一有准确的意识就能立地成佛似的，区区艺术更不成问题。”① 后“五四”时代，人们认为文学的功能在于思想的传播，而忽略了它的艺术价值。一方面，人们勤于把家国命运、制度更替、思潮变换、英雄遁世作为文学的主题，认为这样才能体现打碎旧世界的决心。他们自认为是反封建的先锋队，面对封建主义带给女性的戕害，竟无知无觉。他们用俄国的神话、美国的电影、希腊众神的宏大叙事装饰自己的文学风格，却抛弃中国文学的传统意象美。他们试图建构文学世界的摩天大楼，独独忽视了平民屋的低矮狭仄。另一方面，伪政府统治下的作家则陶醉于感官世界的刺激，奢靡和沉沦是主调，粉饰太平成为御用作家的首要任务。但，无论是抗战文学还是太平文学都严重脱离人的现实生活，那时普遍出现了对主流文学审美疲劳的症状。首先，抗战的斗争文学没有了持久的阵地，伪政府的和平文学无人理会，软性的消遣之作泛滥成灾；其次，歌颂人性的文学似乎很难找到群众基础，因为，现实与文学总是相悖的。

正是在这样的文学大背景下，张爱玲以一个纯文学作家的身份给上海文坛和现代中国文坛画了一条漂亮的弧线。历史突然在这个时候出现断裂，放射出耀眼的光芒，张爱玲文学横空出世，给“孤岛”空洞布上了绚烂的不带硝烟的舞台背景。她的出现，既是个体的幸运，也是文坛的奇

---

① 迅雨（傅雷）:《论张爱玲的小说》,《万象》1944 年第 11 期。

迹。张爱玲以漂亮的身姿，变身为那个时代的文学代表，她俯瞰人间，洞察人世百态，用极具穿透力的文字一层层剥开了人们华丽的精神外衣，直逼人内心深处的“不飞扬的人生”。是张爱玲让那时的文坛“从政治走回人间……寻求……安稳的人生”，她笔下的人物一扫飘逸俊秀的士大夫风气或豪侠仗义的战斗面貌，代之以充满民间风味、市井习气的普通人。张爱玲对写作技巧的追求，让“新旧文字的揉合，新旧意境的交错，在本篇里已是恰到好处，仿佛这利落痛快的文章是天造地设的一般……譬喻的巧妙，形象的入画，固是作者风格的特色。但在完成整个作品上，从没象在这篇里那样地尽快妙用”①。

张爱玲是那个时代的异类。她不激昂、不消沉，怀着对人性美好的期望来描述现实的残酷，她不为任何人作生命里的承诺，不服从于现世的价值，不屈从历史的需要，不折腰于某个社会任务中衍生出的生活规则，她只是力图独力完成一种没有欲望或欲望破碎的、没有恐惧或恐惧消逝的人生冒险，好像是一种小人物的英雄行为的原型。张爱玲喜欢写那些基本都处于社会权力边缘的人物，尤其是女性，她们是一群落后、弱势、被宏大历史叙事所忽略的边缘人。而在张爱玲看来，这才是人生活动的基本形式的稳定表现，其中隐含着一个民族的特定时期的文化心理构架，是解读民族文化心理的精神密码。她的创作从某种意义上说是中国现代女性文学回归人性、发扬人道主义的旗帜。

二、张爱玲小说的女性叙事：世故与传奇

作为女性作家，张爱玲的作品更多地关注普通女性在转型时期的中国的跌宕起伏的命运。其创作生命力最旺盛的时期恰是抗日战争和解放战争时期，本该聚焦于英雄主义文学，她却将关注的目光对准了市井人生那些琐屑的生存碎片。这些小人物的横空出世，给那个专心于英雄史诗的文坛注入了真实的生命和充实的文学状态。貌似鲜活的小人物，却折射出大部分人共同的生命形态和当时社会的真实背景。

---

① 迅雨（傅雷）:《论张爱玲的小说》,《万象》1944 年第 11 期。

（一）《倾城之恋》之白流苏：乱世中的欲望人生

人类社会是太平盛世与乱世的交叠歧出，人既创造了社会这种人类生存的形式，同时也是社会不安的始作俑者，也可以说是动荡的源头。因此，动荡的乱世使得人被自己所设计的形态颠覆，最无情的是，竟没人肯为乱局担当，认为那不过是社会千年来行走前进的必经阶段。于是借乱世这块遮羞布，人与人之间不间断地尔虞我诈、背叛倾轧，甚至押上生命赌未来，连与至亲的交往，也勾兑着错综复杂的小奸小坏。隔着千年的辛苦人生看去，谁都不是这场持续千年的争斗的最后胜利者。女人的命运似乎更悲惨，她们在某个历史断裂带脱颖而出，在某个复古情调的老房子里调素琴阅金经，偶尔讲讲“噱头”摆摆“排场”，但历史却不允许她们走出自己的天地，或者给她们合理的喘息空间。因此，站在高屋建瓴的历史角度俯瞰这个千年宗法帝国的“坚固之城”，女性群体尝试华丽地转身，希望从低眉俯首的“女诫”蜕变为星火燎原的“性别独立”。她们俘获了那些情爱中的男人，但当一切都归于宁静时，她们面对的还是充满父权图腾与男性凝视的世界，女性依然摆脱不了被充当猎物与恋物的命运。千年走过来如此，今天也不例外。

《倾城之恋》讲述两个孤单的生命在乱世中偶然相遇，然后在香港相聚，历经战乱的洗礼和人性的考验，最后还是被战争锁在了一起的爱情故事。本来这是个俗套平庸的爱情戏剧，但经过张爱玲的神来之笔，一切都变得截然不同。

白流苏——一个少妇，离婚后寄居娘家白公馆，常被哥嫂言语明讽暗刺，连自己的母亲也不为她说话。在他们眼里，流苏是被榨干了油水的黄豆渣，离白公馆越远越好。然而，似乎好运注定要找上门，流苏在陪妹妹相亲的时候，偏偏被男方范柳原看上，一场关于男女爱情和斗智斗勇的游戏在她的生命中悄然展开。

白流苏的人生，结婚—离婚—结婚，被迫出走—落寞而归—再出发—凯旋，整个过程好像爆竹在空气中旋转形成圆圈的轨迹，亮闪闪的一个环，但倏忽即逝。流苏在最灿烂的年华把女人味道演绎得风华绝代，成就了女性存在的价值——女人凭天生的优势轻易缠绕在男人的心尖，就像剪不断理还乱的藤萝，乱如麻，却长势汹涌。张爱玲又将她们放在战火中的世界里，在纷飞的硝烟中，她们不过是失落在大街上的城市流光，划过夜空，留不下一丝痕迹，终归还是要回到生活原点。

流苏原本是一个带有强烈出走意识的女子，而原来的婚姻和现在的白公馆对她来说是无形的囚笼。不堪忍受败家子前夫，流苏坚决与之离婚，希望逃脱失败婚姻的囚笼。但是在娘家，作为一个离了婚的女人，她更摆不脱世故的周遭对自己的轰击：

“四奶奶站在三爷背后，笑了一声道：‘自己骨肉，照说不该提钱的话。提起钱来，这话可就长了！我早就跟我们老四说过——我说：老四，你去劝劝三爷，你们做金子，做股票，不能用六姑奶奶的钱哪，没的沾上晦气！她一嫁到了婆家，丈夫就变成了败家子。回到娘家来，眼见得娘家就要败光了——天生的扫帚星！’三爷道：‘四奶奶的这话有理。我们那时候，如果没让她入股子，决不至于弄得一败涂地！’”①

面对家庭成员众口一词的风凉话，流苏倍感孤独，在这个浮华不堪的世界她没有选择，她已经停不下来，像雨夜中行驶的汽车，务必到达终点，才能躲一躲湿冷阴郁的孤独。现实同样如徐太太说的：“找事，都是假的，还是找个人是真的。”② 徐太太既说出了婚姻对于女性的重要性，也警示流苏困境所在：女人再怎么挣扎也还是脱不掉婚姻这层包裹。流苏出走白公馆的欲望与徐太太的过来人说教在此时达成了一致。于是，乱世逼迫流苏必须要面对欲望人生和现实世界的考量。

在张爱玲笔下，流苏不是典型的东方女性那种含蕴、空灵的美，而是结合了传统与西洋化的味道。“她的脸，从前是白得像瓷，现在由瓷变为玉——半透明的轻青玉。下颌起初是圆的，近年来渐渐尖了，越显那小小的脸，小得可爱。脸庞原是相当的窄，可是眉心很宽。一双娇滴滴，滴滴娇的清水眼。”③一张灵与肉呈现矛盾张力的浮雕般的面庞渐渐清晰。经历了婚姻不合、兄嫂呲言的历练，流苏已经增强了对周遭环境的应变能力，变得更成熟，犹如由瓷变为玉的历练过程，她已经能平衡出走与束缚带来

---

① 张爱玲：《倾城之恋》，金宏达、于青编：《张爱玲文集》（第二卷），合肥：安徽文艺出版社 1996 年版，第 49～50 页。

② 张爱玲：《倾城之恋》，金宏达、于青编：《张爱玲文集》（第二卷），合肥：安徽文艺出版社 1996 年版，第 52 页。

③ 张爱玲：《倾城之恋》，金宏达、于青编：《张爱玲文集》（第二卷），合肥：安徽文艺出版社 1996 年版，第 5 页。

的二元分裂状态。脸由圆变尖仿佛流苏的心智变化历程，从稚嫩到心机巧智。流苏的潜意识中具有极强的攫取欲望，尤其在梦幻泡影很美丽的时候，那种渴望就更加强烈。但是白公馆的生活让流苏觉得自己的渴望犹如"镜花水月"般缥缈。昏暗的屋子里，流苏望着朱红对联上的字："在微光里，一个个的字都像浮在半空中，离着纸老远。流苏觉得自己就是对联上的一个字，虚飘飘的，不落实地。"① 在白公馆，就像身处人际关系的荒原，凛冽的风吞噬着流苏青春的肉体，没有一个人能帮助她，她知道"在这儿再也呆不下去了"，她在潜意识里已经全副武装，就等着能从"葬于荒原"的境遇中反叛、出走的条件了。机会像馅饼一样从天而降，徐太太给了她一线曙光，范柳原的一句话"我在这儿等你呢"②，给流苏枯寂的心灵打开了一扇窗，透过这扇窗，外面缤纷的世界冲撞着挤入眼帘，让人好奇，更让人懵懂，好像一团充满诱惑的迷云向流苏招手。流苏想奋力抓住，却隐约感觉有个看不清道不明的东西阻挡着她。欲望的开端源于压抑得太久，压在欲望头顶的世俗意志这个时候突然全部洞开。流苏对未来的美好蓝图渐渐清晰：凭借残存的姿色换取婚姻的依靠，借以获得某种社会地位与实际利益，从而达到摆脱目前困境的目的。

然而，流苏和范柳原之间永远是美丽的对话，亦真亦假的捉迷藏和吸引、挑逗、无伤大体的攻守战。范柳原内心是一片空虚的土地，从未想过以婚姻为落脚地，他把恋爱看作正餐与甜点之间的调剂。流苏呢，整日担忧夕阳西下的最后资本——三十岁左右的青春会白白空耗。但是，对物质的迫切需求，对安全感的渴望，使她无暇顾及女性的矜持，流苏希望能在范柳原那里找到一丝可能的婚姻信号。当流苏与范柳原在香港的夜色中散步时，流苏竭力让自己变得可爱起来。"流苏愿意试试看。在某种范围内，她什么都愿意。她侧过脸去向着他，小声应答着：'我懂得，我懂得。'她安慰着他，然而她不由得想到了她自己的月光中的脸，那娇脆的轮廓，眉

① 张爱玲：《倾城之恋》，金宏达、于青编：《张爱玲文集》（第二卷），合肥：安徽文艺出版社 1996 年版，第 53 页。

② 张爱玲：《倾城之恋》，金宏达、于青编：《张爱玲文集》（第二卷），合肥：安徽文艺出版社 1996 年版，第 65 页。

与眼，美得不近情理，美得渺茫。她缓缓垂下头去……”[①] 但是捉摸不定的范柳原还是让人着急。流苏在似懂非懂中感觉离自己的目标越来越远。他们之间这样的一幕幕戏剧，充满了沉甸甸、疲乏、倦怠、苟且、小智小慧，尤其当突然出现一个妖艳的印度女人与范柳原暧昧时，更让流苏感到可能到手的婚姻即将命悬一线。

这时的流苏显得力不从心，与范柳原的第一次交手彻底失败。流苏也不可能是范柳原的对手，范柳原是在海外出生的华人私生子、花花公子、情场熟客，见多了风月场上来往的红男绿女，对流苏的情深不过是因他看到没有风尘气的流苏而油然生出的一种清新感。然而他不过是猎狗嗅到了新鲜猎物一样，尝一口未尝不可，一辈子尝这个，他是不愿意的。但谁又能说，流苏就是失败的呢？放在人生的大背景下，流苏走出了家庭，至少在出走的路上看到了一丝曙光。她接着要面对的是在香港这个“洋化、开放、没有家庭包袱的城市”[②] 如何到达胜利的终点——获取一纸婚姻契约。但是这样的目标对范柳原来说，似乎有些不对口味，在他的浪荡生涯中还没有想过给谁婚约的承诺。“怜取眼前人”的姿态不过是让她做情妇而已。在唱着“死生契阔，与子相悦，执子之手，与子偕老”的范柳原的爱情世界里尽是玩世不恭的享乐主义游戏。不过，范柳原对流苏还是有些真心的，在他那个过分奢华的世界里，需要通过流苏这个传统女性的审美来摆脱虚浮的不确定感。凭借女性的敏感，流苏感觉到了范柳原的飘忽不定，但身为女性为了那方现世的安稳，她甘愿耐着性子陪他演出一场虚虚实实的爱情情节剧。于是，两个各自怀揣心思的男女在香港这个浮华的世界里展开了步步盘算的“恋爱”，各取所需，并获得了暂时的欢愉。只有稳固的小家庭才能在风雨飘摇的社会上立足，流苏像所有女子一样，急于枕一臂能带给她现世安稳的肩膀，让流离的心停靠在无风的良港。然而，这样的心愿在范柳原的玩世不恭面前是那么虚弱不堪。当流苏绞尽脑汁也无法预见未来时，一场战争，炸弹的轰鸣声撕掉了范柳原的机智和流苏的不安，他们彼此之间的自私与软弱都灵魂出窍了，只剩下素朴的一男一女，

---

① 张爱玲：《倾城之恋》，金宏达、于青编：《张爱玲文集》（第二卷），合肥：安徽文艺出版社 1996 年版，第 66 页。

② 张爱玲：《倾城之恋》，金宏达、于青编：《张爱玲文集》（第二卷），合肥：安徽文艺出版社 1996 年版，第 58 页。

变成很少说话却彼此关切着的夫妻。战争成全了流苏，范柳原彻底回到流苏身边，在未来不确定的日子里，他们只有对方，因此，香港上空的炮火牢牢裹紧了他们两个，他们终于成为对方的依靠。一场俗世男女的戏，以流苏的漂亮翻身戛然而止。流苏胜利了，但是在胜利的背后流苏又是无奈的，如果没有战争，如果范柳原的船在战争来临之前已经驶离了，千万个“如果”中只要有一个可能，都注定将粉碎流苏的婚姻梦，然而战争把这些“如果”袭为灰烬，流苏如愿以偿了。但这样的如愿以偿又显得那么岌岌可危。范柳原是一个自私的浪子，流苏也不过是一个自私的女“结婚员”，但是在这兵荒马乱的时代，战争使范柳原恢复一些人性，使把婚姻当职业看的流苏也有一些转变，但这不过是个人主义者暂时的容身，如果战争压根不存在或者结束了呢？所以说，流苏的胜利只是因为个人主义在战争的年代获得了暂时的歇息而已。

《倾城之恋》，让读者由衷佩服张爱玲的凌厉与真实，她把男人的残酷与玩世不恭、女人的恐惧与柔和刻画得细致入微，把一个日常的爱情智力游戏演绎得如火如荼，把人性中男女最彻底的真实毫不留情地抖露给旁观者。张爱玲不是为女人博取同情和怜悯，而是让她们用自己的行动和智慧表达在命运的洪流中抗争的决心。从这个视角看，是流苏成就了张爱玲对女性的表达：女性的生命是“被决定的”，仅凭自己，根本不可能实现所谓的“欲望人生”，这是规律，也是真理。

（二）《连环套》霓喜之传奇：枷锁上的人生

张爱玲的文字犀利而柔软，犀利是因为她一眼看穿社会的病体，并且毫不留情地扒开病体觫觫的躯壳给读者看血淋淋的死状；柔软则是她在残酷面前始终保有平静的灵魂，优雅如耳畔呓语般诉说着女人的悲剧，看似平常却句句都是低回哀怨的隐痛。张爱玲就是以参差对比的手法书写悲喜互见的文字的，她总能以轻松的笔触将一个底层女人的坎坷命运娓娓道来，看似轻松，却隐痛不断。《连环套》中发生在霓喜身上的故事是所有普通女人的故事，平淡的水面下孕育着波澜起伏的命运。

1944 年 1 月《万象》杂志连载的张爱玲长篇小说《连环套》，虽然被以傅雷为代表的一些批评家批为用新瓶装旧酒的章回体语言写就，但从小说的精神实质来考察，《连环套》是一部将一位卑微女子的人生底色成功呈现给读者的作品。在那里，张爱玲习惯性地使用了章回体语言描写一个卑微女人的灰色故事，貌似古怪，其实是在告诉读者，无论是什么人、什么范儿，最后都注定被套于传统的枷锁中，出不来。汤姆生太太原名霓喜，法律上从未结过婚，但生理上已经辗转经历了几个男人。她原本是广东偏僻农村贫困人家的孩子，被人口贩子卖给了印度商贩雅赫雅。

第一个丈夫雅赫雅买了少年时候的霓喜，在一起生活的日子中，曾因为霓喜的精明聪敏而有过想扶霓喜做正室的想法，但最终在霓喜的乖戾性格和自己无所顾忌的风流行为的压制下断了念头，开始了一段玩乐的生活。后来，他在外面有了别的女人，而与霓喜的缘分最终在霓喜的歇斯底里中走到了尽头。霓喜的第二个丈夫窦尧芳，是霓喜到药房买东西、与药店伙计崔玉茗调情时碰见的药堂老板，两人的年龄差距很大。在霓喜被雅赫雅赶出来后，窦尧芳派崔玉茗说亲，两人开始了同居生活。霓喜做了店铺的老板娘，一直企图在窦尧芳死后能控制他的家业，但聪明反被聪明误，到头来一场空，只能带着孩子孑然离开。其实窦尧芳一直都知道霓喜与崔玉茗有奸情，却没有点明，而在暗中帮助崔玉茗娶了亲。在生命的最后一段日子里，他给了崔玉茗一份产业，向霓喜挑明自己知道霓喜的“奸情”并原谅她，让她和崔玉茗过好日子，霓喜感激涕零。但实际上窦尧芳欺骗了霓喜，并将她置于一个更加险恶的处境，没有财产，也没有可以倚靠的男人，她又一次开始了“流浪”的生活。霓喜的第三个丈夫是一个英国人汤姆生。霓喜去看望做汤姆生的女佣的干姐姐时认识了他，两人眉来眼去，如烈火干柴，然后顺理成章地在一起。汤姆生是在政府里供职的工程师，这让霓喜很有骄傲的资本，并以此“报复”曾经对自己狠心的诸人。但最终，汤姆生在英国与富家少女结婚，给了霓喜一笔分手费，从此两不相干。

年轻时的霓喜是一个充满青春肉感的少妇，却在哄孩子与家务事中耗费着青春，无聊而乏味。她渴望激情，身份虽然卑微，却时常做着有朝一日成为贵妇人的梦想。她不甘心把自己的青春浪费在一个不浪漫的人身上，她接受米耳先生的调情，她与药铺伙计眉来眼去，她甚至站在男人多的地方，渴望谁能看在其美貌的份上，赏她一些激情似火。的确，她吸引了很多男人，但同时，她像男人的一件衣裳，随脱随换，没有容她商量的余地。“她受了雅赫雅的气，唯一的维持她的自尊心的方法便是随时随地地调情——在色情的圈子里她是个强者，一出了那范围，她便是人家脚底下的泥。”[①] 实际上，精打细算的布商雅赫雅终究是个商人，始终把她当作生孩子的机器和家务杂役，对待霓喜没什么真情，并准备随时一脚踹开。霓喜的欲望得不到满足，更不曾被雅赫雅认可，何况雅赫雅又在随时随地与别的女人调情。她彻底绝望了，不顾一切地撕下顺从的外衣大闹，歇斯底里地宣泄着绝望。就像张爱玲对霓喜的评价：“霓喜的故事，使我感动的是霓喜对于物质生活的单纯的爱，而这物质生活却需要随时下死劲去抓住。她要男性的爱，同时也要安全，可是不能兼顾，每致人财两空。”[②] 女人心中往往有两个生命指挥系统，一个是善与单纯的爱，它让女人温良恭俭让，另一个则是恶与叛逆，它把女人变得不可理喻。霓喜拼尽气力想要得到的总是离她远去。“霓喜并非没有感情的，对于这个世界她要爱而爱不进去。但她并非完全没有得到爱，不过只是摭食人家的残羹冷炙……”[③] 其实，女性的这两种状态取决于外部环境。如果外界赋予女性真实、善意、报答等，女人就是美丽的天使，反之，环境欺骗、压榨、凌辱、戕害女人，再高贵的女人也炼成了悍妇。

霓喜的悲剧是外界的不公怂恿了她心中的恶，恶完全控制了她。雅赫雅的乖戾驱使她疯狂，打也打了，砸也砸了，最后等待她的还是被逐出家门的结局。凭借还算年轻的外貌，霓喜辗转在一个又一个男人身边，虽然后来的男人对她还不错，也许还略带一些温情，但始终没有婚姻身份，最后的结局不是被窦尧芳的大老婆打出家门，就是被汤姆生抛弃。霓喜一生的爱情仿佛是一场没有尽头的虽有峰回路转却时常跌进谷底的连环剧，连接剧情的是一条望不到尽头的连环锁链。当她满怀希望地从失望的谷底走向可能的喜剧后，好日子维持不了多长时间，又一个枷锁套在了她身上。“她倒像是在贪婪地嚼着大量的榨过油的豆饼，虽然依恃着她的体质，而豆饼里也多少有着滋养，但终于不免吃伤了脾胃。而且，人吃畜生的饲

---

① 张爱玲：《连环套》，金宏达、于青编：《张爱玲文集》（第二卷），合肥：安徽文艺出版社 1996 年版，第 177 页。

② 张爱玲：《自己的文章》，金宏达、于青编：《张爱玲文集》（第四卷），合肥：安徽文艺出版社 1996 年版，第 177 页。

③ 张爱玲：《自己的文章》，金宏达、于青编：《张爱玲文集》（第四卷），合肥：安徽文艺出版社 1996 年版，第 177 页。

料，到底是悲怆的。”① 如此往复，她的精神空间上布满被锁链封锁的血痕。她自己也感到莫名的自卑，青春就这样在渴望、希望、失望、绝望中耗尽了。“霓喜忽然觉得她自己的大腿肥唧唧地抵着写字台，觉得她自己一身肥肉，觉得她自己衣服穿得过于花哨，再打扮些也是个下等女人……她嫌自己整个地太大，太触目。汤姆生即刻意会到她这种感觉，她在他面前蓦地萎缩下去，失去了从前吸引过他的那种悍然的美。”② 作为一个除了美貌一无所长的女人，美貌的流逝是致命的，意味着整个人生的终结。“霓喜知道她是老了。她扶着沙发站起身来，僵硬的膝盖骨克啦一响，她里面仿佛有点什么东西，就这样破碎了。”③ 时间撕碎的不仅仅是霓喜的青春躯体，更是她对生活的全部向往。霓喜的生活就是由一个又一个锁扣扣成的链子，这链子是她的三个丈夫扣成的，表面上他们对她还算好，实际上她每次离开都是两手空空，从未真正抓住过幸福。霓喜的悲哀从表面看是由于她低俗的恶习：脾气易暴、贪图财物、刻薄、刁钻、虚荣、浪荡……但是透过现象可以看到，时代是造就女性不幸的主要原因，霓喜是一切男性文化中心时代的不幸女人的缩影。

世人对张爱玲有种误解，好像张只会写遗少和小资，而霓喜的出现击碎了这种偏见。霓喜是张爱玲为普通的底层女性作传的典范，这些女子的命运成就了一个优雅却饱含苍凉的女性文学奇迹，这就是“离民族救亡之经，叛大众文化之道”的张爱玲文学的智慧。“不为英雄唱赞歌，只为苍生说人话”的张爱玲善于构建小人物的社会环境，她将社会底层女性的琐屑生命升华为一种稳定的生命状态，把从未被关注过的女性世界正式搬上文学舞台，并赋予她们鲜活的表现力和感染力。张爱玲毫不客气地将其展示给读者，让那些从未涉足过此阶层女性世界的人们为之一震：女性身体里流淌着被蹂躏的血液，脸上被雕刻着世纪的皱纹，骨子里却残存着媚世的心态，只是被历史的灰尘蒙蔽着，从没有人试图去擦拭它。张爱玲让霓

---

① 张爱玲：《自己的文章》，金宏达、于青编：《张爱玲文集》（第四卷），合肥：安徽文艺出版社 1996 年版，第 177 页。

② 张爱玲：《连环套》，金宏达、于青编：《张爱玲文集》（第二卷），合肥：安徽文艺出版社 1996 年版，第 220 页。

③ 张爱玲：《连环套》，金宏达、于青编：《张爱玲文集》（第二卷），合肥：安徽文艺出版社 1996 年版，第 221 页。

喜担当起揭示千万个普通女子殊途同归的命运的责任，并让她身上集合了众多女性的遭遇和性格特点，让她在各种环境中发酵、发作，掀起波澜。一个看似卑微的霓喜，承载的却是女性的普遍现实——被没有尽头的锁链锁住的有限人生。霓喜的小舞台是大世界的缩影，霓喜的小空间述说的都是天下女性群体的大叙事。从题材来看，张爱玲的创作空间似乎是狭仄单一的，但她却是专注、纯粹而细究深挖的。张爱玲扎扎实实地记录着“霓喜们”的幸福瞬间和苦难一生，从粉雕玉砌的装饰里挖出变态的灵魂。这些灵魂既善亦恶，既美亦丑，没有飞扬的英雄，却是时代女性的负荷者，是她们组成了时代女性，更是时代塑造了她们这样的面貌。张爱玲努力让每个“霓喜”的存在都具有不可复制的独特个性。就内容来看，霓喜的命运卑微不堪，但从文字考察，张的文字弥漫着华丽的复古气息。如果只是一个单纯的叙述，就会让霓喜的苍凉变得更加阴冷，只有用形式的绚烂才能掩盖世界的孤独与寒冷。这也是张爱玲文本的特性，她喜欢用华美的文字创造朦胧的、亦真亦幻的空间。事实上，她本人也喜欢华美，对服饰的追求，是为了拒绝别人深入她的心灵领域，她保持着自我与自由的存在状态。在她看来，时代是不干净的，女人则是一张不禁脏的纸，一旦被浸染，就再也无法复原，就像霓喜，被贱卖出去就再也找不回自己的灵魂了。女人是这样，人生也莫过如此。

（三）张爱玲小说的女性世界：清醒与放逐

1. 清醒的真实

《倾城之恋》中精于计算的白流苏，如果不与前夫离婚，不寄人篱下，不碰到世故而狡黠的范柳原，或许她还是一副纯白的底色，没有那么复杂而缜密的心思。《连环套》中的霓喜，如果不被当作丫头卖出去，如果能遇到一位“执子之手，与子偕老”的夫君，或许她会一直安静地相夫教子。如果《金锁记》中的曹七巧不守着一个整天躺在床上的残疾丈夫，如果《红玫瑰与白玫瑰》的孟烟鹂与王娇蕊不是处在同一个男人的尴尬困境中，如果《沉香屑　第一炉香》的葛薇龙不是被姑妈逼进风月场，如果《色·戒》中的王佳芝不是心一软让易先生逃走……我们可以设想无数个结局来为张爱玲的女主角找到合理的结局，可是，变幻无常的世间事哪能容许太多理想化的设计呢？现实是矗立在岸边经年被海浪、暗流、波涛拍打的礁石，再坚韧的骨骼都要被磨去性格，甚至磨成了鬼怪一般的狰狞模样，女人就是在这样的拍打中度过屈从与扭曲的岁月。当张爱玲非常自信地把女性戏剧化地搬进文学殿堂时，她也在悲哀地暗示：女性面貌是被男性制造出来的模样，男性在残酷地禁锢、消耗着女性的生命，反过来又羞辱女性的缺陷。但张爱玲在写这类小说时并没有落入涕泪交零的俗套，她只作冷眼旁观状，似与同为女性的自己无关，但她有自己的主张。她讲故事“俗”而不“套”，她写女人的罪恶与不堪、残酷与隐忍，但无论是弱者的哭泣还是强者的狞笑，她都把它们提到了文本的顶点，让它们一同面对众生的审判，当所有人一起被推向被告席时，弱者强者同声大哭，于是彼此都成了对方的同情者和良友。张爱玲就这样把人性深处的复杂性呈现给读者，让大家在爱恨交织中感悟性别之殇。

张爱玲把深入人性作为写作的宗旨，在其作品中往往能清楚地勘测出文字背后的人生及其命运。张爱玲已经时时表达出时代繁华“那是个淡色的、高音的世界，到处是光与音乐”① 的颓废，在华灯溢彩背后早已显露出枯竭的迹象，而女性的安慰不过是这个枯竭世界的回光返照。《金锁记》中长安的爱情的终结，就像女性世界里那些没有希望的挣扎和抗议。“长安静静地跟在她后面送了出来。她的藏青长袖旗袍上有着浅黄的雏菊。她两手交握着，脸上显出稀有的柔和。世舫回过身来道：‘姜小姐……’她隔得远远地站定了，只是垂着头。世舫微微鞠了一躬，转身走了。长安觉得她是隔了相当距离看这太阳里的庭院，从高楼上望下来，明晰亲切，然而没有能力干涉，天井，树，曳着萧条的影子的两个人，没有话——不多的一点回忆，将来是要装在水晶瓶里双手捧着看的——她的最初也是最后的爱。”② 真是莫大的委屈！绝望弥漫在空气中，纸张的背后噙满长安的泪水！然而张爱玲却用极其平静甚至有些安详的口吻娓娓道来。末日将至，也埋没不了女性的物质追逐，她们依然有极深的物质沉溺，《沉香屑 第一炉香》中，“薇龙打开了皮箱，预备把衣服腾到抽屉里，开了壁橱一看，里面却挂满了衣服，金碧辉煌；不觉咦了一声道：‘这是谁的？想必是姑妈忘了把这橱壁腾空出来。’她到底不脱孩子气，忍不住锁上了房门，偷

① 张爱玲：《沉香屑 第一炉香》，金宏达、于青编：《张爱玲文集》（第二卷），合肥：安徽文艺出版社 1996 年版，第 18 页。

② 张爱玲：《金锁记》，金宏达、于青编：《张爱玲文集》（第二卷），合肥：安徽文艺出版社 1996 年版，第 123 页。

偷的一件一件试着穿，却都合身，她突然省悟，原来这都是姑妈特地为她置备的。家常的织锦袍子，纱的，绸的，软缎的，短外套，长外套，海滩上用的披风，睡衣，浴衣，夜礼服，喝鸡尾酒的下午服，在家见客穿的半正式的晚餐服，色色俱全"①。衣妆是女人的命，女人借着一件件华服，堆砌出或华丽或可人的外表，这不过是要为自己"卖个好价钱"做预备，因为在男性文化中心主义的社会上，女性是被消费的"物"，装饰得漂亮一点全是为了"买主"开心。在《心经》中张爱玲敢于揭开部分女性内心最畸形的心理秘密："啊，七八年前……那是最可留恋的时候，父女之爱的黄金时期，没有猜忌，没有试探，没有嫌疑……小寒交叉着两手搁在胸口，缓缓走到阳台边上。沿着铁栏杆，编着一带短短的竹篱笆，木槽里种了青藤，爬在篱笆上，开着淡白的小花。夏季的黄昏，充满了回忆。"② 张爱玲也不吝啬写最平庸、最不出色的女子，《花凋》中女主角川娥受尽了委屈，生前活在别人的不屑中，作者却怀着刻骨的同情把川娥追认为伟大的殉道者刻在文字的记忆中，让"无限的爱，无限的依依，无限的惋惜……回忆上的一朵花，永生的玫瑰"③ 守着她清冷的墓碑，让她死后有个体面的追悼，作者似乎告诉我们"这是泪花晶莹的世界，然而是美丽的"④。张爱玲就是这样的人，她清醒，她旁观，她懂得，她解析，对被欺辱的女人，对邪恶的女人，对小资的女人等，张爱玲尽数斧凿。她把女性的各色姿态皆收入她的文字内存，让观众自己解码。张爱玲的清醒，使她对女性命运有一种机警的观察力，她高踞凡尘，俯瞰众生，宽阔的眼界和深沉的音调，已经让她的文字饱含人生味，充溢着对人性善恶的考量。在她那里，人的外表装饰全无用处，经她尖刻冷酷的一笔，人性的底色赤裸裸翻卷出镜。但张爱玲清醒中又有"性灵是因，悲悯是果"的柔软心地，

---

① 张爱玲：《沉香屑　第一炉香》，金宏达、于青编：《张爱玲文集》（第二卷），合肥：安徽文艺出版社 1996 年版，第 14 页。

② 张爱玲：《心经》，金宏达、于青编：《张爱玲文集》（第一卷），合肥：安徽文艺出版社 1996 年版，第 83 页。

③ 张爱玲：《花凋》，金宏达、于青编：《张爱玲文集》（第二卷），合肥：安徽文艺出版社 1996 年版，第 134 页。

④ 胡兰成：《论张爱玲》，陈子善编：《张爱玲的风气》，济南：山东画报出版社 2004 年版，第 21 页。

她往往在揭露女性被蹂躏这一现实时，能在冷酷冲劲的顶峰飘逸地收上一笔，将文字抹上“曲高人不散”的韵味。因为，张爱玲不想要太悲壮的结局，更反对伤感，她要的是讷言但犀利的智慧。她的清醒更在于对女性的清晰定位，她不喜欢“五四”时期的女性集体出走理论，她觉得女性在家庭倒比“男性化的出走”更能博取同情，她认为女性安于女性的事，才能更清晰地表达女性的思维，从而减少表达的焦虑，获得认同的愉悦。因此，与同时代其他女作家相比，张爱玲只认同苏青，她认为苏青“她就是女人，女人就是她”①，并在《我看苏青》一文中表达了与苏青相提并论才心甘情愿的言论。看得出，张爱玲把保持女性身份的社会认同，看作是女性在性别差异面前的一种优势，这种优势使得女性回归女性。但张爱玲并不因此就捏造女性神话，她既不渲染女性的温婉柔丽、清新可人，也不着墨女性的隐忍顺从，而是让人们关注人性真实的一面。她笔下的女人不可爱也不可恨，不美丽也不丑陋，不温柔也不敦厚，但她们都有一个共同的特点——真实，张爱玲是实实在在地模拟生活，升华生命。这里的“升华”不是放大或者夸大，而是聚焦于缺乏人性的可怕现实。比如《金锁记》中曹七巧对待一双儿女的没人性的行为，是女性被扭曲了之后的真实人性；《桂花蒸·阿小悲秋》中的阿小是善良的女人，但她身为佣人又表达出狗忠实于主人的兽性，违心帮主人掩饰恶的行为。张爱玲把女性特有的物化性格作为真实人生展示出来，《色·戒》中王佳芝在鸽子蛋钻石面前送掉了性命；《半生缘》中曼桢的母亲因为实实在在的钞票入袋而甘愿让女儿蒙难。张爱玲近乎残忍的写作把女人的种种劣根特征凌驾于人性之上，让女性回归到现实的世界，也让我们看到女性柔弱背后的恐怖。

凡此种种，对女性真实人生的揭发，是她的“奇异的智慧”使然，她推翻了“闺阁派”对女性唯美唯情的写作宗旨，背离了“五四”时期高扬的理想道德标准，但她认为这才是实际的人生。它蕴涵着女性族群的秘密符码，是性别意识中流传至今的久远记忆，非男性群体所能理解。而透视真实的女性文学，对关注女性、解读人性、提倡在性别差异前提下正视女性价值具有重要意义。所以，张爱玲对女性的理解无疑是清醒的。但是，

---

① 张爱玲：《我看苏青》，金宏达、于青编：《张爱玲文集》（第四卷），合肥：安徽文艺出版社1996年版，第226页。

因为她的勘破真实，因为她撕破伪装的勇气，因为她的文字远离喧嚣、虚伪和梦幻，所以她不屑于归顺主流女性意识，也不被主流女性意识所认可。虽然她的书畅销一时，但那只是读者眷顾她话语之间华丽的碰撞及深深的叹息。因此，她是孤独的，既有曲高和寡的离群索居，又有故意与众人保持距离的傲慢，更是在炫耀女性超越繁复的身姿。因为孤独，所以放逐、游弋，不顾一切。

2. 放逐的女性意识

放逐，《现代汉语词典》解释为“古时把被判罪的人流放到边远地方”[①]。《战国策·魏策》：“昔者，三苗之居……为政不善，而禹放逐之。”[②]《说文解字》段注：“自他归往之民谓之氓，故从民从亡。”[③] 相对而言，文学意义上的放逐则指作者流露在作品中的精神层面的向心力缺失以及由此产生的彷徨、迷惘、失落、虚无和无可归依等感觉。反观张爱玲文学女性意识的放逐，则是她在勘破女性存在状况后对孤独的体验，对外部世界的拒绝，以及对女性未来的茫然。

张爱玲文学的放逐使她的文学有大隐隐于市的刻意，是她保持原始的独自叙述的意识使然。这样的叙述会让她专心耽溺于女性自我表白似的“性别化写作”，从而隔绝来自时代背景的烦扰。因此，单从文学行动上看，在文学海洋中，张爱玲是孤独的，正因如此，她才刻意保持清醒，她靠这样的清醒雕塑着自己独特的文学性格，编织着女性文学的华服，为众语喧哗的主流女性文学泼一瓢冷水。因此也可以说，张爱玲文学中的女性话语就是一种孤独的凝视，凝视着充满父权图腾与男性话语的凡尘。但是，她的这种孤独不是博取怜惜的装腔作势，而是为了保护女性境界具有独立思考能力而穿的外衣。在这个独立思考的空间里，她把文学中女性的欲望与绝对的真实统统展现出来。张爱玲嘲笑媚俗趋炎的亢进文学，认为那不过是“浮华的飞扬”，亦不屑“闺阁派”的贤妻良母文学，觉得那样美好的时光只是作者一厢情愿的杜撰。她认为女性的真正品格是伟大之中藏有“小奸小坏”，贤妻良母中暗隐着“爬满了悲凉”，因为这种“不彻

① 中国社会科学院语言研究所词典编辑室：《现代汉语词典》（第5版），北京：商务印书馆2011年版，第391页。

② 刘向：《战国策》（中册），上海：上海古籍出版社1985年版，第782页。

③ 许慎、段玉裁：《说文解字注》，上海：上海古籍出版社1988年版，第627页。

底”正是生活的真实写照。她笔下的女性往往是在巴洛克式的浮华背后滴着沧桑的眼泪，在珠宝玉器、绫罗绸缎下包裹着被异化的心灵。女主人公们内心都渴望逾越，但却没有行动的机会和空间，她们在幻想和现实之间摇摆碰撞，身体与意识在矛盾中互相诋毁、戕害，意识几乎越过了社会道德的禁锢，但身体却不敢走上放纵出逸的道路，所以她笔下的人物都被尴尬地卡在情欲和历史的夹缝中，进退两难。《心经》中小寒对父亲超出正常关系的爱恋，她揣着逾越的渴望，频频在各种场景中不断变换姿态、变换视角，极力说服自己的失落。情欲与道德之间的频繁撞击，让小寒不堪挤压，最后陷于近乎变态的仓皇中。《金锁记》中的曹七巧青年时期与老年时期品格迥异，对情爱的渴望与不可得，从对生活的希望到绝望，把本来有些纯真善良心地的少妇打磨得尖酸刻薄，损己害人，自己的一双儿女竟也成了她亲手扼杀的牺牲品。曹七巧的一生一直是欲望与禁锢两种力量互相撕扯，裹挟着她走上了人格分裂的道路。张爱玲就是用这样毫无情面的笔触，义无反顾地让文章主题直接面对女性的内心世界，在矛盾的尖峰寻找妥协与慰藉。

三、张爱玲杂文中的女性世界：解构喧嚣与建构孤独

以小说家的姿态在余绪闲暇写散文且成功的人，男有沈从文，女则非张爱玲莫属了。张爱玲虽然以写小说红遍 20 世纪 40 年代的上海，但是，她的创作起点却以散文始，再由散文转战杂文界，张爱玲为自己的写作生涯开辟了多元化的途径。

张爱玲写散文是从为英文杂志撰写影评开始的，后由影评到杂谈，一步步奠定了她在散文界的地位。

说到张爱玲的第一篇散文，要算她十七岁参加写作比赛的《我的天才梦》，虽没取得绝佳名次，但却留下了“生命是一袭华美的袍，长满了虱子”[1] 这样的惊世警句。在她还有些稚气未脱的文字之中，已经表露出作为女性与男性的有别之处。学习织补、煮饭、洗衣，照镜子研究面部神

① 张爱玲：《我的天才梦》，金宏达、于青编：《张爱玲文集》（第四卷），合肥：安徽文艺出版社 1996 年版，第 18 页。

态、练习走路姿势等，她试图深入扮演淑女的角色，尽管这些彰显女性外部特征的技能对她来说显得有些笨拙。

张爱玲专门论述女性的散文不太多，但是，如果深挖细究的话，在她的散文中女性的影子却无处不在，好像女人已经成为她写作的一种惯性动力，具有一种神奇的向心作用，促使她把女人投射在人间世的身影刻印出来。她在《有女同车》、《更衣记》、《到底是上海人》、《道路以目》、《谈女人》、《我看苏青》、《表姨细姨及其他》等散文中，平实地记录了女性的言谈举止。而且，作为读者，我们通过这些细细琐琐的句子能直接感受到她在写散文时所流露的女性直觉和女性状态，这已经成为她文章中稳定的写作状态，极难改变。因此，读她的杂文，最容易窥探到她的写作心理世界，也能很轻松地捕捉到张爱玲文学的女性意识：清醒的世界观、孤独的体验及迷惘的出路。

（一）清醒的世界观

张爱玲对女性采取了一种文学上细致入微的呵护态度，她以智的觉醒，言说可爱的世界，认为女人是这个可爱世界的骨肉，构成了生动而迥异于男性的女性人生。《谈女人》中说："可爱的女人实在是真可爱。在某种范围内，可爱的人品与风韵是可以用人工培养出来的，世界各国各种不同的淑女教育全是以此为目标，虽然每每歪曲了原意，造成像《猫》这本书里的太太小姐，也还是可原恕。"① 张爱玲赞美女性的外在风韵和内在人品，她更关注风韵人品背后的环境批判。对于女性发端于原生态的"原始情节、场景"（primal plot，scene）来说，之后的成长重组（rehearse）更是女性性格塑造的直观因素。张爱玲认为社会生活细节既是对女性的消费、压抑与禁锢，同时也填补了女性先天自卑这个缺点。张爱玲试图表达女性的负荷是整个人类的孺慕之情，这是人类的基础，亦只有女性能从美学上来探究地母根芽的价值内涵，同时对抗男性阳具带来的霸道和权威。杂文给了她很顺畅的表达空间。《私语》是自述性散文，张爱玲讲述自己出生于一个理想的上流家庭，但却有一个不务正业、性格乖戾的父亲，使她的童年耽溺在黯淡无光的家庭氛围中。没有父亲呵护的家庭，让张爱玲

① 张爱玲：《谈女人》，金宏达、于青编：《张爱玲文集》（第四卷），合肥：安徽文艺出版社 1996 年版，第 72 页。

产生心理不平衡感，孤独与欲望同在，苍凉与热情并举，既互相牵制，也相互弥补。后天的家庭环境让她陷入困境，父母亲情缺失，同为父母之子，弟弟的女佣显然比她的佣人高出一等，只因她是个女孩子。尚在童年的张爱玲就已经目睹了性别差异给予她的一切不公平待遇。因此，她渴望发出自己的声音，渴望女性表达，渴望用女性群体特有的话语来彰显女人的哲学范式。这种哲学是现实土地上长出的茁壮的根芽，因此它往往带着生活琐屑的烟火气。在《谈女人》中张爱玲一针见血地指出，只有女性才是人类生长的坚实动力，但这动力一直被男性社会所湮灭与荼毒，女性始终遭受人间世一切不公平待遇。“男子偏于某一方面的发展，而女人是最普遍的，基本的，代表四季循环，土地，生老病死，饮食繁殖。女人把人类飞越太空的灵智拴在踏实的根桩上。”① 女性被男性消耗着青春与生命，男性所有的刻薄、冷酷与装腔作势都绝于女性，让女性忍受龌龊折磨。反观女性，仿佛她们乐得忍受这一切。她们的生活主题也只剩下男人，“电车上的女人使我悲怆。女人……女人一辈子讲的是男人，念的是男人，怨的是男人，永远永远”②。因清醒，故悲怆，女性群体在集体无意识的支配下，甚至愿意充当替男人维护现存秩序的帮手。因为，女人要在感情上依赖男人，在生活上依附男人。而那些靠自己赚取生活费用的女人，因没有男人的肩膀竟多少显得有些“苍凉”。在《钱》中张爱玲引用苏青的话：“我自己看看，房间里每一样东西，连一粒钉，也是我自己买的。可是，这又有什么快乐可言呢？”③ 这似乎表达的是张爱玲自己的心声：“又听见一位女士挺着胸脯子说：‘我从十七岁起养活我自己，到今年三十一岁，没用过一个男人的钱。’仿佛是很值得骄傲的，然而也近于负气罢？”④ 张爱玲自己对女性能否自立已经很不自信，这既是张爱玲的矛盾，亦是天下

---

① 张爱玲：《谈女人》，金宏达、于青编：《张爱玲文集》（第四卷），合肥：安徽文艺出版社 1996 年版，第 70 页。

② 张爱玲：《有女同车》，金宏达、于青编：《张爱玲文集》（第四卷），合肥：安徽文艺出版社 1996 年版，第 77 页。

③ 张爱玲：《钱》，金宏达、于青编：《张爱玲文集》（第四卷），合肥：安徽文艺出版社 1996 年版，第 87 页。

④ 张爱玲：《钱》，金宏达、于青编：《张爱玲文集》（第四卷），合肥：安徽文艺出版社 1996 年版，第 87 页。

女人的尴尬。在男人面前，女人就更加气短不自信，在《气短情长及其他》中，张爱玲揭示了在男人权威之下女人的苟且偷生。一位被丈夫打的女人，在众人皆为自己鸣不平且欲把丈夫捉拿到巡捕房去时，居然“哭道：‘我不要他到巡捕房去，我要他回家去呀！’又向男人哀求道：‘回去罢——回去打我罢！’”[①] 对女人，她怀着怜惜与哀怨的感情，在字里行间倾注无限荡气回肠的哀叹。在《忘不了的画》中，她格外仔细地叙述看过的女性肖像画，那是些看起来很有艺术感的女性，似乎很优美雅致，仿佛具有一种躲在薄纱轻雾后欲露还羞的样子，神圣到极致。但张爱玲常说“艺术源于病态”，如果这样考量，艺术的背面就是病，画中的女人连同这艺术何尝不是病入膏肓？妓女被升华，俗女被美化，连圣母也泛着女人味的光泽。而更加“病”的，难道不是那些艺术家们吗？这让笔者想起迅雨（傅雷）用“癌”来形容张爱玲的写作技巧。那些操纵着文学艺术界价值观念的男性们，其戏谑观念何等根深蒂固？他们一边满足着窥视女性的欲望，却一边嘲笑、鄙夷女性的种种不如人处。以此之病嘲笑彼之病，病态的环境造就了病态的女性。但可怕的是，这种病态的境遇人们居然习以为常，连女人自己也不以为然。

女性人生，或冲突、或磨难、或烦恼、或愉悦、或平淡，悲欢离合，生死欢会，组合出女性人格分裂的标签，代表了女人的理想意象与现实实物之间的落差，刻画着女性群体能指与所指的断裂。因此，读者在张爱玲的杂文中看到的女性是在人性挣扎和矛盾成长中求生存的，这人性是痛苦挣扎的人性、美得让人心碎的人性，皆因这人性是在“过于理智化，过于冷淡，总之，缺乏‘人性’”[②] 的土壤中长成的，但这恰好“其实倒是比较‘人性’的”[③]。对于女性的母爱阐释，张爱玲把它理解为“本能的爱

① 张爱玲：《气短情长及其他》，金宏达、于青编：《张爱玲文集》（第四卷），合肥：安徽文艺出版社 1996 年版，第 204 页。

② 张爱玲：《造人》，金宏达、于青编：《张爱玲文集》（第四卷），合肥：安徽文艺出版社 1996 年版，第 95 页。

③ 张爱玲：《造人》，金宏达、于青编：《张爱玲文集》（第四卷），合肥：安徽文艺出版社 1996 年版，第 95 页。

只是兽性的善"[1]，与人性善恶无关，因此也就单纯许多。但由母性扩而大之的，就是袒露出来的社会性，比如各色女人的各色本性，这就比自然的人性复杂多了。在杂文《私语》中，她将母性扩展为女人身上的所有特性，这种特性既是女人行为的标签和外化，又是女人长在骨子里的本质。因此，她在女人特性下塑造了众女性的浮世绘：呵护主人却又胆小自私的女佣阿小，为她争取教育机会但又心机重重的母亲，亲爱的姑姑，吸毒且恶毒的后母，绝境中逢生而悲观的"我"……

（二）孤独的体验

通读张爱玲的杂文，我们能很快进入她的心灵世界，揣测到她作为女性的写作心理。对于写作，她没有太多的理想和愿望，她唯一能希望的就是"现世安稳"，这既是对自己未来的期许，更是作为女性表露的那种本能的求稳求安的心理；这既是属于自我保护的女人本性，也是下意识拒绝外部世界的心理。于是，她不与他人进行本质上的文学对话，不参看其他女性作者对文学热点的关注，只顾埋头自说自话。她在孤绝封闭的写作历程中塑造人物，也在自己塑造的小说人物中继续着孤绝不群的性格。因为拒绝，所以要显示自己的高傲，并逃离喧嚣的主流力量，在喧哗之外开辟自己的独立话语。比较容易感受到的就是她对服饰的理解与身体力行，比如，她喜欢绚烂的华服，喜欢繁琐的装饰。在《更衣记》中，她使用各种别致的字眼描摹至尽女人的服装，这里既有对美服历史的怀念，也有对近代服饰的不屑与拒绝。在《红楼梦魇》中，张爱玲心细如发，绣鞋莲瓣、女靴睡袜、锦缎绫罗，尽收笔端。在她看来，"不大能够想象过去的世界，这么迂缓，安静，齐整——在满清三百年的统治下，女人竟没什么时装可言!"[2] 她甚至穿着奇装异服走在大街上，引来众人侧目。她穿"怪"衣裳，其实也含着自我陶醉和玩世不恭的态度，间接表达对现世的拒绝。同样，她的文学写作也沾染着孤芳自赏的味道，并不与他人趋同。对于同时代的"后五四文艺作家"，男性如林语堂的"闲适"、鲁迅的"革命"、周作人的"性灵"、郁达夫的"沉郁"，她皆不附和同流，就连女作家如丁

---

① 张爱玲：《造人》，金宏达、于青编：《张爱玲文集》（第四卷），合肥：安徽文艺出版社 1996 年版，第 95 页。

② 张爱玲：《更衣记》，金宏达、于青编：《张爱玲文集》（第四卷），合肥：安徽文艺出版社 1996 年版，第 28 页。

玲、陈衡、冰心、白薇等偏爱的“温婉风”、“济世风”、“巾帼英雄风”等，亦不认可。张爱玲认为他们太过理想主义，太像处男处女，太过洁癖，太寄予幻想，她把那些作家因“洁癖”而避免的主题照单全收，并冠之以“人生味”，以此开辟了自己的文学园地。张爱玲的旨趣在于繁华市井下的朴素人生、别致人生，她用别致的语言衬托朴素的人生底色。她不喜欢磅礴大气的恢弘题材，她在《自己的文章》中说：“文学史上朴素地歌咏人生安稳的作品很少，倒是强调人生的飞扬的作品很多，但好的作品，还是在于它是以人生的安稳做底子来描写人生的飞扬的。没有这底子，飞扬只能是浮沫。许多作品只予人以启示，就是失败在不知道把握这底子。”① 对于评论家批评她文章中太多装饰的语言，张爱玲反驳道：“美的东西不一定伟大，但伟大的东西总是美的。只是我不把虚伪与真实写成强烈的对照，却是用参差的对照的手法写出现代人的虚伪之中有真实，浮华之中有素朴，因此容易被人看做我是有所耽溺，流连忘返了。”② 她把美作为一种别致语言嵌进文学中，并拒绝改正，“虽然如此，我还是保持我的作风，只是自己惭愧写得不到家”③。看得出，张爱玲懂得自我欣赏，她知道自己的才华所在，知道怎样发挥才是极致，在这点上，她坚决拒绝外界的纷繁评说。张爱玲本人亦是如此，由她的性格而到其作品人物，她能在乱世中拨开层层迷雾描摹现实社会带着“庸俗人生”的平凡人，虽与大时代的高调英雄背道而驰，但充满了人生味。她关注时代主题之下的平常故事，尤其是对女人，她认为：“我甚至只是写些男女之间的小事情，我的作品里没有战争，也没有革命。我以为人在恋爱的时候，是比在战争或革命的时候更素朴，也更放恣的。”④ 在这个“放恣”的主题下，她叠合交集出一系列人们身边的女人的故事。在男女间进行爱情、婚姻攻防战的白

① 张爱玲：《自己的文章》，金宏达、于青编：《张爱玲文集》（第四卷），合肥：安徽文艺出版社 1996 年版，第 172 页。

② 张爱玲：《自己的文章》，金宏达、于青编：《张爱玲文集》（第四卷），合肥：安徽文艺出版社 1996 年版，第 175 页。

③ 张爱玲：《自己的文章》，金宏达、于青编：《张爱玲文集》（第四卷），合肥：安徽文艺出版社 1996 年版，第 175 页。

④ 张爱玲：《自己的文章》，金宏达、于青编：《张爱玲文集》（第四卷），合肥：安徽文艺出版社 1996 年版，第 174 页。

流苏，瓦解儿女幸福的曹七巧，辗转于男人间的霓喜，平淡无奇的川娥，简单轻信的言丹朱，被迫走上堕落之路的葛薇龙，富有风情却悲剧的王娇蕊，被设计进圈套的顾曼桢等等，这些女人无一例外都置身于浮华而苍白的环境中，没有任何精神与物质外援，只靠“脆弱的美丽”支撑活着的勇气，表面的光鲜不能掩盖她们内心的寂寥和孤独。她们在出世入世间游移进退、依违挣扎。她们的遭遇揭露了世间繁华的另一面，连带撕落了人际间的虚伪面具，呈现出虚伪之下残酷的真实。张爱玲借助庸凡女性的“传奇”际遇，涵摄人类亘古以来在生存困境中的挣扎，彰显女性是社会的“地母”。张爱玲似乎在告诉我们，女性的真实生活何尝不是人类的实际境遇？任何“徐图大举”都是在“地母”土壤中开出的花朵（张爱玲语）。

（三）迷惘的出路

在张爱玲华丽的外表下隐藏的是一颗落寞的心灵，她冷淡地面对世界，她洞若观火，却没能在“道德观念对于女性的精神戕害”之下追寻问题的根本。因此，在她的杂文中，我们很容易体会到张爱玲作为女性的迷惘。

她不知道作为女人的母亲何以那么不尽母亲的职责。当母亲再次动身去法国之前，告别时，张爱玲虽然有些冷漠，“我在学校里住读，她来看我，我没有任何惜别的表示，她也像是很高兴，事情可以这样光滑无痕迹地度过”①，“可是我知道她在那里想：‘下一代的人，心真狠啊！’”② 母亲走后，她还是“在寒风中大声抽噎着，哭给自己看”③。面对母亲的远离她是矛盾的，既想感情喷薄而出，又不想被人看到心底，只好选择对风自叹。除了对母性的迷惘，张爱玲对于其他女性，也懵懂不明。张爱玲杂文的代表作《私语》中最后的话似乎很能代表其对于女性未来的隐忧：“古代的夜里有更鼓，现在有卖混沌的梆子，千年来无数人的拍板：‘托，托，

---

① 张爱玲：《私语》，金宏达、于青编：《张爱玲文集》（第四卷），合肥：安徽文艺出版社1996年版，第105页。

② 张爱玲：《私语》，金宏达、于青编：《张爱玲文集》（第四卷），合肥：安徽文艺出版社1996年版，第105页。

③ 张爱玲：《私语》，金宏达、于青编：《张爱玲文集》（第四卷），合肥：安徽文艺出版社1996年版，第105页。

托！’可爱又可哀的岁月呵！”① 这种断然无着的情境中的孤立无援，虽然并没有涉及任何女性伦理或女性本体的变异，但是已经演奏出了作者伤感的音符。

因为迷惘，在张爱玲的杂文中我们很容易发现她存在着一个矛盾对立的价值判断，一方面主张以二元对立的方式去定义女人/男人，认为女人是男性社会中具有永恒价值的稳定基石，是社会演进的生命阶梯，具有神性；认为男人具有超人性质，具有泛宇宙的生命特质，男人们的此特质使得他们不断攫取、不断冲突，在决斗中推进社会前进。张爱玲对男女的定义其实是实践了西方学者奥思沃德·斯班格勒（Oswald Spengler）关于文化模式的定义。费孝通说：“Oswald Spengler 在《西方陆沉论》（译《西方的没落》）里曾说西洋曾有两种文化模式：一种为阿波罗式（Apollonian），一种为浮士德式（Faustian）。阿波罗式的文化认定宇宙的安排有一个完善的秩序，这个秩序超于人力的创造，人不过是去接受它，安于其位，维持它，这是西方的古典精神。现代的文化却是浮士德式的。他们把冲突看成存在的基础，生命是阻碍的克服；没有了阻碍，生命也就失去了意义。他们把前途看成无尽的创造过程，不断的变。”② 在中国，男性就是浮士德精神，女性则带有阿波罗色彩。张爱玲觉得阿波罗似乎更是生命稳定的原动力。“超人是生在一个时代里的。而人生安稳的一面则有着永恒的意味，虽然这种安稳常是不安全的，而且每隔多少时候就要破坏一次，但仍然是永恒。它存在于一切时代。它是人的神性，也可以说是妇人性。”③ 然而，她并不能说明女性的阿波罗精神何去何从，作为女性，因为对历史进程无从把握而生的虚无感时时影响着她对人物的雕琢，毋庸置疑，她迷惘于女性的未来。张爱玲深知在一个乱世里个人主义是没有出路的，于是，她远离“五四”传统，消解宏大主题，淡化“伟大”力量，只从一个平庸的立场渲染小市民的庸俗人生，张爱玲甚至不在乎别人鄙视她“一身俗骨”。

---

① 张爱玲：《私语》，金宏达、于青编：《张爱玲文集》（第四卷），合肥：安徽文艺出版社 1996 年版，第 110 页。

② 费孝通：《男女有别》，费孝通：《乡土中国》，南京：江苏文艺出版社 2011 年版，第 47 页。

③ 张爱玲：《自己的文章》，金宏达、于青编：《张爱玲文集》（第四卷），合肥：安徽文艺出版社 1996 年版，第 172 页。

对于人物的这种刻画其实是因为张本人对前途充满了难以把握的负面情绪，这既有与胡兰成恋爱的不确定因子，也有面对社会巨大变化生出的畏惧和恐慌。“我一个人站在黄昏的阳台上，骤然看到远处的一个高楼，边缘上附着一大块胭脂红，还当是玻璃窗上落日的反光，再一看，却是元宵的月亮，红红地升起来了。我想着：‘这是乱世。’晚烟里，上海的边疆微微起伏，虽没有山也像是层峦叠嶂。我想到许多人的命运，连我在内的，有一种郁郁苍苍的身世之感。”① 无疑，文字中已经告诉读者，张爱玲处在苍凉的落寞中，她完全不能在真幻无常的社会中找出对包括自己在内的女性未来出路的确切解释，她的作品亦然。张爱玲是作家中的奇才，能把散失于民间的女性碎片精致地凝聚起来，既在杂乱的人间世寻找寻常的凡夫俗女，又能在凡夫俗女中寻找超凡的人性底色。但终归，张爱玲的女性身份，使她很难超越自身的视角为人间世的碎片作合理的复原。

四、小结

纵观张爱玲笔下的女性，生活虽然不如意，婚姻不那么幸福，但却有着暂时安稳的人生。但对于这样的“安稳”，如何克服其中的创伤，补足遗憾，到达快乐的彼岸，张爱玲似乎找不出更好的方式作为出路。在她意识中已经漂移出相对于女性的两个孤岛，一个是绝对的囚禁，只有内而无外的封闭空间，女性的生活场域被圈定于此，她们的世界是孤独的。《忘不了的画》中，那些在画中仪态万方的女性，是人们意念中的固定化的女性形象，它们是被欣赏者、被参观者，而没有平等的交流。除了被参观，还有另一种相对的孤独，即内心世界与外部环境的分隔时有时无、没有明显界限的迷失，女人时而可以超越男性的权威，走向飞扬的生命，像《我的天才梦》、《姑姑语录》；时而要放低身段，甘做男人背后的小妇人，如《我看苏青》、《太太万岁题记》等。殊途同归，两个场域最后的结局都是在暗礁的威胁中走向无边的黑暗。《我的天才梦》，梦想可贵，却因跌入现实的深渊而被击得粉碎。女性天才在被异化中走向夭折的命运，是否也在

---

① 张爱玲：《我看苏青》，金宏达、于青编：《张爱玲文集》（第四卷），合肥：安徽文艺出版社 1996 年版，第 238 页

暗示读者自己对命运的失望呢?

张爱玲的神来之笔，在文学这块自由的土壤里恣意徜徉，她把女人之柔、之性情、之美好、之恋物、之恶毒、之病态、之压抑勾勒得横看成岭侧成峰，玲珑有致。她不虚美，不隐恶，女性的性格在善恶美丑之间变得丰盈剔透。张爱玲本人又何尝不是这样?她的才华、她的自我、她的恋物、她的漠然与冷淡，何尝不是文学作品中所体现的样子?她希望置身世外，俯瞰天下女人，但是身为女性，对于女性世界能清醒多久，在她的心底也是个谜。因此，张爱玲的卓越只能在苍凉中徒留一声叹息!

张爱玲为现代女性文学开辟了平凡人生的传奇写作，建构了女性琐屑生活的伟大基石。从某种意义上说这是中国现代文学对女性价值的人道诠释，亦是文学对女性的关怀与呵护。

第四章

波伏娃与张爱玲文学女性意识比较

一、波伏娃与张爱玲文学比较的基础

本章针对波伏娃和张爱玲文学的比较研究首先是基于二人都是20世纪40年代成长起来的在各自国度很有影响力的女作家；其次，她们的文学能比较充分地代表本国或本区域的最纯粹的女性文学；再次，她们的创作都非常关注女性的生存状态。但是，波伏娃和张爱玲是两种不同文化生态下的作家，她们的文学面貌呈现出关于女性不同的文化特征、生命体验、情感认识等意识，而且，她们本身的性格特点各不相同。本章就是针对波伏娃和张爱玲彼此的相异、相通之处进行比较，以期为中西方女性文学的沟通交流提供异质借鉴。

二、波伏娃与张爱玲文学的女性意识差异性的多视角比较

（一）波伏娃的革命性与张爱玲的小资表象

法国是一个浪漫与革命冲动并存的国度。在这样的国家气质熏染下，很容易造就法国人柔情与刚烈兼具的双重性格，也会更轻易诞生一些既感情细腻又思想激进的艺术家，尤其是女性。波伏娃就是众多此类性格的女作家之一。无疑，波伏娃的性格是多重因素组合的产物，一方面，作为女人，她柔情浪漫，在爱情面前，她痴情而富有情调；另一方面，作为社会学者，她“介入”社会，积极参与到社会变革的洪流中去。而作为读者的我们，更常接触到的是介入政治中、慷慨激昂、不屈不挠的波伏娃。她在读者面前永远保持着精力充沛、敢于挑战的行动姿态。波伏娃用犀利的批判、敏锐的审视、精准的逻辑构建了读者眼中的波伏娃——女政治家、革命家形象，这是让人肃然起敬的为真理而生的战士。面对性别不公，她几乎像男人那样激昂而富有斗志。所以，尽管她是女性，尽管她对现代女性理论颇多建树，却很难让人把她与“这是一个女人”联系起来。我们只能在她的回忆录中嗅到女性味道的蛛丝马迹。

波伏娃的革命性首先体现在其文学意志的超越性，其次是其文学阐述中的摧毁和重生气质。

首先，波伏娃文学意志的超越性。她的文学生命脉搏围绕女性问题而

跃动，她所有的创作热情都献给了为女性争取生存空间的事业。因此，她积极“介入”社会、“介入”政治、“介入”男权主导的话语圈，她认为唯有如此才能引起世人对女性处境的重视。波伏娃以昂扬的文学姿态直面女性问题，不逃避，不妥协，不仰人鼻息。她执着地打开历史之门，让人们看到女性的痛与不幸的碎片组合，让人们听到女性痛苦的挣扎。她以“女人是后天形成的”语出惊人地颠覆了那些已经被普遍接受的传统女性理论。波伏娃看似在旁若无人地喧嚣鼓噪，却为改变女性境遇作出了杰出贡献。波伏娃的大部分著作都在阐释女性的一个核心问题——生存与困境。在女性问题上，波伏娃对抗时代规约，对抗偶然性，她战胜自我中的懦弱，努力让自己更有强度、知名度和光彩，这样做的目的无非是让自己独一无二的女性理论价值得到活脱脱的体现。在她作品的字里行间流露出的尽是“女性，生而不幸”。其彼时在宣扬学说的路上并非一帆风顺，除了萨特的理论支持，只有她自己行走在充满质疑的追求之路上。她时常被误解、被污蔑为“变态女人”，甚至连一些女人也视她为“坏女人”。面对质疑，波伏娃居高临下不以为然，她了解自己，也知晓身为女性，为女性作传本身就是一场浪漫而漫长的抗争。虽然她意识到这注定是荒漠中的跋涉，但是她坚信，把全部力量投入到对信念的坚持中就能创造奇迹。对于坚韧者来说，坚持的过程就是成长的历程，任何诋毁、背叛、情感挫折都将成为前进的垫脚石。她清楚自己被“偶然”塑造成女性来到世界的使命就是为姐妹们做事，并与她们分享战斗的快乐。

其次，波伏娃文学的摧毁和重生气质。波伏娃全力投身写作，把所有的智慧与情感都倾注于为女性的辩护中。《第二性》的成功，《女宾》的阐发，《他人的血》的残酷，《人总是要死的》的壮烈，《回忆录》的坚定平实，在以男权价值标准为主体的时代，波伏娃用灿烂的笑容和坚定的写作姿态摧毁传统意义上的女性文学，对抗男权意志下的文学顽固，并积极寻求重建最广泛的关于女性价值的文学理论。意识的自由让青年波伏娃对超现实主义的东西很迷恋，她非常认可超现实主义更彻底的否定和摧毁，她对布勒东、阿拉贡等人的作品情有独钟。她在与这些思想打交道的时候，开始“重拾对文学的兴趣”①。受此影响，在波伏娃的文章里随处可见颇有“摧毁”气势的自由主义逻辑。波伏娃的“摧毁”超乎大家的想象，她既否定男性的统治，又对女人掌权犹犹豫豫、不自信，甚至期望非男非女的怪物出现来解除自己心中的迷惘：“男人既是法官又是诉讼当事人，女人也是。哪能找到天使？实际上，天使并不能胜任，天使并不知道这个问题的各种论据；至于阴阳人，这是非常特殊的个案：这种人并非雌雄同体，更确切地说，既不是男人，也不是女人。我相信，要廓清女性的处境，仍然是某些女人更合适。”② 波伏娃干脆利索地推翻了“男人审视女性”的女性理论时代，认为只有女人才最了解女人。她彻底对抗父权统治的勇气和决心，被女同胞称为“女性的良知”。波伏娃说：“我们毫不怀疑地根据自己的意志行事，自由是我们唯一遵循的规则。”1939 年的某一天，波伏娃在自己的一张照片背后写下了“战斗的海狸”，预示着她在公共领域与私人空间从不妥协的“革命者”精神。她为女性作传就是一种对于强势意识的“介入”姿态，她的写作就是战斗的姿态。

但是进入战斗状态的波伏娃并不是一成不变的“女强人”，她的内心也时常有矛盾的挣扎，每部著作背后都有一场关于虚无与实际、顺从与叛逆的纠葛。她的四卷本回忆录让世人知道她也是外刚内柔的女性。而且，生活中的波伏娃也会偶然沉溺，也会在爱情世界中不能自已，与博斯特的苟且，与美国作家阿尔格伦的缠绵，以及后来与几位年轻男性的暧昧，都让波伏娃沉醉其间甚至迷失自己。但，波伏娃最终还是能从沉郁中走出来回归理性，专注于自己的事业，时刻准备着战斗。文字的严谨和思想的诚实塑造了波伏娃专业、坚决、勇敢、顽强、不顾一切的立体女性形象。她那些惊世骇俗的举动和激情四溢的文字，充满了智慧的挑战与情节的刺激，以致男人纷纷惊呼“女人堕落了”，却让不幸的女人看到“生活在别处”的曙光，女人们读了她的作品后大声惊呼“风景这边独好”！

同在 20 世纪 40 年代，当我们飞越空间的千山万水，降临中华大地的上海时，走在街头，会发现目光所及之处尽是一位年轻女性的形象，随便

---

① ［法］西蒙娜·德·波伏瓦著，罗国林译：《波伏瓦回忆录·第一卷·端方淑女》，北京：作家出版社 2011 年版，第 171 页。

② ［法］西蒙娜·德·波伏瓦著，郑克鲁译：《第二性 I》，上海：上海译文出版社 2011 年版，第 22 页。

在哪个报摊上都能看到报纸杂志上登载着她的照片，这就是——张爱玲，一位20世纪40年代红透上海乃至整个中国的女作家。照片上的张爱玲，目光柔和但冷傲孤绝，神态自若却隐含忧虑，看似心思细腻却目光沉毅。她的穿着与众不同。对比一下波伏娃与张爱玲的照片我们会发现她们是多么的不同，这不只是中西方的差异那么简单，而是我们透过照片中的她们，窥视到各自神态所舒展出的心灵世界是如此迥异。波伏娃的绝大部分照片是这样的：没有一丝笑容，下巴紧收，倔强的嘴角像随时会迸出反驳的语句，高高的额头下，一双咄咄逼人的眼睛，真像一只"战斗的海狸"！而张爱玲的大部分照片展现的是享受生命之繁华的愉悦，同时目光下隐含一股拒人千里之外的决心，她好像在极力躲开众人的目光，躲到云朵或者尘埃里，一副看尽红尘话苍凉的神情。

张爱玲与波伏娃是不同的，波伏娃浑身散发着热切的探索精神和革命气质，积极"介入"各种社会活动，而张爱玲却处处表现出坚定的遁逃准备。张爱玲拥有传统的贵族血统，但后天"却是她那些放恣的才华与爱悦自己，作成她的这种贵族气氛的"①。张的这种内涵与外延兼具贵族气息，使她看起来具有一种与众不同的气质。这气质仿佛是"仙气"偶然落到人间，却不沾染一丝尘土。张爱玲在《我的天才梦》中说到自己是日常生活的傻子："我发现我不会削苹果。经过艰苦的努力我才学会补袜子。我怕上理发店，怕见客，怕给裁缝试衣裳。许多人尝试过教我织绒线，可是没有一个成功。在一间房里住了两年，问我电铃在哪儿我还茫然。我天天乘黄包车上医院去打针，接连三个月，仍然不认识那条路。总而言之，在现实的社会里，我等于一个废物。"② 在日常琐屑中，张爱玲是弱者，然而，张爱玲善于从日常生活中提炼出艺术，她对这些存于生活的点滴艺术的感悟远在常人之上。"生活的艺术，有一部分我不是不能领略。我懂得怎么看'七月巧云'，听苏格兰兵吹 bagpipe，享受微风中的藤椅，吃盐水花生，欣赏雨夜的霓虹灯，从双层公共汽车上伸出手摘树巅的绿叶。在没有人与

---

① 胡兰成：《论张爱玲》，陈子善编：《张爱玲的风气》，济南：山东画报出版社2004年版，第21页。

② 张爱玲：《我的天才梦》，金宏达、于青编：《张爱玲文集》（第四卷），合肥：安徽文艺出版社1996年版，第17页。

人交接的场合，我充满了生命的欢悦。”[①] 张爱玲所钟情的是来自生活又超越生活的艺术情结。这些感悟不是关乎国家命运，也不是关乎时代斗转星移的鸿篇巨制。她不做战斗的准备与对抗的姿态，而是悄然游离于人际之外，自说自话。她是“个人主义的”，她本人“甚至怀疑自己的感情，贫乏到没有责任心。但她又说‘譬如写文章上头，我可是极负责的’”[②]。张爱玲生在抗战时期，但她的文章从不关乎抗战主题，她只专心在吴侬软语的上海情调中自说自话，她在生活细节中追求小情小调，窥看世道人心的小悲小喜，擦拭艺术让它清雅脱尘。文如其人，张的文字中有一种充满着个人主义的性灵，这是“个体叛逆的喜悦”。因此，不同的人阅读张爱玲的作品，都会发出同样的感慨：“哦，这是张爱玲的味道。”的确，张爱玲变成了一种模式，一种“琐屑写作”及“女性私语空间”的代表、小资们的楷模。她的模式中浸透着苍凉的味道，她甚至把它作为一种女性美感，这是以她天生的敏感和细腻为依托的，在慨叹苍凉的背景下其审美恣意生长，然后退隐，再归于平淡的收场。所谓“一朝春尽红颜老，花落人亡两不知”的繁茂，是春天曾经的灿烂，是花开花落的热闹，更是灿烂与热闹之后遁逃的决心与坚定，也是令人唏嘘不已的“张氏小资”。

如果用酒来比喻波伏娃与张爱玲，波伏娃就是烈性伏特加，辛辣上头却颇有余味，张爱玲则像客家酒酿，淡甜微苦，喝多容易沉浸而不知归路。

（二）波伏娃的坚定性与张爱玲的不确定性

无论是波伏娃还是张爱玲，作为女作家，贯穿在她们文学中的，始终是一种体现着生命的、单纯的、真正的执着和理想主义品格，但是表现形式却各不相同。

波伏娃文学目的明确，文学主张坚定，她就是要为女性呼吁，就是要以一种绝不屈服的战斗精神来实践自己的文学理想。在此过程中，她有意弱化自己的女性特质，不结婚，不生育，并积极参与到国家、社会、团队等的活动中去。波伏娃期望个人的参与能改变世人对女性的偏见，试图用

---

① 张爱玲：《我的天才梦》，金宏达、于青编：《张爱玲文集》（第四卷），合肥：安徽文艺出版社 1996 年版，第 18 页。

② 胡兰成：《论张爱玲》，陈子善编：《张爱玲的风气》，济南：山东画报出版社 2004 年版，第 27 页。

“征服偶然赢得必然”的决心达到目标。在波伏娃的《第二性》中我们能清晰地触摸到她坚毅的战斗气息。对于爱情，她能很快从温柔梦乡中走出来，以女斗士的形象出现在公众面前。她一定要书写国家大义和民族生计，她甚至积极参与撰写各种评论，在论文《皮鲁斯与斯内阿斯》、《建立一种模棱两可的伦理学》、《存在主义理论与各民族的智慧》中她提出了道德规范与存在主义理论之间的关系。波伏娃将存在主义用于对女性意识的建构，她认为女性存在着就应赋予自己的生命某种意义，她所说的女性生命意义就是对传统女性使命的反拨。她甚至认为生育、婚姻都是对女性的束缚，走出家庭才能获得自由的意义。波伏娃以一连串惊世骇俗的言论和行动，在大众面前塑造了自己的形象——坚定、对抗、中性化。然而，她的战斗性格也不尽如此，在与萨特充满激流险滩的恋情中，她小心翼翼地行走，虽然寒战多艰，但还是赢得了与萨特并肩到最后的胜利，她的隐忍坚持可见一斑。

张爱玲则不同，她始终带着模糊的面目行走在文学道路上。她的文学既高昂又低调，既热闹又偏安一隅，时而明晰时而模糊，就像她本人一样。张爱玲喜欢格调高雅的女人味，但她的笔下却充满了平凡女人的挣扎；她不屑于生活琐屑，但她的作品恰好处于“琐屑空间”；她的作品无关乎抗战主题，但却有描写在死亡与美食之间穿行的文字；世事纷扰，张爱玲远离喧嚣，躲在角落里冷眼旁观，但又钟情于“出名要趁早”，很欢喜自己的文字变成畅销书；张爱玲从小就因不争气的父亲而对男性抱有冷视，但她与胡兰成的恋爱却堪称旷世绝恋；张爱玲受母亲和姑姑影响，自幼接触西洋文明，她谙熟西方文学表现手法，但她的作品满纸尽是红楼梦式的语言；张爱玲惧怕传统，但又在传统中实现了文学的升华，她倾力于在“琐屑的空间”里追求对艺术的超越和诗性的“别处”，但始终对现实怀有“挥之不去”的眷顾。她文学中的女性存在着忽此忽彼、善恶兼具的不确定性。无论是白流苏、王娇蕊、葛薇龙，还是曹七巧、言丹朱、阿小、顾曼桢，她笔下的女人们都处于不能认识自己的摇摆中。张爱玲及其文学就是一个矛盾的综合体。

因为彼此的生活背景不同，波伏娃和张爱玲是两个志趣迥异的女性。对于理想和目标的追寻，波伏娃是明确的，义无反顾而兴致盎然，有时甚至表现出不顾一切的坚持。在写《女宾》时，波伏娃执意要将自己在现实中的处境放在文学语境下，直白而坦荡，似乎在向读者表白，然而更多的是在炫耀自我，炫耀自己独特的、全新的女性生活方式，好像这就是她所理解的女性解放。在写作《人总是要死的》时，波伏娃秉承了西方女性的大胆想象与设计，通过简单的寓言揭示女性对虚荣的渴望和对死亡的恐惧，以及其危险。《人总是要死的》中的女演员雷吉娜，经历了辉煌灿烂的时刻后，一直在寻找自己存在的证明，想要保存住自己的辉煌，但只要她想到自己将死去，就有一种莫名的沮丧和恐惧，她害怕死亡。当她遇到了永生的福斯卡，她像抓住救命稻草一样，以为自己这样就可以获得本质上的肉体和灵魂的存在。然而，事实证明，即使长生不老，但心已苍老，心早已厌倦了各种生之折磨。波伏娃书写雷吉娜的生命追求和最后的失败，实际是在证明生命就是包含了生和死，人不但要享受生之绚烂多姿，也要体验死的宁静安详，这才是完整的人生。波伏娃通过对雷吉娜的描述，希望女性能从超越的角度看待生命和自身价值，走出藩篱，创新自我意识。从这个视角看，波伏娃是坚定不移的现代西方女性意识的引导者和演说家。她文学中的女性都饱含一种直白的激情，干脆利落，没有半点假饰。这些女性全都富有社会责任感和“介入”精神，她们暂时收起了女性的脆弱，以满腔责任感和使命感走进公众视野，她们参与社会政治以验证性别差异能否使自己站得住脚，就连放荡不羁都那么毫无掩饰。因此，当20 世纪 60—70 年代女权运动风起云涌时，波伏娃当仁不让地成为运动领袖，一次又一次地针对女性问题发起了对政府及社会的诘难。在运动中女人们的激情和力量，简直是“波伏娃们”在呐喊！然而，回首人类的历史，女性是天然被贴上了懦弱的标签的，当她踏入社会，她的所得取决于社会环境对其的认可。对于女人来说，既要寻求超越，又要实现“介入”的目的，因此，她们只好通过男性化的坚定和决心，走上权力意志的道路。因此，波伏娃的坚定性表现在文学上，就是她为人物刻意设计好的所谓“男性化抗议”；表现在社会政治层面，则是弥漫着火药味的对抗。

而张爱玲却不会，作为东方女性，她与生俱来就很含蓄内敛，尽管她已经看清楚看透彻，她的文学却不那么直视逼人。她要自己笔下的女主人公，小心翼翼出场，曲曲折折过场，迷迷茫茫收场，亦真亦幻。也正因为张爱玲的骨子里融合了女人曲折内敛和欲望原罪的血液，以及诸多“此处无声”的留白，为了达成现实中人物多种复杂性格的文学和解，她一直努力塑造“纯真”与“狎邪”、“浪漫”与“挫折”的介于少女、妓女和情妇之间的性别角色。也许这是张爱玲本身的性格使然，她始终在曲曲弯弯的生活细节中迷茫着、找寻着，更多时候则是在“岁月无声也让人害怕”的战栗中亦步亦趋，小心谨慎。因此，对于外界来说，张爱玲本身就是一个谜，好像是一道永远接近不得的地平线。王安忆说，张爱玲早就凭着才女的直觉看透人生，因此是现世的，她既然看透，就不想掩饰虚假演戏给人看，但是她在超然出走的过程中，难免孤独与梦想喧嚣。所以，她写作中的女性，普遍具有一种复杂的性格、奇特的寂寞、不甚明确的人生去向。《金锁记》中的曹七巧是这样，《沉香屑　第一炉香》中的葛薇龙如此，连《倾城之恋》中的白流苏也亦正亦邪。

但是，波伏娃的坚定性和张爱玲的不确定性之间有沟通的桥梁吗？答案是有的。

波伏娃积极参与政治，同时也鼓励女性参与，然而，女性参与社会政治的背后，却是陷入偏执的焦虑。波伏娃自己也说：“知道经历过的那一分钟就要永远消逝的焦虑。”[①] 波伏娃本人的作品《第二性》和《名士风流》都被教廷圣旨部列为禁书，理由是“存在主义的不道德”[②]。存在主义是萨特的“杰作”，却要女人承担被审判的后果，偏见在两性之间自古根深蒂固，这让女性愤怒、疯狂，症结在哪里？在于女性无能无力，无能是因为女性社会地位甚低，无力是因为女性所受的教育严重不足，这一切的根源在于男性社会对女性的傲慢和无视。单凭个体的执着远远不能解决这个问题，其实质就造成了波伏娃与她的女性意识的处境——被动的“他者”！在呐喊的同时，波伏娃对现实深感焦虑。

张爱玲是否存在焦虑？这要从她及其笔下人物是否参与了历史构建谈起。如果单纯从文学体验的角度讲，张爱玲笔下的女性都生活在淡化了历史背景的“小”世界中，小资、小情小调、小奸小坏、小哭小闹，似乎她们都在一个与大历史背景隔绝的舞台上表演，自说自话。但是当我们留意张爱玲的历史化及其对女性意识的描述的时候，我们似乎能感到张对时间

---

① ［法］西蒙娜·德·波伏娃于 1926 年 8 月 7 日接受法国电视台采访时所说的话。

② ［法］达妮埃尔·萨乐娜芙著，黄荭、沈珂、曹冬雪译：《战斗的海狸——西蒙娜·德·波伏瓦评传》，北京：作家出版社 2009 年版，第 5 页。

维度的把握和家国记忆的留存，她并没有彻底与大叙事诀别。家国命运、时代战争都成为她的文学舞台上若隐若现的背景或线索。香港，是她将女性放在战争背景下书写的地方。“在香港，我们初得到开战的消息的时候，宿舍里的一个女同学发起急来，道：‘怎么办呢？没有合适的衣服穿！’她是有钱的华侨，对于社交上不同的场合需要的不同的行头，从水上跳舞会到隆重的晚餐，都有充分的准备，但是她没想到打仗。后来她借到了一件宽大的灰布棉袍，对于头上营营飞绕的空军大约是没有多少吸引力的。逃难的时候，宿舍的学生‘各自奔前程’。战后再度相见，她已经剪短了头发，梳了男式的菲律宾头，那在香港是风行一时的，为了可以冒充男性。”① 她们的审美观点随着环境背景的转移而变化。女性一直保持着对服饰酣畅淋漓的热情，当战争打乱她们的日常穿衣习惯的时候，她们对自己的自信蒙上了一层关于离乱的荒芜体验，这在一定程度上构成了女性审美的时代被动，也逐渐形成了个体与时代进行对峙的意识冲突。这种对峙被笼罩在荒凉的“时代记忆”中，女性在这个“时代记忆”中则处于被动跟从的局面。比如，那位女同学经历了战争离乱，已经剪短了头发，以便冒充男性。这真是两难的境地，女性受到了来自历史客观和个体主观的双重挤压，既有历史进程中的宏观被边缘化，又有个体演进中的微观强化。如此一来，个体的审美视野和时代猖狂之间的冲突不可避免。对于女性来说，这无疑是时代风云挤占了她们的审美环境。但时代又是如此仓促，她们还来不及调整自己的审美视角，背景的新旧循环更迭已让人眼花缭乱。舞台背景与剧情演绎之间的冲突，无疑会导致女性在这个舞台上无所适从，变得焦躁不安。在这个个体焦躁和时代乖张、交错复杂的气氛中，张爱玲想创造一个避世的港湾，《公寓生活记趣》似乎告诉女人“公寓是最合理想的逃世的地方”②，公寓是家，具有家的形状和温馨，人在里面逃避喧嚣，规避大时代的乱象。张爱玲笔下的一类女性在时代焦虑面前采取了遁逃的态度，也一以贯之地纷纷向往避世的公寓。但是，她们又怎能逃出时代的掌心？只不过处于乱世，她们回“家”才有“乐在其中”的暂时欢

---

① 张爱玲：《烬余录》，金宏达、于青编：《张爱玲文集》（第四卷），合肥：安徽文艺出版1996年版，第53～54页。

② 张爱玲：《公寓生活记趣》，金宏达、于青编：《张爱玲文集》（第四卷），合肥：安徽文艺出版1996年版，第40页。

愉。然而，也因乱世，没有家更添恐惧。《倾城之恋》中，乱世香港，范柳原走前给流苏买了一所房子，还没置办物品，“流苏的屋子是空的，心里是空的，家里没有置办米粮，因此肚子里也是空的。空穴来风，所以她感受恐怖的袭击分外强烈”[①]。家徒四壁的时候，人朝不保夕的感觉尤其强烈。在人的心目中，房子是房子，而家却是成熟的居住场所，弥漫着人朝夕相处后的脉脉余温。女人再怎么坚强，只要嗅到家的温情气息，总是要心动的。在女人心中，男人就是家。没有家，女人的心无处安放，自然很焦虑。“家”在一定意义上，也扮演着某种暧昧。《色·戒》中的王佳芝，她本来是带着暗杀的使命去接近并勾引易先生的，但是在谋杀现场的关键时刻，王佳芝突然产生心理转变：“这个人是真爱我的，她突然想，心下轰然一声，若有所失。”[②] 就这么一句话，撬动了一群爱国学生整个的暗杀计划，不但计划失败，甚至爱国学生连同王佳芝都被易先生下令处决。一段离奇的感情结束了，一个复杂的暗杀计划失败了，一位年轻美丽的女子死掉了。张爱玲太熟悉女人了，女人因为感情可能会放弃原则，甚至丢掉生命。公寓、男人是女人避世的港湾，一旦港湾倾覆，女人就将肉体灰飞，灵魂崩溃。张爱玲又岂能不为此焦虑？

综合以上因素分析张爱玲与波伏娃的焦虑，虽然都是大时代背景下的个体隐忧，但其成因、发展及归宿皆有不同，波伏娃的女性焦虑在于，女性积极参与社会管理活动但不得不依附在男性话语后面亦步亦趋；张爱玲的女性焦虑则在于，女性企图逃离时代偏安一隅，却又逃无可逃。波伏娃的焦虑走向极端的结局就是女性的中性化、男性化，以致客观上否定自身特质，走上被男性同化的政治轨迹；张爱玲的焦虑发展到极端的结果则是女人越来越被“边缘化”，越来越成为男性统治下的“花瓶”，进而注定被排斥在大历史构建之外。遗憾的是，这两位女作家，虽然都在尽力构建女性空间，一种是激烈的参与意识，一种是静悄悄的遁逃策略，然而，当无数女性分别津津乐道于参与或遁逃时，公平仿佛又一次疏远了女性。

因此，波伏娃坚定的背后是茫然的存在。波伏娃是坚定的，她的坚定

---

① 张爱玲：《倾城之恋》，金宏达、于青编：《张爱玲文集》（第二卷），合肥：安徽文艺出版社 1996 年版，第 78 页。

② 张爱玲：《色·戒》，金宏达、于青编：《张爱玲文集》（第一卷），合肥：安徽文艺出版社 1996 年版，第 264 页。

来自对现实的审视，然而，在明暗沉浮的社会，女性的生活是“从生到死都摆脱不了垂暮的绝望”。小时候，看到母亲为抚养他们而尽心竭力地操劳，那时候她就萌生出模糊的“仇恨”意识，使得她越来越站在“被压迫者”一边，以致成人后形成了对现存秩序“质疑”的习惯。但是，她对处于困顿中的女性还很快乐很不以为然，她不屑于母亲的付出，认为她们太软弱不能起来反抗，但波伏娃自己又寻找不出解决问题的办法。她倡导女性解放，但到底何为“女性解放”，她也说不清楚，只统统归结为“男女平等”。而这种“平等”的代价则是女性要兼顾家庭与事业，女性的传统价值被异化，身心俱疲以致人格分裂。实际情况是女性非得像男性那样参与社会竞争才能得到认可，而对家庭的付出似乎并没有纳入到社会生产力体系，波伏娃在大谈“女性解放”时似乎忽略了性别差异导致的社会分工不同。同时，面对男女感情，波伏娃虽然也倡导敢爱敢恨，但面对男性的强势攻击或出走时，她只能选择忍让。当她的伴侣萨特与其他女性纠缠时，她退而求其次，在她、萨特及其他女性之间形成了奇特的“三人组合”。现在的我们已经难猜当时波伏娃的心境，但至少我们可以从《女宾》中看出她的无奈。因此，波伏娃某些时候的坚定是假象，茫然则一直隐藏在坚定之下，两者纠葛在一起，构成了一个坚定但又艰难前进的波伏娃。这正如某位哲人说过的，人类的时间不是循环转动的，而是直线前进的。直线前进意味着可能是这样，也可能是那样，不具有重复性，过去的永远也不可能从头再来。所以，波伏娃文学中所体现的女性是坚强、坚定的，然而她们在与未来翩翩起舞时，注定要走弯路。

相比波伏娃，张爱玲虽然一直在不确定的时空中行走，她贪念世间的繁华，留恋物质带来的自信，但面对外部世界的变幻，她则异常清醒而透彻。在《传奇》再版序的开头，张爱玲写自己看蹦蹦戏的感受：“蛮荒世界里得势的女人，其实并不是一般人幻想中的野玫瑰，燥烈的大黑眼睛，比男人还刚强，手里一根马鞭子，动不动抽人一下，那不过是城里人需要新刺激，编造出来的。将来的荒原下，断瓦颓垣里，只有蹦蹦戏花旦这样的女人，她能够夷然地活下去，在任何时代，任何社会里，到处是她的家。"[①] 戏总是要迎合观众的口味，要博大家一笑的，而张爱玲却在观众的笑声中看到了女性生存的窘境及在窘境中的生活方式和生存智慧。因太过透彻，张爱玲有时又显得犹豫不决，忐忑却步。对于曾经历过的20世纪40年代日本占领香港之战，不是慷慨激昂，而是掩饰在疏淡脱俗语气下的惴惴不安。《倾城之恋》中对战争的体验："没有灯，没有人声，只有那莽莽的寒风，三个不同的音阶，'喔……呵……呜……' 无穷无尽地叫唤着，这个歇了，那个又渐渐响了，三条并行的灰色的龙，一直线地往前飞，龙身无限制地延长下去，看不见尾。'喔……呵……呜……'……叫唤到后来，索性连苍龙也没有了，只是三条虚无的气，真空的桥梁，通入黑暗，通入虚空的虚空。这里是什么都完了。剩下点断墙颓垣，失去记忆力的文明人在黄昏中跌跌绊绊摸来摸去，像是找着点什么，其实是什么都完了。"[②] 捉襟见肘的困境，消逝的物质，张爱玲寥寥几笔将女人的一丝生机都在这悲观中消弭殆尽的境遇刻画得淋漓而担忧。

与张爱玲相仿，波伏娃也看到了物质背后女人的悲哀，但是波伏娃并不那么悲观，她指出这是女性的历史角色带来的必然冲突：物质沉溺和性别分工。"有一双天天洗碗的手和生完孩子后变形的身材，这样的女人是很难激起性欲的。这也就是为什么原本性感多情的女人会憎恨自己的小孩，因为小孩毁了她们的魅惑力，又剥夺了她们丈夫的注意力。"[③] 婚前的女人要用物质的功能爱悦自己，打扮自己，尽力把自己打理出能激起男性兴趣的"女人味"，但是婚后的女人在家庭事务的打磨下，逐渐失去了以物质维护"女人味"的空间，物质的丢失也就意味着女人失去了在男性面前的存在价值，"她完全没有可以用来肯定自我的方法，结果等于没人认识她这个人"[④]。在构建婚姻的过程中，因家庭而自我牺牲的女性只换得男

---

① 张爱玲：《传奇·再版序》，金宏达、于青编：《张爱玲文集》（第四卷），合肥：安徽文艺出版社1996年版，第136页。

② 张爱玲：《倾城之恋》，金宏达、于青编：《张爱玲文集》（第二卷），合肥：安徽文艺出版社1996年版，第82页。

③ 转引自林纬欣：《解读传奇中的女性》，陈子善编：《重读张爱玲》，上海：上海书店出版社2008年版，第103页。

④ 转引自林纬欣：《解读传奇中的女性》，陈子善编：《重读张爱玲》，上海：上海书店出版社2008年版，第104页。

人对母性的尊敬，而非女性本身。所以，波伏娃比张爱玲更能深入性别关系的深层、探寻其历史真相，并善于把它上升到抽象的社会伦理层面，构建出女性世界存在的“自虐与补偿”状态。女人用自虐式的泣诉美化自己，引起男人的怜惜，补偿则来自于男性的补偿心理原型被激发出来，从而让女人获得暂时的宽慰。

在空间对比与互补的原则上，波伏娃的坚定性与张爱玲的不确定性为各自的女性世界作了一个不同寻常却又有迹可循的注脚，虽然迥异，但殊途同归——为女性立传。

（三）波伏娃的超越性与张爱玲的安之若命

超越性，是波伏娃文学的一贯特质，无论是在《第二性》中对女性问题的阐述，还是在小说创作中对女性人生的塑造，都呈现出如下几个特点：创作上快意文章、大胆直言，写作手段上高屋建瓴、恣意谈笑，文学观点上语惊四座，阅读审美上冲击人的视觉，文学影响上则挑战主流、褒贬互见。

波伏娃在文学中对女性问题的不懈追寻是她对现世的质疑与反驳，是她超越眼前视野寻迹广阔空间的努力。不论她以何种方式（小说、散文、自传、评论）进行创作，主题都不忘追求女性的真正道德维度。尤其是在《第二性》中，波伏娃努力摆脱传统视角的羁绊，在超越中不顾一切地投身到她所要征服的事业当中。波伏娃认为，除了天生的生理性别，女性的所有女性特征都是社会性的，女性从小就被灌输要完成女性的历史使命，对男性亦然。

波伏娃的超越不仅体现在她独特的视角、独立的个性、超凡的孤独感，更表现在她对形形色色女性问题抽丝剥茧般的解析和阐释。面对前人既成的女性学，波伏娃始终保持着知识女性智慧、理性、冷静、超越的姿态，既不盲从，也不摈弃。波伏娃的女性意识超越了前人关于女性的理论，她观察婚姻中的女性，看到虽然婚姻是男女双方的契约，兼顾双方的负担和利益，但是婚姻这种家庭形式从它诞生之日起就存在着两性的不对称性。“女人作为奴隶或仆从被纳入父亲和兄弟支配的家庭群体中，通常由一些男人将她婚配给另一些男人。”① 女性是婚姻中被赠予的“物”，如同嫁妆一样被塞进婚姻的契约中，于是女人就成了寄生者，与男人组建的家庭是她们唯一可屈身就居的地方，婚姻则是女人赖以委身的唯一合法执照。但是对于女性来说，这是很不稳定的生存游戏，一旦男人“花心”，女人就会因失去供养港湾而陷入痛苦不堪的境地，她们的现实生存将受到严重威胁。虽然结局看起来危言耸听，但这已是被验证了的残酷现实。看来，独立在婚姻中同样至关重要，而独立的唯一选择则是经济的独立。波伏娃主张女性必须获得经济自主，只有取得经济地位后，女性才有选择生存方式的可能。“一旦她不再是一个寄生者，建立在依附之上的体系崩溃了；她和世界之间，再也不需要男性中介。”② 女性对男性的依赖也是父权社会赖以存在下来的基本模式，更是男性能够行使父权的社会基础。因此，完全可以理解为波伏娃是在矛盾中求得最佳答案，她在强调女性经济独立的同时，也希望维持既定社会的基本存在，她认为这种存在离不开女性与男性的相依共生。因此，她有时也对经济独立的女强人模式持怀疑的态度。“经济上摆脱了男人的女人，在道德、社会、心理状况中并没有达到与男人一模一样的处境。她从事和投入职业的方式，取决于她的生活的整体形式所构成的背景。然而，当她开始成人生活时，她身后并没有和男孩子一样的过去，她受到社会的不同等对待；世界对她呈现出不同的前景。”③ 女性成年后再怎么努力也弥补不了男女在早年时所受到的不同待遇所导致的精神压抑。这就意味着，在任何条件背景下，女性也摆脱不了性别气质带来的困扰。波伏娃面对此状况，强烈谴责那些厌恶女性的论调：“如果你们希望与我们平起平坐，那就不要涂脂抹粉和涂指甲油。”④ 波伏娃指出，这些气质是外部势力强加在女性身上的，久而久之，就强制性地

① ［法］西蒙娜·德·波伏瓦著，郑克鲁译：《第二性Ⅱ》，上海：上海译文出版社2011年版，第200页。

② ［法］西蒙娜·德·波伏瓦著，郑克鲁译：《第二性Ⅱ》，上海：上海译文出版社2011年版，第543页。

③ ［法］西蒙娜·德·波伏瓦著，郑克鲁译：《第二性Ⅱ》，上海：上海译文出版社2011年版，第545页。

④ ［法］西蒙娜·德·波伏瓦著，郑克鲁译：《第二性Ⅱ》，上海：上海译文出版社2011年版，第546页。

成为女性习俗。它让女性重视外表的装扮，使自己看起来柔顺典雅，符合男性的审美，并固守家庭，履行生育责任，扮演妻子、母亲的角色，讨好男性。如果女性想摆脱这种习俗，她就会受到来自习惯势力的责难，“当一个人不屈从既定法规时，就会变成一个反叛者”①。所以，女性之不幸除了她沦为花瓶以外，还有一个重要的因素就是她必须活在男性审视的目光下，必须尊重男人的审美视角，让自己看起来更女性化，更具有观赏性，从审美向度来看，女人已经被物化为审美客体，活在被审视的世界中。因此，现代社会中的女性，要想尽力表现得既与传统相符，又具有一定的社会独立性，就必须付出比男性多出一倍的代价来迎合时代的挑战，尤其是职业女性，面对的挑战更加严峻。“在她在男性世界中仍然感到不安全的情况下，她保留隐退的需要，这种隐退是她习惯在自身寻找的内心庇护所的象征。她服从女性传统，给地板打蜡，亲自做饭，而不会像她的男同事那样，到餐馆吃饭。她想同时像一个男人和一个女人那样生活：由此，她增加自己的任务和疲劳。”②

除了《第二性》，波伏娃的小说也颇多超越的非凡。作家的写作既是个人的行为，也是个人对于外部世界的敏锐直觉，尤其是女作家，其细腻缜密的心思纹路，会让敏锐的观察力更具有穿透力和感染力。波伏娃的小说同一般小说的区别在于她将女性在性别矛盾中的特点强化到极致：女性与男性、爱情与情欲、家庭与社会、责任与权力等等，形成了独特的艺术张力。这种艺术张力推动波伏娃为女性的新生活法则和行为规范树立榜样。波伏娃本人是“自由”的坚定拥趸，故此，“自由”成为她的小说女主人公坦然追求的目标，“情欲”是其小说中女性自然的日常行为。在她的众多小说中，女性角色相当抢眼且不羁。《女宾》中“三人帮”式的恋爱，让众人惊呼“长见识”。存在主义理论有一个重要的命题，即“自由选择”。存在主义的开拓者萨特认为，一个人的命运不是由上帝，也不是由神仙来决定的，而是完全决定于自己，人要使自己的人生有价值，那就应该自觉地掌握个人的命运。《他人的血》是波伏娃在接受了萨特存在主

① ［法］西蒙娜·德·波伏瓦著，郑克鲁译：《第二性Ⅱ》，上海：上海译文出版社2011年版，第546页。

② ［法］西蒙娜·德·波伏瓦著，郑克鲁译：《第二性Ⅱ》，上海：上海译文出版社2011年版，第548页。

义哲学思想之后写就的典范小说，围绕着青年人如何选择自己的人生道路而展开主题，并把主人公置放在最严峻的国家存亡的生死关头，因而使得青年人的选择更加庄严和不平凡。在书中，让·布劳马与海伦是恋人关系，但是，在家国命运最严峻的时刻，自由选择驱使海伦为放纵自己的情欲而放弃国家气节。海伦的行为完全与战争时期要“家国忠义”的思想背道而驰，但她并非心中无家国的概念，只是她要完成内心隐秘世界中那种关于女性幸福体验的使命。这种使命隐含在每个女性心中，这是个人与集体、内心与外部世界不平衡所导致的生命冲突，既是生命的呼唤，亦是生命的背叛。但是这种背叛并不彻底，在祖国最危难的时刻，海伦毅然抛弃个人享受，回到为国家命运而呼号的洪流中。

波伏娃在她的中晚年写作了四卷本的回忆录：《端方淑女》（1958）、《岁月的力量》（1960）、《事物的力量》（1963）、《归根到底》（1972）。她在回忆中对“我”作了毫无掩饰的刻画和剖析，其真实性和可靠性达到了在世作家的顶峰。波伏娃通过这种类似透明的审美写作表现女性自身，渗透着女作家的两大思维向度：一是理想性，是对女性渴望高等意识境界的向往，是“憧憬”和“愿景”并存的理想；二是乐观性，波伏娃有憧憬，是因为她对女性未来感到乐观，对自己所从事的事业具有一种坚定的信念和决心。波伏娃小说中的相当一部分故事是她自己的经历。波伏娃试图用理性的超越为女性意识奠定一个普遍基础：“自由是对各种自由的尊重。”女性的自由亦是全人类的自由，女性是人类之母。她在回忆录中掺杂哲学阐述，她的自传小说是了解法国那个时代存在主义的影响范围、知识女性的心理构建等的重要文献。波伏娃宣扬女性的快乐在于从集体无意识中隐退，回到个人的努力中，这是她对存在主义哲学的文学实践，虽然帮助女性找到了对现存的超越之路，但是这种存在主义的“自由”、“自立”发展到非理性的乖戾的时候，每个人都逃脱不了对于选择的后果的承担，每个人都背上了无法逃避的责任，这种责任是对自我意识的否定，也是对“他人即地狱”的无奈。因此，波伏娃更希望女性能在“性欲有为”和“集体无为”的无力中寻找一个平衡支点，为女性自身保留一条“超越”和“返世”的绿色通道。海伦虽然做到了，但是我们很难想象如果海伦没有放弃享受而可能出现的后果。波伏娃没有给出答案，显然，她也拿捏不准。

我们不能否认波伏娃女性意识维度的崇高性，但其理论和精神措施经过几十年的实践、几代人的艰苦努力，到目前为止还是现世人生的白日梦式的重现，并没有成为现实。现实情况是，女性虽然有参与社会构建的机会，但依然卸不掉来自传统婚姻家庭内部的义务，既要参与社会，又要兼顾家庭责任，因此造成了女性在夹缝中顾此失彼、疲于奔命的境地。这就是女性比男性负担更重的源头所在。这是新时期女性“熊掌与鱼兼得”的心理隐痛。这是波伏娃的女性意识在起点时未能预测到的终点。当然，我们很难估量这就是女性意识的终点，但至少，未来的路还漫漫其修远兮！真可谓：前车之覆居然难为后车之鉴，眼前的胜利隐伏着未来的危机。当初写作，波伏娃试图迎合自己的女性原则——解放与自由，因此希望构建写作的“中性”笔法，力图靠近男性社会的既有框架，但依然掩饰不住“女性是弱者”的哀鸣。因为弱者身份，故对自由感到高不可及和恐惧。因此当男人用法律形式固定住了女人的低等地位的时候，女性欣然领受，甘愿潜在男权的羽翼下苟且偷生。女性意识之所以面临如此困境，问题的症结在于：一是缺乏全社会力量的支持，小而化之，家庭内部就有另一半的消极抵抗，大而化之，则是整个父权社会制度本身的隐性力量的压抑；二是女性意识本身就缺乏超越的自信，因而，无力为女性的生命追求提供更明确的精神支持，更谈不上出路，波伏娃在慨叹之余，也深知此重任非一人一事能定乾坤。

波伏娃虽然未能为之开出一剂良方，但她的努力毕竟是勇于探索性别不公平的肇始。在现代女权运动史上，波伏娃的女性文学成为女性意识的一盏明灯，照亮了其未来发展之路，为后继者指明了前进的方向。她的写作历程印证了：对于女性来说，超越不是一种出路，而是为实现未来所采取的行动，是每时每刻都可能进行的行为。有位哲人曾说过：“人的作为不是有限的，也不是无限的，而是无定限的。”只要行动，“一切皆有可能”。波伏娃的女性意识是现代人对女性问题进行研究的动力所在，只有不停追问，生命的意义才会永恒，女性的生命历程才会精彩。

与波伏娃的超越性不同，同时代的张爱玲则游离于批判的超越之外，自顾自演绎安之若命的淡然。面对女性之悲哀，张爱玲并不剑拔弩张，也不制造叱咤风云之势头，更不感怀抒发豪情万丈之情缘，她对自己的笔力自有一种特别的坚守，她坚信这是属于自己的写作实质。于是有了《倾城之恋》无奈的小算计，《沉香屑 第一炉香》善良的堕落，《十八春》（后改名为《半生缘》）悲凉的惋惜，《封锁》失落的恋情。在展现女性生活性情方面波伏娃显然不是张爱玲的对手，我们偶尔能从波伏娃的回忆录中略见一点生活琐屑的痕迹，很可惜，只是浮光掠影地闪现，倏忽即逝，其他则以宏大高亢的交响乐为主旋律。而反过来看张爱玲，则充满了女性特质和淡淡的低回婉转。尤其是张爱玲的《金锁记》，这是她写得最为成功最让人牵心挂肺的小说，语气依旧优雅平和，不厌其琐，娓娓道来。然而正是这样，她让读者知道女人在静心修饰的内心世界，唱出娘娘腔之余，穿越红尘道尽旧事，温柔敦厚但听来丝丝悲凉穿过脊梁。这就是张爱玲的写作气质，就像安之若素的女子，娉婷走在古巷里，略动身姿便风情万种。实际上，真正优秀的作品无不留下超越时空的普世淡然，供不同时间的读者想象沉吟，好作品是作家与读者的对话，需要读者的共鸣。张爱玲的文字，每每提笔，都是一团繁花似锦，看似漫不经心、杂乱热闹，背后却一曲长笛空叹，一首悲歌萧索回荡！因为看透，所以写得低调、自信、得体和怡然，于是，更显优雅。这是一种“认同”，是“自我成长”之后的从容，就像江河湖水，平静的水面下往往流动着汹涌的激情。

张爱玲的安之若命皆因她对待女性是细致的，对女性命运的深思明白晓透，但从不说透。她只想让读者揣摩她作品细节的背后存在的一种精神的守望，这种守望呵护着她文学中的女性根芽，培育出盛开的花朵。因之淡然，张爱玲拒绝把性别关系对立，拒绝善恶对立，更反对口号式的说教。《太太万岁》中陈思珍善良中有小坏，丈夫的大坏中又闪着点人性的影子。对于陈思珍的命运，张实际是在展示一个女人的“哀乐中年”。虽然陈思珍保住了婚姻，挽回了丈夫，但却付出了自尊和自由，以此为代价才换回了她所习惯的家庭世界。他们的结局虽然有欢笑，但只要朱咪咪之类的女人存在，只要男人的花心存在，那么夫妻间难免“欢笑里面永远夹杂着一丝心酸”[①]。陈思珍值得同情，而陈的情敌朱咪咪又何尝不是可怜人呢？她貌美，娇柔妩媚，华贵其外，貌似集万千宠爱于一身，她拥有一切诱惑异性的资本。凭着先天的优势和后天的心机，她轻易就能让男人拜倒

① 张爱玲：《太太万岁题记》，金宏达、于青编：《张爱玲文集》（第四卷），合肥：安徽文艺出版社 1996 年版，第 261 页。

在自己的石榴裙下。但当她年老色衰女人资本全无时，她还能做什么呢？因此，面对生存的考验和薄弱的意志，她要及早抛媚眼勾引男人，趁年轻借资本骗得男人在一时糊涂之下施舍的资财，作长远计。在电影中，张爱玲把朱咪咪与陈思珍同台对戏，有点像啰啰唆唆女人间争风吃醋那点事，但现象的背后却是女人自残的本质：女人之最大不幸莫过于对自己的同胞下手，莫过于挑起女人间的争锋斗狠、自相残杀。女人之间发生战争，结局往往是两败俱伤，谁都不是赢家。陈被夺爱之后的伤痛恐难愈合，而朱依靠取悦男人赚取一点生活物资的日子又能多长呢？女人一旦以外貌作为资本，爱情不过就是把戏。朱在与陈的丈夫玩过之后，又遍寻下一个猎物，辗转在一个又一个男人之间，廉耻对她来说已经没有意义，她失尽了作为人的脸面，毫无愧色，但除了这个，她还能做什么？女人光华背后隐藏着跌宕起伏的命运连理，其所连接的是一个远离社会主流文化的隐性世界，那个世界中的主角尽是女性，她们具有摄人心魄的地母根芽气场——在中华民族诞生以来就亘古存在的气场，西施的美、杨贵妃的娇、虞姬的忠、太平公主的精明，它们彼此藤缠萝绕，交葛萦回构成了千年女性文化的核心——美丽、忍耐、心机、懦弱、尖酸、虚幻、不堪，这种文化在张爱玲的文学中俯拾即是。张爱玲不厌其烦地模仿《金瓶梅》、《红楼梦》的笔法描写女性的出场、女性服饰，甚至对女性活动场所最集中的家庭陈设的描写也不厌其烦，就是为了表达一种对女性的感情——千年回望后一声叹息。

张爱玲之淡然，还体现在她的写作不但对传统技法手到擒来，对西洋技巧也有独到的运用。她不啻为意象派的巧匠，能在中国传统与西洋画法之间运笔自如，她用传统作文章外壳，以现代西方心理为内核，塑造了她独有的女性书写的春秋笔法。水晶先生对张的总评价是：粗看像章回小说，但貌合神离，精神技巧近西洋，属于技巧上的现代性。《沉香屑　第一炉香》中，葛薇龙的姑姑凭借破落姨太太的残存风姿假作贵妇人弄人，连侄女也被要挟上阵，到头来却赔本赔人。薇龙刚到姑姑家，在客厅里，“一抬眼望见钢琴上面，宝蓝瓷盘里一棵仙人掌，正是含苞欲放，那苍绿的厚叶子，四下里探着头，像一窠青蛇，那枝头的一捻红，便像吐出的蛇信子，花背后门帘一动，睨儿笑嘻嘻走了出来”①。仙人掌像西洋油画一样写实，苍绿色统一着画面的布局，叶子和花骨朵在渐变中组成和谐的关系，作者力求明媚的色彩、干净的笔触、鲜明的线条有机组合，读者很容易在阅读过程中形成与真实相吻合的效果。然而，青蛇一样的画面也暗示着即将到来的浓烈的危机气息。《倾城之恋》中的白流苏本是中式美人掺和着传统命运，她在第一次婚姻失败后，被迫回娘家暂住，受尽了哥嫂的冷眼蜚语，连亲妈都只好旁观。然而开场白那段胡琴，却被安放在悲凉的气氛中飘来飘去，犹如欧洲古堡中的阴森冷寒。“胡琴咿咿呀呀拉着，在万盏灯的夜晚，拉过来又拉过去，说不尽的苍凉的故事——不问也罢！……胡琴上的故事是应当由光艳的伶人来扮演的，长长的两片红胭脂夹住琼瑶鼻，唱了，笑了，袖子挡住了嘴……然而这里只有白四爷单身坐在黑沉沉的破阳台上，拉着胡琴。”② 一股肃杀之气升腾弥漫到即将演出的舞台上空，充满山雨欲来的压抑。拉胡琴的白四爷的出场，既是社会中的父权象征，也象征男性统治的不可置疑的先在性。他们的在场，预示着女性被迫缺场或至少不能站在舞台中央，不能处在关注的焦点之内。而胡琴清冷的声音被白四爷咿咿呀呀拉出来，女人就是胡琴上的音符，音色、音调、音高都操纵在别人手里，像牵线的木偶在男人手里被拉来拉去，闻之则如文本飘出此音，读者对主人公流苏的命运不看也猜出了八九分。《色·戒》是一部女人的悲歌，易先生杀掉王佳芝是绝对的职业冷血压倒了相对的爱情萌芽。因此，女人再有情，在男权面前也显得苍白无力。《十八春》（后改名《半生缘》）中顾曼桢的姐姐顾曼璐为了挽住丈夫的心，迫不得已使用诡计让妹妹上当并惨遭蹂躏。如果说曼桢是可怜的，曼璐是狠毒的，那么又是谁躲在邪恶的背后导致这一切发生的呢？是男人？是，又不是。我们希望能在张氏作品中找到答案，可惜，张爱玲似乎故意隐藏明确的观点，在她的文章中满篇都是红楼梦式的娓娓叙述，很少看到决斗的惨烈，然而，轻巧的文字背后哪个不流淌着血色的泪水呢？这正是张爱玲的聪明之处，她从来不给读者明确或激烈的信息，而是满篇中式留

---

① 张爱玲：《沉香屑　第一炉香》，金宏达、于青编：《张爱玲文集》（第二卷），合肥：安徽文艺出版社 1996 年版，第 8 页。

② 张爱玲：《倾城之恋》，金宏达、于青编：《张爱玲文集》（第二卷），合肥：安徽文艺出版社 1996 年版，第 84 页。

白，让读者思考，然而，其重心往往是西洋式“不在场”的意象，让读者亦步亦趋，逐渐读懂作者真实的审美，于深处挖掘作者背后的暗示。她的中式技法和西洋意象，既避免了中式写作的繁琐，又摈除西方文学非此即彼的二元对立和非白即黑的武断批判。她迎合读者的胃口，既能身处中国传统文化的环绕，也能接受西方文学的意象手段。因此，张爱玲的写作是留有余地之下的不留情，唯有细细琢磨，我们才能隐约感受到其创作中的女性集纯爱、忠诚、责任、守护与杀戮、背叛、阴谋、陷阱于一身的命运，她们演绎的爱情虽不绝美却璀璨，家常世事虽不凄惨却凉意袭骨。

因为安之若命，所以张爱玲喜欢孤独的文学体验，而文本是她唯一与外界联系的手段，在与读者的对话中让读者自己揣测其文章的主题，因此，千万个读者眼中有千万个张爱玲和她所塑造的女性形象，每个形象背后，都是某一个读者集经历、经验和教育背景于一身的结晶。这一切皆因张爱玲写作的文学性和隐藏性多于批判性，于是在同时代文人看来，张爱玲陷入了另一种文学危机。当时主流观点认为：张爱玲的写作，过于绵软、空灵，女人味浓烈，从而缺失深度的反省。傅雷猛烈批评张爱玲：“明知挣扎无益，便不挣扎了。执着也是枉然，便舍弃了。这是道地的东方精神：明哲与解脱；可同时是卑怯、懦弱、懒惰、虚无。反映到艺术品上，便是没有波澜的寂寂的死气，不一定有美丽而苍凉的手势来点缀。川娥没有和病魔奋斗，没有丝毫意志的努力。除了向世界遗憾地投射一眼之外，她连抓住世界的念头都没有……”①傅雷认为张爱玲的文学宏大不足、主题不清。傅雷的观点似乎代表那些处于战争离乱年代的大部分文化人对张爱玲文学的不满。他们在五四运动关于“人的发现”的造势下，从西方先进知识开始，介绍有别于中国传统文化的西方女性文化，他们扛起妇女解放的旗号，激烈批判男女不平等的社会现象，部分推翻了传统文化中关于女性的蔑视性论断，如“女子无才便是德”，“三从四德”，“夫有再娶之义，妇无二适之文，故曰夫者天也。天固不可逃，夫固不可离也。行违神只，天则罚之；礼义有愆，夫则薄之”等等。他们为中国女性打开了更广阔的眼界，为女性走出家庭，接触广阔的社会空间作出了贡献。然而，张爱玲似乎对他们的激情澎湃不屑一顾，对于批评，她写了一篇针对傅雷

① 迅雨（傅雷）：《论张爱玲的小说》，《万象》1944 年第 11 期。

的《论张爱玲的小说》的文章。"文学史上素朴地歌咏人生的安稳的作品很少，倒是强调人生的飞扬的作品多，但好的作品，还是在于它是以人生的安稳做底子来描写人生的飞扬的。没有这底子，飞扬只能是泡沫。许多强有力的作品只予人以兴奋，不能予人以其实，就是失败在不知道把握这底子。"① 她希望"写小说应当是个故事，让故事自身去说明"②。《连环套》中的霓喜辗转在一个又一个同居男人之间，这就是20世纪初出身穷苦人家的女孩子最普遍的经历——琐碎、零散而又飘零的故事，琐屑而真实。

如果说波伏娃的批判性是烈性的伏特加，那么张爱玲的安之若命则是温润的茶。波伏娃满怀对女性的责任感而不断地"介入"和参与，她希望在女性和社会之间架起可沟通的桥梁，让女性能踏上桥头观风景，也让社会之风气吹开女性心头的灰霾，因此，波伏娃毫不掩饰自己的批判观点，她认为唯有批判才能打破社会既定的隔绝藩篱，让彼此相知相许。而张爱玲则不然，她深知，"斗争者失去了和谐"③，她要在和谐的气氛下观察、觉知，于是，她放慢脚步，在宁静的悠然中"渐除烦恼三千丈，接近仙灵一性真"。张爱玲的文章大部分写于20世纪40年代，然而，其真性情与其真人生，亦穿越时间的长廊值得现代人学习和思考。读张爱玲就像茶品三道："第一道苦如生命，为了生计而行走、奔跑；第二道香如爱情，因为陪伴而欣喜、激荡；第三道淡如清风，恰似洗尽铅华后的浅浅一笑。人生这盏茶，无论浓烈还是清淡，细细品味，终归一份淡泊，一份宁静。"这份凝练与坦然，与其说是一种写作，不如说是一种姿态。这种姿态是智者参悟生活的一种态度，是一种超凡脱俗的境界。

（四）波伏娃的显性哲学与张爱玲的隐性哲学

哲学这个词最早出自希腊文"φιλοσοφια"（philosophia），即"philo"（喜爱）和"sophia"（智慧）。最早使用philosophia（爱智慧）和"philos-

---

① 张爱玲：《自己的文章》，金宏达、于青编：《张爱玲文集》（第四卷），合肥：安徽文艺出版社1996年版，第172页。

② 张爱玲：《自己的文章》，金宏达、于青编：《张爱玲文集》（第四卷），合肥：安徽文艺出版社1996年版，第175页。

③ 张爱玲：《自己的文章》，金宏达、于青编：《张爱玲文集》（第四卷），合肥：安徽文艺出版社1996年版，第173页。

ophos”（爱智者）二词的是勾股定理的发现者毕达哥拉斯（Pythagoras），然后是苏格拉底（Socrates）、柏拉图（Plato）、亚里士多德（Aristotle），他们开启了哲学作为专门学科的大门。1874 年，日本最早的西方哲学研究者、启蒙思想家西周在《百一新论》中首先用古代汉字“哲学”来翻译 philosophy 一词。在汉语中，“哲”含有“智慧、聪明、贤明”之意，从语义上讲，“哲学”就是授人智慧、使人聪明、使人通晓大道理。1896 年前后康有为、梁启超等将西周的译作介绍到中国，“哲学”一词开始在中国通行。哲学是智慧之学，是人们心目中为智慧和智者圣贤构筑的图腾。哲学从理论上追问人生意义，关怀人类命运，批判和反思现实世界以及构建理想世界，从而构成了对人、世界以及人和世界关系的根本看法、态度和主张。中国现代哲学史家冯友兰认为：“至于我，我所说的哲学，就是对于人生的有系统的反思的思想。”① 虽然哲学起源于人们的生活经验，但绝不是生活经验的简单复制或叠加。哲学不致力于为人们的生活提供现成的药方，哲学是对经验的超越和升华，其本质在于追问和反思事物的本质。哲学是一种精神的“自觉”，这种精神自觉是那些善于洞察人类生活奥妙的思想者思想旅程的结晶。

哲学与文学，是两种学科的冲突，柏拉图曾经说过“哲学和诗歌的争吵是古已有之的”②，但在文学和哲学的冲突之下则呈现出两个学科体系的互为补充、互为应用的契合性和一致性。将哲学展开到文学或文学史的工作中去，通过哲学思维使文学呈现出哲学性，这是哲学在现实中的落实，是哲学兑现了对文学的理解。在此意义上，哲学乃是对文学的雪中送炭，是对文学的深度挖掘；而文学对于哲学，则是哲学的具象性展开，文学来自对日常生活的模仿，时刻体现着人性，偶尔闪现神性。文学具有极强的稳定性和扩散性，人们身处其中经历着时间和空间的变迁，在变迁中激起哲学性的反思，是作者与读者联手实现的哲学与文学的激情碰撞。巴赫金在《陀思妥耶夫斯基诗学问题》中说：“文学总是经常地提前推断出哲学和伦理学的思想产品，当然，只能是以一种不发达的、没有充分论据的和

---

① 冯友兰：《中国哲学史新编》，北京：人民出版社 2007 年版，第 25 页。

② ［古希腊］柏拉图著，郭斌、张竹明译：《理想国》，北京：商务印书馆 1986 年版，第 407 页。

直觉的方式进行这种推断。文学善于深入到构筑和形成这些产品的社会实验室中。艺术家对产生并正在形成中的思想问题具有敏锐的听觉。”① 可以这样说，文学是哲学的前期准备，是形成哲学产品的原材料，是构成哲学的符号系统，更是哲学的诗意表达。而哲学则是文学的心灵经验，是文学思想的升华，哲学对于理解和解读文学具有重要的实用价值，文学的本质就是哲学。文学和哲学互相理解，相互扶持。读者读文学作品时，能在作品的表面感受到隐藏在文学背后的抽象的表达权威——哲学思考，因此，文学是具有哲学性的，文学的哲学性是一种体验，是躲在偶然性、具体性、个别性背后的必然性、概念性和普遍性，也是主观、随意、直观、浪漫的另一面，即客观、严谨和理性。

就波伏娃和张爱玲来说，文学是她们创作的第一生命。她们用文学来阐述世界，表达自我。她们希望通过文学这一通俗的文字形式向世人展示人生、开释现世以及挖掘未来。虽然波伏娃和张爱玲处于两个不同的文化背景，但是她们的努力却是共同的。首先，她们都是在社会急遽变化时期作出文学阐述，并且将各自的文学理念融入滚滚的社会洪流中。波伏娃是在20世纪法国进入后工业时代时崛起的，那时的法国社会各种思潮迭起，思想文化呈现多元化趋势，“人往何处去”成为各种思潮竞相谈论的焦点话题，而张爱玲的崛起时代则是中国八年抗战最艰苦的时期，抗战是文学主题。其次，在她们的作品中，都是关于人性尤其是关于女性问题的探讨。再次，她们围绕女性问题展开的不同形式的文学阐述，具有人道主义价值，同时她们的思想皆获得了哲学层面上的实践效果。最后，波伏娃和张爱玲都致力于通过文学阐释女性的生命过程，并竭力帮助现实生活中的女性渡过生存困境。然而，历史文化语境的大不同最终让她们虽然同归，但却殊途。

谈到波伏娃必定涉及西方哲学。西方哲学的集大成者黑格尔坚持哲学是真理的科学体系，哲学史是关于文明社会理念的历史展开，哲学所要追寻的是真理的辩证发展，而不是罗列历史、品评思想、展望世界的简单相加。西方哲学注重哲学的系统性、科学性、逻辑性和普遍性，并且将理性

① ［苏联］巴赫金著，刘虎译：《陀思妥耶夫斯基诗学问题》，北京：中央编译局2010年版，第28页。

推向哲学的核心系统。正是西方哲学的理性、逻辑性和讲求科学性的特色，及西方哲学在二律背反中求解求根、证明非此即彼的实质，成就了波伏娃“战斗的海狸”（萨特语）的称号。波伏娃的哲学观代表了大部分西方哲学家的思想特征，因此，其文学具有鲜明的西方哲学特征——实证理性，其文学体验和感悟是在明确的哲学功底之上的文学阐释。

与波伏娃的实证性、逻辑性和验证性不同，张爱玲文学是中国传统哲学文化熏陶下的产物。中国哲学萌芽于殷周之际，发展于春秋末期至战国时期的百家争鸣，主要以天人、古今、知行、名教等为探讨的重心。从发展历程看，经过秦汉儒学、魏晋南北朝道家思想、隋唐的佛教普及，中国哲学最终形成了儒、道、佛三家兼宗的儒释道综合体。从涵盖内容来说，中国哲学主要是经学与子学，后世对中国哲学的论述，其名下所涉及的内容，主要也是经学和子学；从其传承特征来看，中国哲学具有整体性、连续性、实用性。司马迁说，中国哲人都是“务为治者也，直所从言之异路，有省不省耳”。中国哲学的“思知人，不可以不知天”，不仅要讲天伦和人伦，而且强调如何知天道、知人道的“知”。这也就是古人强调的“有真人而后有真知”、“天人合一”、“真善合一”、“知行合一”等思想。中国哲学注重思想的“无极而太极”的意象性，不重思维上的逻辑性，因此“逻辑和认识论的意识不发达”便也成为中国哲学的一个重要特点。中国哲学的整体性、实用性和意象性塑造了“临水照花人”（胡兰成语）一般的女作家——张爱玲。张爱玲文学圆柔内敛、随意随性的特点直接来自中国传统哲学的核心——无极而太极。张爱玲关注对人性的挖掘，但她不是抨击，仅仅是关注人的本性“是”怎样的、“可能”怎样以及人“将”怎样生活或人“将”怎样生活的基础等一系列与人有关的思想活动。她从来不像波伏娃那样去阐述、批判“人应该怎样”。张爱玲用一篇篇文章里的女性命运来阐明人性源于天生，而且是天命奠定了“人性是怎样的”的价值预设，从不试图证明“人可以改变世界”。张爱玲文学符合中国哲学中的关于人性与人伦“听天命”的价值判断。

从对两位作家的评价我们可以看到，她们的风格迥异皆因以中西方哲学不同理念为核心的文化因素。波伏娃文学具有明显的哲学思辨、理性和对抗情绪，是显性哲学的产物，而张爱玲作品的哲学意义只有透过现象才能探究其背后的本质，只有在层层事实下抽丝剥茧才能窥视到抽象的审美维度和归于隐性的哲学意识。

我们看波伏娃，她的文学作品一个最突出的特点就是哲学底蕴丰厚，写作逻辑关系具有哲学的思辨气质，因为波伏娃喜欢“阅读柏格森、柏拉图、叔本华、拉布尼兹和阿默林的作品，更热诚地阅读尼采的作品。让我感兴趣的有一大堆问题：如科学的价值、生命、物质、时间、艺术等等”①。反过来，她借用文学作品来阐释她的哲学意识。所以，她很多作品的发表都会引来众多争论，尤其是哲学家的攻击。

首先，波伏娃的哲学性在于其文学中突出的自由主义理想。

波伏娃的《第二性》一改此前传统女性理论的非理性立场，更加清醒、客观与冷静。她指出女人生理上的弱点，并指出女性弱点被无限放大，进而主观化，导致女性的被动。波伏娃最想提醒女同胞的是：男人有男人的弱点，女人有女人的弱点，问题在于，男人已经意识到自己的弱点并积极改善之，而女人却在弱点的遮蔽中甘于人后。波伏娃认为这是造成女性仍然落后的因素之一，归纳起来就是女性意识中缺少对自由追求的积极因素的支配。自由之哲学精神是她写作最重要的支持力量，她喜欢自由的文学表达方式，借此希望能把自己的思想表达得更淋漓尽致。在她看来，人是自由的，人活着就是不断地进行自由选择。她对所关心的女性权利也呼吁“自由获得权利”。这种自由非肉体而是意识，意识的自由是自发的，是不受客观条件限制的，是无拘无束的。

为了自由主义的理想，波伏娃笔下的人物个个性格出位，大胆不羁。尤其是女性，波伏娃用尽自己最为得意的思维来塑造她们的性格，每个角色都个性鲜明，独一无二，或温柔如水，或泼辣似火，或豁达开朗，或顽强执着，或执迷于爱。她笔下的女性有着类似男人一样的女性特质，这种特质很难用一句话概括，但我们能一下子将她们从其他文学作品的女性中辨别出来。这就是波伏娃，一位自由主义的女作家和一位为天下同胞计的女哲学家。波伏娃其实是在用众多形象鲜明的小说人物来证实自己是一个我行我素、独来独往的自由主义、个人主义女性，并且期望其他女性也效仿。“没有什么能限制我们，没有什么能规约我们，没有什么能让我们屈

① ［法］西蒙娜·德·波伏瓦著，罗国林译：《波伏瓦回忆录·第一卷·端方淑女》，北京：作家出版社2011年版，第171页。

从。我们与社会的联系由我们自己建立，自由是我们的本质。”① 《女宾》的“三人帮”组合是自由意志支持下的产物，已经被文学界奉为具有别样风格的作品。《名士风流》也在自由哲学的支配下塑造了“二战”后众多左派知识分子们思想落寞及两性关系混乱的图景，这固然是法国社会现实生活中自由放任的男女关系的写照，但也与波伏娃在两性关系上的思想体系有关。波伏娃早就宣称了“男人们自己做主，女人们也自己做主”的平等思想，在性问题上批判了“把理应建立在自发感情冲动基础上的交流变成了权利与义务”的婚姻制度。《名士风流》里安娜身上那种非从属性的、非传统规范的思想特点，在面对斯克利亚西纳问她是否会有外遇这个问题时，她坦然宣告自己及丈夫都“完全是自由的”。波伏娃在以其《第二性》的观点描写着这些主人公，认可并颂扬两性关系中的这种独立与自由。波伏娃的自由意识鲜明而坦率，没有丝毫的伪装和扭捏，她既可以做到我心飞扬，也可以爱你如昨、义无反顾。波伏娃笔下的主人公特性都与波伏娃自身的思想有着千丝万缕的联系。少女时期的波伏娃与表哥雅克相恋，她对雅克有着内敛却狂热的感情，明知“依然是一场冒险的大赌博”②，却毫不在意。她喜欢雅克冒险的性格，波伏娃甚至很崇拜雅克，“他发议论，滔滔不绝；半明半暗的空间弥漫着烟雾，蓝色的烟圈中萦绕着绚丽多彩的词语”③。雅克是一面镜子，照出真实的波伏娃，因为波伏娃就是这样不流俗不随波的人。波伏娃这样天马行空、我行我素的思想行动，只是想佐证女性也可以自由呼吸、自由生活。波伏娃的自由观念来自青年时代与让·保罗·萨特（Jean-Paul Sartre）、梅洛·庞蒂（Merleau Ponty）、列维·斯特劳斯（Claude Levi Strauss）等一代思想巨擘共同钻研学问的结果，这奠定了她拥有一般女性所没有的独特的思维方式和卓越的思想成就的基础。

然而，波伏娃的自由主义理想存在着二元对立的矛盾。一方面，波伏娃是一个对精神的极致追求与欲望的放纵交织在一起的寻求快乐的女人。

---

① ［法］西蒙娜·德·波伏瓦著，黄荭、罗国林译：《波伏瓦回忆录·第二卷·岁月的力量》，北京：作家出版社2012年版，第8页。

② ［法］西蒙娜·德·波伏瓦著，罗国林译：《波伏瓦回忆录·第一卷·端方淑女》，北京：作家出版社2011年版，第191页。

③ ［法］西蒙娜·德·波伏瓦著，罗国林译：《波伏瓦回忆录·第一卷·端方淑女》，北京：作家出版社2011年版，第193页。

另一方面，波伏娃也说过，当女人倒下来的时候，注定是要受奴役的，女人的天地实际只有一张床的大小，女人是男人的奴隶，她对未来女性世界充满了悲观的无奈。尤其是“二战”爆发后，在那个现实世界一片混乱的时代，人成了苟且偷生、卑微渺小的存在物，女人的命运就更堪忧了。在战争的混乱中，波伏娃甚至也开始质疑自己的人生观、理想主义情怀，她怀疑自己对自由的理解与放任，她开始重新评估无政府主义的绝对自由思想。“对自由，我们有一种讲究实际、不容置疑的直觉。我们的错误就是没有把它控制在恰当的限度之内……”① 波伏娃对自己过度的自由论感到不安，她逐步认识到人与社会密不可分，人处于他人和社会的共同联系之下。“我们不受限制、无拘无束、毫无顾忌、无所畏惧地走自己的路。可是怎样做到在障碍面前无论如何也不致遭受挫折呢？因为实际上，我们的口袋瘪瘪的：我勉强挣钱糊口，萨特则仅靠从他祖母那里继承的微薄遗产度日。商店里物品琳琅满目，我们都不敢问津，豪华的地方都不对我们开放。”② 人与社会的关系是这样，在《人总是要死的》里，波伏娃虚构了一个长生不死的福斯卡，然而，福斯卡没有因长生而快乐，当体会到对离世亲人那种思念的痛苦时，他逐渐意识到不死是一种天罚，体会到永生的可怕后，他羡慕那些会死的人，因为他们可以选择生死来完成他们作为人的使命，他们才是自由的。而福斯卡无法选择死亡，他无法体验死带来的重生。本来是为了自由而希望永生，却换得了一个绝对不自由的结局，福斯卡孤独，他变成了生命的奴隶。男人与女人的关系也是如此。男人与女人是一个整体，是保持社会和谐的共同体，但前提是男人和女人的关系必须建立在平等分工的基础上。本来女性是与男性完全平等的另一种人类系统，却因父权制社会的先在性，女性只好委曲于男性统治之下，福斯卡就像女性历史长河中的生命链条，她们世代传承下来的是孤独的苦难，其结局不外乎被称为“女人是既不坚定又不稳定的畜生”③。连那些持女性主义

---

① ［法］西蒙娜·德·波伏瓦著，黄荭、罗国林译：《波伏瓦回忆录·第二卷·岁月的力量》，北京：作家出版社 2012 年版，第 6 页。

② ［法］西蒙娜·德·波伏瓦著，黄荭、罗国林译：《波伏瓦回忆录·第二卷·岁月的力量》，北京：作家出版社 2012 年版。

③ ［法］西蒙娜·德·波伏瓦著，郑克鲁译：《第二性 I》，上海：上海译文出版社 2011 年版，第 16 页。

的女人也如此，本来是为争取自由而战，但是争取的结果却是被迫遵循男性的生存标准，波伏娃本人的命运在一定程度上为女性的生命价值和生存意义做了悲情的注脚，她以自身的经历担忧："男人创造的一切偶像，不管塑造得多么可怕，事实上都附属他，因此，他也可能摧毁这些偶像……一旦男人更清晰地意识到自身，一旦男人敢于自我确定和反对，这种附属便很容易变得直接。"① 为此波伏娃把女性的"解放"提到了"人"的解放的高度，这是其女性意识的哲学高度。这种高度既让波伏娃视野开阔，也让她陷入了两难境地，面对家庭与事业的冲突，女性很难"忠孝两全"，包括她本人。这种"他者"语境下的男女关系总是充满了不确定性。具体到她本人，在她与萨特的情人关系中，为了体现对自由的尊重，她抛弃了女性为妻为母的天职，放弃了享天伦之乐的权利，她的牺牲是否值得，难以估量，因为她不过是萨特的众多情人之一。在与萨特的关系中，波伏娃始终是在放弃与让步中坚守着当初的"爱情协议"。然而，现实总是残酷的，波伏娃在与萨特是情侣又不像情侣、像夫妻又不是夫妻的多重身份中分裂迷失，当萨特身边不断出现各色女子时，她开始怀疑自己和萨特之间是否真有"不可替代"的精神联系，现实迫使她重新审视他们之间的关系，她紧紧抓住两人的"爱情协议"，在自传中反复强调他们有"不可替代"的爱情，而萨特却在自传中只字未提。波伏娃保存了萨特 1929 年服兵役以来给她的全部书信，并结集出版，萨特似乎对此毫无兴趣。当波伏娃青春不在，年华老去时，萨特提出与情人阿莱特结婚，她大惊"他不能对我那么干"，一句话，再鲜明不过地表现了她的揪心、恐惧甚至是绝望时的复杂心理状态。不仅因为她会失去萨特，更因为她倾尽其一生博学、智慧和坚韧支撑的婚姻之外的爱情大厦将瞬间坍毁，她与萨特的爱情将成为一场击溃她爱情乌托邦的梦魇。

其次，波伏娃的哲学性在于她文学的理性思辨智慧。

面对追求自由带来的各种负面问题，波伏娃的客观、冷静与思辨能力让她饱含知识女性的理性，她不会像一般女性那样就此一蹶不振，尽管有失落、失望的恐惧，但她始终在艰难地求解求根，努力使女性的超越取得

---

① ［法］西蒙娜·德·波伏瓦著，郑克鲁译：《第二性 I》，上海：上海译文出版社 2011 年版，第 100 页。

理论上的支持，她希望能填补女性理论的空白。波伏娃从20世纪哲学家海德格尔的《存在与时间》、萨特的《存在与虚无》中汲取思想养分，将存在主义哲学中的“他者”、“超越”、“内在性”等概念作为建构女性主义的理论范畴。波伏娃认为，女性要实现自身自由开放的人生，就必须具有思辨的人生，首先是摆脱“他者”身份的束缚，摈弃男权至上的观点，拥有自己的理论。有了理论基础才能带给女性更多的超越机会，也会给她们自身的演变带来机遇，在与男性共生共存的同时才能促进自我的发展。当然，在与男性共生的环境中，女性也需要适应与改变。除了《第二性》比较直观的理性分析，波伏娃也把自己的观点贯彻到小说作品中，她在小说《女宾》中为女性提出了几种可能的出路。其一，两性中其一性别彻底放弃自己的意识，完全接受另一种性别的统治。这源于黑格尔的话“每个意识都在寻求另一种意识的死亡”。但从现实来看，这很困难，不但是处于统治地位的男性不愿放弃自己的权力，就连女性，在争夺权力的过程中也获得了斗争的快乐，他们和她们始终各自怀抱希望。其二，互相包容，寻求双赢。这是解决两性关系最重要的步骤，即两性在寻求自由目标之时要互相认可，互相承认他人的自由超越的权力，但又互不矛盾，这是两性达成和解与和谐的理想状态。但回到现实的土壤中，我们往往发现，两性的矛盾在通常情况下无法调和。尤其男性权力社会绝不肯放下性别门第让女性参与社会建构，更不肯专为女性提供公平公正的社会措施。女人的生存价值不断地被虚伪地证明、验证、推翻，循环往复、折腾，使得女性族群始终在飘荡中摇摆不定，只能永远是父权制下的一个受伤群体。面对此境，即便有透彻的思辨能力的支撑，“波伏娃们”也一筹莫展、爱莫能助。尤其是存在主义本身对自由的阐述，让人在自由状态采取行动，却对自由后理应承担的责任视而不见，这也让“波伏娃们”陷入了由“后自由时期”带来的局限的苦恼。

波伏娃的哲学性在她生命各个时期有所不同。早期的波伏娃，作为支持社会主义革命的左派激进哲学家和作家，她坚信，阶级问题关涉女性问题，阶级之间的矛盾和不平等突出了女性问题，只有阶级矛盾调和，女性问题才可能彻底解决，因此，在写作《第二性》后很长时间内，她既不参加女权运动，也不承认自己是女性主义者。她甚至反对提及女性问题，认为将女性问题单独提出来，是男性利用手中的权力在作秀，是对女性的羞辱。她曾经很犀利地讽刺“国际妇女年”，说“接下来就会有‘国际生物年’、‘国际海洋年’、‘国际马年’、‘国际狗年’等等。换句话说，人们把妇女当作无足轻重的物品看待，在男人的世界里，只需要认真对待一年就够了。但事实上，我们占了人类的一半”，她希望女性的存在是一种平等而自然的生活状态，而不是被作秀的对象。中年波伏娃则在反思早期的草率言论，当她访问包括苏联在内的一些社会主义国家，看到一些技术部门和权力机构的女性比例相当低后，她意识到女性问题不但没有得到解决，反而连缓解的可能性都微乎其微。而且在“男女都一样”的口号下，女人除了工作，还要独力承担整个家务劳动，双重角色被严重扭曲。“妇女只有在社会主义制度下才能获得与男人平等的权力，但这远远不够，一些陈规旧俗依然束缚着妇女。世代相传的男女间的不平等，使女人具有卑下情结，而男人则有着高贵的优势的良好感觉。即使在社会主义国家也需要很长一段时间才能取得长足的进步。”[①] 晚年的波伏娃积极投身社会活动，宣传自己的女性理论，带动了现代第二次女权运动的发展。

在波伏娃的哲学实践中，既有短暂的欢愉，也有长久的孤独不群。作为一名具有哲学思想的女作家，渴望拥有独创的女性理论系统是她迫切的心愿。她希望能用此理论进行文学阐释，并力图塑造出符合其理想的女性角色——独立、自由、知性，并试图将她们从虚拟的文学世界复制到现实世界。波伏娃希望哲学服务于文学，用文学表现她的哲学思想。波伏娃希望用自己的女性意识设计一幢适合全人类女性的女性主义大厦，她既想为女性树立一种自由的样板，让所有女性族群都可以在里面自由出入和居住，同时，她又认为在某些“境况”中，自由是有条件的，受到“境况”的限制。波伏娃的女性理论具有奔放的生命力，无论是理论还是实践，她所显示的坚强性格、智慧机智，她对女同胞的深切关怀和积极鼓励，以及身体力行的实践勇气，都令世人钦佩。

由波伏娃到张爱玲，由超越到回归，由思辨到性情，由哲学的激情到修行的和谐，我们似乎体会到这样一个现实：西方人外向、冲动、激情、善辩、理性，他们崇尚严谨的基督精神，善于发现二元世界中的矛盾；中

---

① ［法］克洛德·弗兰西斯、弗尔朗德·贡蒂埃著，全小虎等译：《西蒙娜·德·波伏瓦传》，北京：中国社会科学出版社 1990 年版，第 376 页。

国人则谨慎、内敛、温顺，认为世界是一个整体，“天人合一”是中国传统哲学儒释道的最高境界。当我们钦佩波伏娃的个性鲜明、大胆超越、推理严谨的时候，中国的张爱玲，却继续着中国人的谨慎温顺、谦和如玉，她在讲求性灵通达的意境中，加快了“去哲学化”的脚步。张爱玲的文学别说没有刻意描写那个时代的战争，没有为国家民族计的思想认识，难觅到有关“哲学”的字眼，就连什么“派别之争”她也鲜有涉猎。虽然20世纪40年代沦陷时期的上海文坛是一个由象征主义、意象派、朦胧诗意主导的海派文学，她却只在表面上“吃红茶、喝咖啡、尝西点、谈艺术”的闲适语境中长袖善舞。“文革”期间，许多因意识形态被隔绝的作家被历史暂时遮蔽，张爱玲便是其中一例。但是，从普世价值和人生意义上看，其文学的哲学形态依然存在，并没减弱，它们在发挥作用，而且进一步强化了“和谐意图下”的人生时态。这就是张爱玲，在隐性哲学中思考的女作家。

在当今，对张爱玲的研究已成“张学”，随之而来的，是张爱玲在现代文学史著作中的地位日益突出，有的研究者甚至断言张爱玲是除鲁迅之外最伟大的作家。果如此说，一部新文学史只留下两个作家，在“五四”和20世纪30年代站立的是鲁迅，在20世纪40年代站立的是张爱玲。如果用与鲁迅的战斗精神作比较来反观张爱玲，那么张爱玲这样的文学给我们昭示的是什么呢？具有什么样的哲学启示呢？

首先，从历史精神来看，张爱玲是传统女性意识的继承者。

在中国传统文化中，“男子以刚强为贵，女子以柔弱为美”，理想女子的言行是“贞静清闲，行已有耻，是为妇德。择辞而言，适时而止，是为妇言；穿戴齐整，身不诟辱，是为妇容；专心纺织，不苟言笑，烹调美食，款待嘉宾，是为妇工。女子备此德、言、容、工四行，方不致失礼”。此后，班昭的《女诫》，蔡邕的《女诫》、《女训》，诸葛亮的《女诫》，程晓的《女典篇》，唐长孙皇后的《女则》、吕坤的《闺苑》，以及唐代女学士宋若莘的《女论语》等，都阐述了关于女性待客、管家、处事、为人、守节、育儿等方面的规约。这些作品有两个共同特点：一是作者大部分为女性，少数为男性；二是都强调女子的“柔弱胜刚强”。因此，在中国传统文学中，女子往往与贤妻良母、崇高、温柔、善良联系在一起，很多女作家的作品都更关心女性，在作品中表现女性的功德已经成为她们的一种写作本能。即使进入20世纪，经过了五四运动拔腐出新的洗礼，传统文化下的女性特质依然坚实地扎根在普通人心中，更何况张爱玲！张爱玲带着传统文化的薰香墨迹，走进现代文学的殿堂，理所当然地，她会把“女为悦己者容”、“妇德容功”作为心目中女性文学形象的原始参照，但是参照中有覆新，改变中有回归。她们是中国哲学的体现者，更是中国传统女性文化的革新者。张爱玲从小受到传统文化的教育，并成为这种传统文化无意识的携带者、传承者。中国传统文化中的“精神专一，动合无形”等精神内涵深刻地影响着张爱玲。张爱玲不喜欢社交，不喜欢与人打交道，“在没有人与人交接的场合，我充满了生命的欢愉”①。但是当19岁的张爱玲去香港读书，突然跻身于开放西化的环境中时，两种文化的巨大反差在她的内心产生了强烈的碰撞。西方文化的热情外向强烈地冲击着她，让她对外界充满了惊喜的好奇。因此在她的文学中，始终有“出世”无为与“入世”欢愉这两种状态的存在，传统意识与现代经验两套价值观并列参差，并由这种参差互见衍生出现代性反思。往来穿梭于香港和上海之间的生活经历衍生出的中西文化交融的特征，形成了张爱玲文学策略的二元化特征：中西意识的碰撞，传统与现代的冲突，男与女的对立。尤其是男与女的对立，成为她写作的精神原动力，比如曹七巧与季泽、流苏与范柳原。

其次，在张爱玲的多元化写作中，传统文化中理想的“温柔贤淑”的女性被还原为最透彻的民间化状态。

张爱玲不同于波伏娃，她的文学作品表面看不出亢奋的理论构建，也不披某个学说门派的外衣，她只是平实地记录了女性的日常行为，属于民间化的叙述。但她所创造的人格美是独特的，所创作的女子语录体亦是富有个性的，这反映了她看人生的独特视角和别出心裁的文学思维。当然，张爱玲偶尔也会语出惊人，她在《我的天才梦》中说：“我发现我除了天才的梦之外一无所有——所有的只是天才的怪癖缺点。世人原谅瓦格涅的疏狂，可是他们不会原谅我。”② 她认为女天才比男天才受到的压抑要更

---

① 张爱玲：《我的天才梦》，金宏达、于青编：《张爱玲文集》（第四卷），合肥：安徽文艺出版社1996年版，第18页。

② 张爱玲：《我的天才梦》，金宏达、于青编：《张爱玲文集》（第四卷），合肥：安徽文艺出版社1996年版，第16页。

多。张爱玲对于女人，始终怀揣着哀婉的爱悦和伤感的同情。有人批评张爱玲不过问时代变幻，不关心政治。唐文标批评她的写作“既不是目前的中国，也不是中国在它的过程中的任何一阶段”，他借此话以证明张爱玲脱离时代，不关心家国。但是，张爱玲写的不是表现中国的特定时代，而是中国被压抑的部分，是那个存于历朝历代的永恒问题，是中国最真实、最无人问津的历史死角。文学史上或歌颂贞洁或痛斥悍妇，却懒得顾及女性表面美好之下痛苦的挣扎。张爱玲大胆地指向了这个空缺，这意味着她的文学想挖出历史的死角，这是张爱玲写作最本质的旨归。她笔下的女人，无论高低贵贱，无一不痛，无一不哀，无一不悲，无一不惑。张爱玲用隐晦的方式告诉人们，女人痛苦、哀伤及愉悦一般是由环境所致的，这是女性的荒诞与异化的根本原因。《倾城之恋》中范柳原慨叹：“生与死与离别，都是大事，不由得我们支配的。比起外界的力量，我们人是多么小！多么小！可是我们偏要说：‘我永远和你在一起，我们一生一世都别离开。’——好像我们作得了主似的。”① 范柳原的话揭开了他从婚的真相，也解开了男人的生活态度——不唯一是一种本能。流苏的婚姻算计，在情场浪子范柳原面前似乎没什么效果，但是一场战争却成全了流苏的梦想——与范柳原缔结婚约。透过流苏，我们痛彻心扉地体悟到了在婚姻面前女人说了不算，与爱人的结合是要看人脸色的！婚姻生产线上一群群女结婚员奔波往复地辛苦着：流苏自不必说，单是曹七巧、霓喜、葛薇龙、王娇蕊、顾曼桢已引人唏嘘，落泪不忍。女人是男人的附属品，又是社会时代的陪葬品。《谈女人》、《有女同车》、《小艾》、《红玫瑰与白玫瑰》、《金锁记》、《多少恨》、《连环套》、《十八春》（后改名为《半生缘》）、《倾城之恋》、《沉香屑 第一炉香》、《沉香屑 第二炉香》、《怨女》、《茉莉香片》、《花凋》、《色·戒》、《留情》等等，都是关于女人最真实不过的“人间悲喜剧”。张爱玲借爱情、婚姻、家庭主题，借女人们的小事物，进行着清理工作。她要清理的是文明世界中的男人的虚伪和女人的空虚，清理华盖繁茂的市井之中的荒原气氛。父权威严的无处不在压制了女性的理想形态，他们将理想女性冰冻为静止的“他者”，使她们缺少思想的活

① 张爱玲：《倾城之恋》，金宏达、于青编：《张爱玲文集》（第二卷），合肥：安徽文艺出版社 1996 年版，第 71 页。

力。女性身份的界定完全取决于男性，他可以神化母性，也可以践踏阴柔，有如被天空笼罩的荒原，女性成为阳性权力的活动布景。《半生缘》中顾曼桢的遭遇恰恰是女性被阳性主体"他者化"的后果。因此，在张爱玲那里，女性的残酷与委屈、恐怖与罪恶、慈悲与虚伪、强者与弱者彼此碰撞较量，达成世界的多元共存。这种多样化的女性策略使张爱玲打破了叙事时空的限制，创造了女性意识的多样性（多向度，多方面）思维以及女性审美的多样化视角。

张爱玲还喜欢利用一些很实际却很技巧性的物质描写女人的时代惶恐。女人向来离不开对物质的看护和追逐，这样她们才会有安全感。在那个动荡不堪的年代，她们需要最日常的生活保障。例如对钱，中国人自古就爱钱，但却鄙视谈钱，在中国文学史中很少见到肯定钱的价值的文章，只有张爱玲毫不掩饰自己的"天生俗骨"，放下文人的傲慢，还原真实的人性。张爱玲看到了，女性只有拥有自己独立的经济口袋，才算做了一回人。同时代的女作家中，张爱玲最赞赏苏青，她在《我看苏青》中说道："生在现在，要继续活下去而且活得开心，真是难，所以我们这一代对于物质生活，生命的本身，能够多一点明了和爱悦，也是应当的，而对于我，苏青就象征了物质生活。"① 可以看到张爱玲与波伏娃一样，她们都在用存在的思维进行实地文学写作，只不过，张爱玲的存在是具体的、物质的，是堆砌在女人周围那些花团锦簇的衣裳、翠翘金雀的饰品、华丽耀眼的日常玩意和锅碗瓢盆的琐屑中的。"上街买菜，恰巧遇着封锁，被羁在离家几丈远的地方，咫尺天涯，可望而不可及。太阳地里，一个女佣企图冲过防线，一面挣扎着，一面叫道：'不早了呀！放我回去烧饭罢！'众人全都哈哈大笑了。坐在街沿上的贩米的广东妇人向她的儿子说道：'看医生是可以的；烧饭是不可以的。'她的声音平板而郑重，似乎对于一切都甚满意，是初级外国语教科书的口吻，然而不知道为什么，听在耳朵里使人不安，仿佛话中有话。其实并没有。"② 最平常的衣食住行，也最能带来实际的精神安慰。甚至在《烬余录》中面对战争，张爱玲所展示的女人都

---

① 张爱玲：《我看苏青》，金宏达、于青编：《张爱玲文集》（第四卷），合肥：安徽文艺出版社 1996 年版，第 228 页。

② 张爱玲：《道路以目》，金宏达、于青编：《张爱玲文集》（第四卷），合肥：安徽文艺出版社 1996 年版，第 45 页。

是人性的一面，而非神性。“至于我们大多数的学生，我们对于战争所抱的态度，可以打个譬喻，是像一个人坐在硬板凳上打瞌盹，虽然不舒服，而且没结没完地抱怨着，到底还是睡着了。”① 张爱玲善于观察宏大叙事语境下无人问津或关注过的话语环境，看似简单，实则充满禅机妙悟。她对“闺阁派”作家歌颂人性、女性温顺之类的文章不以为然，她说“缺乏人性，其实倒是比较人性的”，如在战乱的香港街头找吃的东西，对吃乐此不疲的迷狂，“我们立在摊头上吃滚油煎的萝卜饼，尺来远脚底下就躺着穷人青紫的尸首”②，虽然骇人却理直气壮。冰心等作家宣扬唯美唯情的大爱，张爱玲则揭示“拜金主义”，不关大爱。“四五年前在隆冬的晚上和表姐看霞飞路上的橱窗，霓虹灯下，木美人的倾斜的脸，倾斜的帽子，帽子上斜吊着的羽毛。既不穿洋装，就不会买帽子，也不想买，然而还是用欣羡的眼光看着，缩着脖子，两手插在袋里，用鼻尖与下颌指指点点，暖的呼吸在冷玻璃上喷出淡白的花。”③ 张爱玲于千万人中发现了物质世界对于女人的感染与亲和，那是另一个人性的新世界，衣裳(《更衣记》)，居所(《公寓生活记趣》)，吃（《谈吃与画饼充饥》、《说胡萝卜》)，娱乐（《洋人看京戏及其他》)，人（《到底是上海人》、《造人》、《姑姑语录》、《我看苏青》)、艺术（《谈音乐》、《谈跳舞》、《谈画》、《诗与胡说》）等。平常的事物，平常的生活状态，生活中狭小的细节空间，她写得热情如歌、灵动如舞，字里行间时时涌出发现新大陆的喜悦。在乱世背景下，人们对于失去基本生活保障的担忧和恐惧不断加大，没有了物质的支撑，一切豪情壮志皆无从谈起。在匮乏和恐惧之下，物质成了人们唯一可靠的保障，这样如饥似渴的物质追求，是乱世里人们最简单的物质渴望。虽然有拜物倾向，但物质可以变身为超自然暧昧的空幻之物，让人获得迷醉与沉浸。在张爱玲那里，霞飞路上橱窗里的商品是“静止的演出”，夜幕下，魅惑的商品如附身的物质神灵，演绎着最简单的物欲与最复杂的人性冲突。

---

① 张爱玲：《烬余录》，金宏达、于青编：《张爱玲文集》（第四卷），合肥：安徽文艺出版社 1996 年版，第 54 页。

② 张爱玲：《烬余录》，金宏达、于青编：《张爱玲文集》（第四卷），合肥：安徽文艺出版社 1996 年版，第 58 页。

③ 张爱玲：《道路以目》，金宏达、于青编：《张爱玲文集》（第四卷），合肥：安徽文艺出版社 1996 年版，第 44 页。

然而张爱玲的拜物主义却又高于世俗的贪欲，她心知肚明女人拜物情结背后的原因——女人的繁华物质欲是因为需要商品包装来为自己增值，然后将自己拿到市场上论斤估价。《金锁记》中曹七巧被“卖身”到姜家，不就是寄想残疾的丈夫死后可以分得家财扬眉吗？《沉香屑　第一炉香》中满衣柜的华服是梁太太在葛薇龙身上下的大赌注，便于薇龙出席各种场合勾引男人，而薇龙面对衣柜的请君入瓮却无法抵制诱惑而自投罗网。《鸿鸾禧》中玉清把陪嫁的5万元统统花在自己身上，犹如一种心理挥霍，在出嫁前祭奠从前的姑娘时代，以物质的扎实对抗因无法预知未来而导致的心理恐惧。“玉清还买了软缎绣花的睡衣，相配的绣花浴衣，织锦的丝绵浴衣，金织锦拖鞋，金珐琅粉镜，有拉链的鸡皮小粉镜。她认为一个女人一生就只有这一个任性的时候，不能不尽量使用她的权利，因此看见什么买什么，来不及地买，心里有一种决撒的、悲凉的感觉，所以她的办嫁妆的悲哀并不完全是装出来的。”①《倾城之恋》中宝络相亲的行头更加夸张，无论是翡翠镯子、珍珠耳坠还是貂皮袄，都浸满亲人们的期望，希望这些商品能增加宝络在“婚姻市场”的交易成功率。女性成为商品，女性在爱情、性、家庭、社会等的交换价值，无论是七巧的被迫还是薇龙的自愿，都是以“物”的豪华与否来论斤称两，归根到底，没什么分别。而且，女人们对这些“物”怀有彻骨的喜爱，当一切都不可靠时，唯有物质可以满足她们脆弱的灵魂。

从女性对物质的崇拜能看出女人其实是很自卑的动物，因为女性的边缘地位始终是历史性的、摆脱不了的境遇。从历史上看，两性之间的关系可以粗略地描述为主人和奴隶的关系，“主人的特权之一就是他不必经常想到他是主人，但奴隶的地位是奴隶永远不能忘却的”。在张爱玲那里，奴隶地位是被常态化了的女性生存方式，成为女人永久的标签。霓喜、川娥、流苏、言丹朱、小艾、七巧、曼桢、丁阿小，甚至张爱玲本人的经历等等，无一能逃离男性文化的控制。而且，由于我们所处的社会具有的纯粹男性特征，女性想获得可以使天性得到满足的机会显然很难，在职业上女性很难达到以男性标准为基准的目标，这也是女性产生自卑感的重要因

---

① 张爱玲：《鸿鸾禧》，金宏达、于青编：《张爱玲文集》（第一卷），合肥：安徽文艺出版社1996年版，第215～216页。

素之一。这种自卑感代代传承，于是，女性的自卑感就呈现出日常化、常态化甚至无意识化。然而，在实际生活中，还有一种女性，她贬低其他男子，但内心依然认同男性的优越感。她对于女性取得的任何成就或具备的能力都没有信心，反而更倾向于赞同男性对女性的贬低和蔑视，她渴望分享男性对女性的评价，她的这种心理状态常与贬低男性的心理交替出现。曹七巧婚后对残疾丈夫身体极度的失望和对性的渴望："一个人，身子第一要紧。你瞧你二哥弄的那样儿，还成个人吗？还能拿他当个人看？"① 她又非常怀念年轻时遇到的类似初恋的男角色："十八九岁做姑娘的时候，高高挽起了大镶大滚的蓝夏布衫袖，露出一双雪白的手腕，上街买菜去。喜欢她的有肉店里的朝禄，她哥哥的结拜弟兄丁玉根、张少泉，还有沈裁缝的儿子。喜欢她，也许只是喜欢跟她开开玩笑，然而如果她挑中了他们之中的一个，往后日子久了，生了孩子，男人多少对她有点真心。"② 类似曹七巧的故事，世代相承，"三十年前的月亮早已沉了下去，三十年前的人也死了，然而三十年前的故事还没完——完不了"③。

张爱玲将女性与物质联系得如此紧密的写法，引来诸多争论。唐文标批评张爱玲的文学："回到张爱玲的世界，我们以为这世界太小、太特殊，和我们世界日距日远，有什么帮助的地方呢？里面宣传的失败主义、颓废哲学，和死世界的描写，我委实只感染到绝望和对人类失去信心。"④ 然而，以唐文标为代表的一类批评家忽视了一个重要问题，女性卑微地位和琐屑生活的信条源于男性的无意识，女性的困境被日常琐屑切割而难以察觉，尤其那些擅长宏大叙事的男性文化更不屑去关注女性的困境。只有女性关心女性，如果不是张爱玲，也许很难有人注意到都市霓虹灯照不到的黑暗是个什么样子。文学评论家陈芳明说："凡是熟悉张爱玲作品的人，

① 张爱玲：《金锁记》，金宏达、于青编：《张爱玲文集》（第二卷），合肥：安徽文艺出版社 1996 年版，第 93 页。

② 张爱玲：《金锁记》，金宏达、于青编：《张爱玲文集》（第二卷），合肥：安徽文艺出版社 1996 年版，第 124 页。

③ 张爱玲：《金锁记》，金宏达、于青编：《张爱玲文集》（第二卷），合肥：安徽文艺出版社 1996 年版，第 124 页。

④ 唐文标：《一级一级走进没有光的所在：张爱玲早期小说长论》，唐文标编：《张爱玲杂碎》，台北：联经出版事业公司 1976 年版，第 8 页。

都知道她的小说乃是环绕着上海租界地下层社会中之女性生活而经营的。相对于西方的殖民主义，上海租界地无疑是具有边缘的性格。同样的，相对于中国儒家知识分子的思考，上海的下层社会也是处于边缘的地位。更进一步而言，上海的女性角色相对于中国男性沙文主义文化而言，乃是不折不扣的边缘人。换句话说，张爱玲作品带有三重边缘的性格，而这样的边缘性格完全为唐文标论述所忽视。”[①] 无论如何，张爱玲是不相信神话性的，她喜欢女性现实的一面，以至于对女性的拜物情结都写得如此贴近读者的感受。因为实际，所以喜欢在现实中兜转发现，女人就是喜欢实际的生活，喜欢入袋的安全感，这是张爱玲对女性深刻揣摩的言说，也是她写作思想最基础的部分。对于迷醉繁华的物质世界，女人会情不自禁地沉浸。但张爱玲并不沉浸于物质的羁绊，她并没失去希望，也不颂扬沉浸的平庸，而是以寻常女性的生活状态、心理、反应和话语动机为写作起点，进入不寻常的事件，挖掘出女性哲学，这才是张爱玲写作的真正目的。

与对女人的怜惜不同，张爱玲对于男人始终抱着“恨其不争”的态度。在张爱玲的笔下，男性是最不争气的，男主角经常因为病痛、精神变异等因素缺席。即使出场，也没有一个是完美的，甚至连完整都谈不上，他们不但不能完成“修身、齐家、治国、平天下”的重任，连自己的人生都搞不定。稍微好一点儿的如佟振保：“侍奉目前，谁都没有他那么周到；提拔兄弟，谁都没有他那么经心；办公，谁都没有他那么火爆认真；待朋友，谁都没有他那么热心，那么义气，克己。”[②] 但是，他对女人的态度是“无耻的快乐”[③]，快感过后，他会残忍离去。娇蕊提出跟他结婚，他却“没敢接口，过后，觉得光把那黯败的微笑维持下去，太嫌不够了，只得说道：‘我看这事莽撞不得。我先去找个做律师的朋友去问问清楚。你知道，弄得不好，可以很吃亏。’以生意人的直觉，他感到，光只提到律师

---

① 陈芳明：《张爱玲与台湾文学史的撰写》，杨泽编：《阅读张爱玲》，桂林：广西师范大学出版社 2003 年版，第 316 页。

② 张爱玲：《红玫瑰与白玫瑰》，金宏达、于青编：《张爱玲文集》（第二卷），合肥：安徽文艺出版社 1996 年版，第 125 页。

③ 张爱玲：《红玫瑰与白玫瑰》，金宏达、于青编：《张爱玲文集》（第二卷），合肥：安徽文艺出版社 1996 年版，第 142 页。

二字，已经将自己牵涉进去，到很深的地步”[1]。在真爱面前，男人骨子里的自私暴露无遗，现实得无情而可耻。张爱玲文学中唯一的好男人尚且如此，更别说混血富家浪子乔琪乔、落魄公子范柳原了。

再次，张爱玲文学性背后的日常生活哲学。

张爱玲就是这样一个不说哲学的“哲学家”。她的哲学天地，都是小人物的人生。葛薇龙、聂小生、白流苏、言丹朱，还有在封锁的片刻里产生好感的一对男女，他们都是小人物，张爱玲把他们立体地刻画出来给我们看，他们有心事，有愿望，有光明的一面，也有无聊低俗的一面，总之，他们是生活在现实里的人。张爱玲只是冷眼地观世，冷眼地看他们来来往往，看他们在日光之下，创造他们自己的人生。她是清醒的，但有时候，也有感情在里面，她会看他们或者恨他们，或者为他们的命运扼腕叹息。这是她另一层面的喜乐，精神里面的一种自我创造与满足。她的笔，是生花的妙笔。每一个人，每一件事情，再怎么恶俗，再怎么不耻，但，在她的笔下，都有着一些细碎的光辉，有时候是事物本身的，有时候，是她幽怨的语气赋予的，像是一个造物者，她爱她亲手创造的一切，虽然有时候，不免觉得它们不合时宜。她的字是有灵性的，每一个字组在一起，都是故事，都带着生命力，不管是优雅的，还是泼辣的。而她的故事里，完全优雅美丽的人又极少，他们总是带着一点丑、一点人性的卑劣与低俗，总没有单纯的优雅，极少，除非她的杂文里那些她认为可爱的人。因为她的小说，写的就是人世，那个她生活着的人世，而每个在人世的人，便都是有烦恼的，有其上不得庭堂的东西。纯粹的优雅，在白先勇的《谪仙记》中出现过。他把美的东西，彻底地呈现了出来，大气雍容，华贵绚烂，即使忧伤，也带着韵味。但那是仙界，现世间永远充溢着人性的复杂黑暗与变化多端。这是张爱玲的哲学性。由此我们也可知张爱玲的犀利，张爱玲的独特，张爱玲的与众不同。

张爱玲文学对于日常生活有一种超乎寻常的爱悦和慈悲，她在《中国的日夜》中写她冬天到小菜场买菜的体验：“太阳煌煌的，然而空气里有一种清湿的气味，如同晒在竹竿上成阵的衣裳，地下摇摇摆摆走着的两个

---

① 张爱玲：《红玫瑰与白玫瑰》，金宏达、于青编：《张爱玲文集》（第二卷），合肥：安徽文艺出版社 1996 年版，第 144 页。

小孩子，棉袍的花色相仿，一个像碎切腌菜……又有个抱在手里的小孩，穿着桃红假哔叽的棉袍，那珍贵的颜色在一冬日积累的黑腻污秽里真是双手捧出来的，看了叫人心痛，穿脏了也还是污泥里的莲花。"[①] 一连串缤纷的颜色和着渐次出场的人物的节拍，演奏出美妙的市井交响曲，充满了情趣和活力。然而，节奏的欢愉中却有忽明忽暗的淡淡的哀怨，张爱玲的颜色写作既带给人快乐，也衍生出感情色彩的多元化分布。情感的基础不是荣华所致，而是内心的鼓噪与安宁。在她的文学里，尽是读者身边实实在在的小人物小事件的沧桑、悲凉，皆是与礼节仁义尺度有偏离的芸芸众生。看似琐屑，实际生活哲学味浓烈。

而且，张爱玲喜欢用文字构建别样的哲学语境。"只有小说可以不尊重隐私权。但是并不是窥视别人，而是暂时或多或少的认同，像演员沉浸在一个角色里，也成为自身的一次经验。"[②] 隐私与窥视好像互为反义词，但是在张爱玲那里却达成了和解共建，成为和谐共存的词汇，在张爱玲的文学海洋中，这种词汇似乎很多，比如"悲壮"与"苍凉"、"传奇"与"平凡"、"鬼魂"与"现代人"、"叛逆"与"归附"。这样做的目的在于谋求亦庄亦邪的文学语境，亦中亦西的思维判断，让读者在二元悖论中探索作者的人生观、价值观和文学观，其意义在于展示人性是不彻底的，也唯有不彻底的人性才是最摄人心魄且真实可信的。

但是，很少有人能懂张爱玲要表达的日常哲学，更不屑去专门分析张氏表面的琐屑写作之下那颗充满爱意的心。因为，张爱玲的创作力根本就很少谈理论，很少专攻思想的构建，她全部的文学内涵就是关于女性的"私语空间"。在那里，我们看不到爬梳清晰的思辨痕迹，迈出一步，不知下一步落在哪里。所以，要类似波伏娃那样的人去理解张爱玲的写作初衷，显然是强迫肉食动物去吃草——无法沟通，用评价波伏娃的标准来审视张爱玲，也有马拉汽车之嫌。但张爱玲自有她的道理："现实这样东西是没有系统的，像七八个话匣子同时开唱，各唱各的，打成一片混沌。在那不可解的喧嚣中偶然也有清澄的，使人心酸眼亮的一刹那，听得出音乐

---

① 张爱玲：《中国的日夜》，金宏达、于青编：《张爱玲文集》（第四卷），合肥：安徽文艺出版社 1996 年版，第 243 页。

② 张爱玲：《惘然记·序》，金宏达、于青编：《张爱玲文集》（第四卷），合肥：安徽文艺出版社 1996 年版，第 338 页。

的调子，但立刻又被重重黑暗拥上来，淹没了那点了解。画家、文人、作曲家将零星的和谐联系起来，造成艺术上的完整性。”① 张爱玲运斤其中，却大斧无形，她在作品中还原“喧嚣”和“琐屑”，复制生活，让读者在欣赏的同时获得身临其境的通感，也把总结和升华的任务交给了读者，自己却躲藏起来。在阅读她的作品时，作者、文本和读者各司其职，却又相互理解补充，达成最实际的，也是最理想的人间“爱美、向善、至真”的渴望。张爱玲就是在渴望中，对现实有了切肤的体验。

有些文学批评家却不屑于张爱玲的日常生活哲学。20 世纪 70 年代的台湾，恰逢政治面临变化的时刻，民族主义、男权主义与女权文化被提上争论的顶峰。张爱玲在 20 世纪 40 年代创作的上海文学系列，既获得重视，也受到各种困扰。代表性观点是台湾现代文学批评家唐文标，他始终抱持着民族主义美学审视张爱玲，他对张爱玲的“私语女人”写作提出严厉批评。他从文学大叙事的审美视野出发，阐述在日本侵华期间作家都应“秉于全民抗日大义，大家都‘应当’写民族正义那样的东西”，他觉得张爱玲在那个时代不写作赋予时代意义的大题材是令人匪夷所思的，此类一刀切似的写作规则，导致张爱玲的文学价值在当时被严重屏蔽。但依然有相当多的名家力挺张爱玲，除了夏志清、柯灵、水晶，还有王德威、周蕾、杨照等。著名台湾作家朱西宁在回应唐文标的批评时说：“作为一个小说家，‘能够’成功地写出她所代表的文明，写出一个大都市里主要人口中一大部分的人物、典型市民，和沉淀在这大都市底层的家庭和文化，这已经很够是一位卓越的大家了。”② 其实，唐文标是在用一种普遍理想打击多元化梦想，张爱玲并非没有家国，只是她不会用革命式的话语表露，而是通过小人物的呓语达到现身说法的效应，一个人、两个人、三个人及至千万个人经历的组合就可以归纳出一个或多个族群集体无意识的行为。杨照在《四十年台湾大众文学小史》中说：“‘张爱玲风’最盛时是在 70 年代末期，台湾文坛上一方面是乡土文学论战的意识形态炙热杀伐，一方面却浮现许多以张爱玲笔调写的爱情小说，一刚一柔，一个以雄性声音张扬国

---

① 张爱玲：《烬余录》，金宏达、于青编：《张爱玲文集》（第四卷），合肥：安徽文艺出版社 1996 年版，第 53 页。

② 朱西宁：《先觉者、后觉者、不觉者——谈〈张爱玲杂碎〉》，《书评书目》1976 年第 42 期，第 79 页。

族、阶级论述，一个以女性书写挖掘情爱内蕴细节，给那个时代图染了令人久久难以忘怀的丰富面貌。”① 《倾城之恋》的“倾城”是乱世，“恋”是浮生，“乱世”与“浮生”是相互依存的一对，这就是张爱玲千姿百态的世界。

关于波伏娃和张爱玲的哲学性就好像一只手的两面，一面向外，一面向内。波伏娃向外，她从社会责任感出发，执着于对女性理论、观点和形而上的信仰或批判，她歌颂母爱的哲学、控诉男性对女性的压迫，以叛逆的姿态傲然直视众生，她醉心于制造强大的文论气场；而张爱玲则是手心向内，专注于个人倾诉，自言自语，隔着窗户看风云变幻，不参与摇旗呐喊。波伏娃力争通过对现实的实践达到大语境下的女性意识的升华，而张爱玲则将女人的千姿百态展现在读者面前，与读者建立一种互相默读的审美关注，让读者以接受美学的方式理解自己的文本。

两位女作家，一个西方，一个东方，一个呼唤未来，一个关乎现在；一个恢弘叙述，一个细雨闲言。但殊途同归，在她们的魂灵中都共存一个目的：对女性的深刻理解！

（五）二人的性格因素分析：波伏娃的“介入理想”与张爱玲的“避世寻梦”

米兰·昆德拉在《不朽》里，曾经描写过人类的两种灵魂，一种是做加法的灵魂，要不断地表现自我，突出自我，要让人看到自己走在街上，听到自己的意见、声音，要与这个世界产生千丝万缕的联系，否则就失去了生活的意义和灵魂。人们结婚生子，不断地说话，穿奇装异服走在大街上，拍照片搔首弄姿，都是潜意识里为了让更多的人记住自己，为了对世界说，看我，看我，以此来更加强调自我的存在。而另外一种则是做减法的灵魂，他们觉得跟这个世界没什么太大的关系，希望能过点儿安宁的日子，不被人打扰，去除和人的关系。在他们的世界里，“凡有边界的，即是地狱，人生就是监狱”，他们老想逃跑，总想越狱，因此总是自动给自己的灵魂降噪，希望有一天偷偷地挖个去另外一个世界的洞，消失掉而不被人发现。昆德拉说，前一种加法灵魂走向极端的危险之处在于一个人的

---

① 杨照：《四十年台湾大众文学小史》，杨照：《文学、社会与历史想象——战后文学史散论》，台北：联合文学出版社有限公司 1984 年版，第 43 页。

自我会过于膨胀，而后一种减法灵魂的声音走向极端的危险，就在于会最后消减为零。这零，并不是死，只是零而已。波伏娃是前者，张爱玲则是后者。

波伏娃到底是怎样的人？用南京大学教授黄荭的话来说就是“波伏娃是典型的摩羯座女人：聪明、独立、任性、锲而不舍，用两个词概括就是‘自由’和‘战斗’”，这在其小说和著述中多有体现。依笔者看，还要再加上如下特点：那就是波伏娃不甘寂寞，喜欢热闹，陶醉于喧嚣。她喜欢在众人面前显示自己、展示自我，宣扬自己的观点和学说。她害怕孤独，“在十九岁的时候，我尽管只是浅薄，能力不够，却真心想写作。我感到自己飘零落魄，而消除寂寞的唯一办法就是自我表达”①。正因如此，波伏娃非常需要众人的欢呼与喝彩，只有这样她才能获得存在感，才能在众人的凝视中获得心理上的成就，算是对自己的鼓励。尽管这只是精神安慰，但在波伏娃看来，这是她生活的重要组成部分，唯有加入人群、鼓动喧嚣、参与到狂欢者的队伍中才能实现个人的价值，也更能使自己的社会责任感得到充分的发挥。另外，波伏娃对事业的追求具有一种雄性的冲动，她希望自己能像男人那样参与社会，因此她不能容忍任何阻止她前进的羁绊，甚至婚姻、生育。“我的使命不能容忍任何羁绊，并且阻止我实施任何与它不相干的计划。我所从事的视野要求我抱定一种态度，不为任何冲动所左右，不因任何诱惑而改变。我并不觉得自己拒绝为人母，只不过为人母不是我的命运。保持不生孩子，我就能达到我的自然状态。”② 波伏娃是萨特“介入写作”的忠实拥趸，正如萨特所说的像“战斗的海狸”。尽管萨特阅人无数，但之所以能与波伏娃不离不弃，并非全是爱情使然，很大程度上是因为他们彼此志同道合，他们拥有共同的目标——追求自由和写作，在一定意义上，他们更像思想战线的战友，彼此关护。萨特之所以欣赏波伏娃，是因为他觉得波伏娃是一个少有的能够明白自己思想的女性，他们之间有一种平等交流的气氛，在思想和学说上可以互相促进，他在波伏娃那里找到了共鸣。生活中的波伏娃，更像是个勇猛无畏却又不得

---

① ［法］西蒙娜·德·波伏瓦著，黄荭、罗国林译：《波伏瓦回忆录·第二卷·岁月的力量》，北京：作家出版社 2012 年版，第 39 页。

② ［法］西蒙娜·德·波伏瓦著，黄荭、罗国林译：《波伏瓦回忆录·第二卷·岁月的力量》，北京：作家出版社 2012 年版，第 53 页。

不承担一切的爱情至上主义者。她与萨特的一纸契约是对爱情的宣誓，然而，用波伏娃自己在《第二性》中分析的女性生理机制来解说，因为排卵、怀孕、内分泌使得女性更加唯情，征服是男性的爱欲本能，女性本能中则会有某种程度的被征服感，女性比男性更容易付出并渴望两性感情的延续，这是否在暗示，波伏娃是以契约方式弥补其在两性关系中的不利地位？波伏娃是否因此而放弃生育？果真如此，那么，这不但无利于女性，亦对整个人类物种繁衍有害，波伏娃对“介入”和“自由”的追求就成为一个伪命题，同时也成为女性的坏榜样。法兰克福学派代表人 E. 弗洛姆（Erich Fromm）就曾对“自由”进行过批判：“自由代表着一种切割和断裂，与母体的切割，与外在世界的断裂。”① 波伏娃为了“自由”切割了自己作为女性的责任，这终将导致其走向孤独。“人类日渐获得自由的过程，与个人生长的过程，有着相似的辩证性质。一方面，这是日益增长力量与统一的过程，这是日益可以控制自然，增长理智，日渐与其他人类团结的过程。在另一方面，这种日益个人化的过程，却意味着人日渐的孤独、不完全和日益怀疑他在宇宙中的地位，生命的意义，以及日益感到自己的无权力及不重要。”② 很显然，波伏娃无法超越自由背后的诸多限制。与萨特的关系，对爱情的渴望，对现实的失望，对永恒、无限和完善、完满的渴望与冲动，使波伏娃在战斗中让自己变得偏执和孤独。这是波伏娃的困境，也是女性千百年之郁结。

与波伏娃追求自由和战斗的气质不同，张爱玲竭力让自己向内再向内，她不断缩减自己，更愿意把自己缩减为一粒尘埃，在世间漂浮让人不见其影，而她却能任意俯瞰众生。“落霞孤鹜，秋水无尘”③ 就是张爱玲投射到人间的影子。少年时，父亲的不公正对待、母亲稀缺的母爱都让她过

---

① ［美］弗洛姆著，陈明学译：《逃避自由》，哈尔滨：北方文艺出版社 1987 年版，第 7 页。

② ［美］弗洛姆著，陈明学译：《逃避自由》，哈尔滨：北方文艺出版社 1987 年版，第 7 页。

③ 白落梅：《因为懂得　所以慈悲》，北京：中国华侨出版社 2012 年版，第 11 页。

早品尝到苍凉“有更深长的回味”[1]，因此，张爱玲的性格基因中具有一种因缺少安全感而自我保护的成分，她对物质钱财的爱，对出名的渴望都是弥补自己内心惶惶然的药。“生在现在，要继续活下去而且活得称心，真是难，就像‘双手辟开生死路’那样艰难巨大的事，所以我们这一代的人对于物质生活，生命的本身，能够多一点明了与爱悦，也是应当的。”[2] 缺乏安全感的张爱玲非常渴望现实的安稳，因此，许她“岁月静好，现世安稳”的胡兰成便赢得了一代才女的爱情。这也成为后来很多人攻击张爱玲的靶子，认为她没有社会责任感，政治立场模糊，甚至是反动的。笔者认为，政治本来就是男性中心文化的精神产品，无论何种立场都是维护本集团利益的一种方式而已，更何况在那个乱世繁杂的年代，政治远不如爱情来得实际，将一个关系重大的事项强加在一个女子身上，未免太沉重、太不公平了。张爱玲不过是要求一份落袋为安的可靠爱情而已，政治对她来说太遥远了。张爱玲的“真实”让她的性格平添了“冷”的成分，冷静、冷眼旁观。面对战争，她可以这样：“我们对于战争所抱的态度，可以打个譬喻，是像一个人坐在硬板凳上打瞌盹，虽然不舒服，而且没结没完地抱怨着，到底还是睡着了。”[3] 张爱玲谙熟人情冷暖，但她总能将自己的余绪从故事中抽离出去，以旁观的姿态剖析人性，对于人，她看得很透彻，就像她说的那句话：“生命是一袭华美的袍，爬满了虱子。”[4] 对于真实的勘破，使得张爱玲选择“避世”，这是为了实现她心中的梦——倾诉，她用写作与读者对话，倾诉她眼中的真实——边缘世界的人性境遇。这是“遁逃”的张爱玲，也是中国传统文化下最广大女性的真实心境。

波伏娃的积极“介入”和张爱玲的从容“逃避”既是中西方文化背景下女性文学的必然，也是女性品格的两种典范。将之比较，不是为了品评

---

① 张爱玲《自己的文章》，金宏达、于青编：《 张爱玲文集》（第四卷），合肥：安徽文艺出版社 1996 年版，第 173 页。

② 张爱玲：《我看苏青》，金宏达、于青编：《张爱玲文集》（第四卷），合肥：安徽文艺出版社 1996 年版，第 228 页。

③ 张爱玲：《烬余录》，金宏达、于青编：《张爱玲文集》（第四卷），合肥：安徽文艺出版社 1996 年版，第 54 页。

④ 张爱玲：《我的天才梦》，金宏达、于青编：《张爱玲文集》（第四卷），合肥：安徽文艺出版社 1996 年版，第 18 页。

孰优孰劣，而是要读者看到，女性对于自身，深层本质都需要“自由”。只不过，前者是积极的自由状态，强调的是女性主动地、自由地去做某事的存在状态；后者则是消极的自由状态，强调的是女性摆脱某物的制约状态。显然，按弗洛姆的“逃避自由”来衡量，她们终将孤独。两个性格迥异的女性，在此却相逢一笑了。

三、波伏娃与张爱玲女性意识的共通之处

首先，对女性事业的热爱。波伏娃在自己的晚年，生命即将终结，万事休矣之时，对自己的人生总结：“只剩下了文字。必须战斗，活着就是一场无休止的战斗，对抗时代、对抗偶然、对抗自我，用文字对自我、对过去做一个‘清算’，把它们从虚无中抢救出来，给以轮廓、给以血肉、给以呼吸、把个体的体验浓缩成一个可资大家参照、解剖、学习（乃至批判）的标本，在‘自我’这面镜子里映射出了‘我那个时代’和我同时代的人们，这就是波伏娃的许诺，也是文学的许诺。”① 法国女作家达妮埃尔·萨乐娜芙一直很赞赏波伏娃，认为波伏娃的可贵之处在于坚持，坚持自己去选择并坚持自己所作出的每一个选择。波伏娃选择了为女性事业战斗，她就在此中享受着战斗的乐趣，把所有的力量都集中在令人难以置信的坚定上去。为了忠于自己的战斗，她甚至放弃了作为女性的天职——婚姻、生育、做贤妻良母。她构建了自己的精神王国，对女性、女性问题执着追问。“她不给自己留疑问、留犹豫、留含糊、留矛盾、也没有留宽容。”② 人的一生很短暂，却经历颇多。从某种意义上来说，遗憾比死亡更可怕。遗憾不如还原，失望不如期待。波伏娃正是这样，她期待着，并为期待而奋斗着。尽管此间会被误解、被遗憾和被失望，但是，她相信应有足够的理由、信念尽可能地去创造和把握任何可以抓住的机遇，不要在不经意间错过和失去真正的美丽，不要让岁月的犁在此生中犁下遗憾的伤

① ［法］达妮埃尔·萨乐娜芙著，黄荭、沈珂、曹冬雪译：《战斗的海狸——西蒙娜·德·波伏瓦评传》，北京：作家出版社2009年版，第434页。

② ［法］达妮埃尔·萨乐娜芙著，黄荭、沈珂、曹冬雪译：《战斗的海狸——西蒙娜·德·波伏瓦评传》，北京：作家出版社2009年版，第423页。

痕，成为一辈子的痛。波伏娃的一生就在不停的斗争中度过。反观张爱玲，她虽然不斗争不抵抗，但也不俯首称臣，唯唯诺诺。她的文本是对书写女性的守望，这种守望既非形而上亦非形而下，而是在自己的个性和社会的曲折之间游走。她对大时代背景的洞见和人性的一针见血，体现了她作为女性对自己同胞的关怀，对中国现代文学的独特见解和诠释。在她的写作中，我们很少看到她对战争场面的直接书写，甚至背景也极少交代。张爱玲不厌其烦地描写衣食住行，欣赏它们，爱悦它们。乍看其文学中的女性“与奢侈享受似是不可分开的”，她似乎只专注于“及时行乐”和“消费文化”的人生哲学中。在张的眼里，穿衣、吃饭、常人百态才是“文明的节拍”，只有它们能增添现代文明的“人间味”，而且在战争年代，人类的一切繁文缛节都被剥光了，只剩下食色本能，这也是特殊时代仅存的人性文明。张爱玲很喜欢描写这种文明之下平凡女性的日常情态，她认为平凡人的“不飞扬的人生”恰恰是最扎实的“人生味”，唯有这种人生才是真实可信的。她对女人的未来悲观里满怀希望。

其次，对女性事业的隐忧。波伏娃时常表现出对女性命运的焦虑和不安。在为了纪念《第二性》发表而举行的周年纪念活动上，法国记者高贝伊专门采访了她，谈到目前女性的处境，波伏娃的失望溢于言表：“我觉得很失望，1949 年《第二性》发表到现在近 20 年了，法国女性的生存状况并没有什么改变……”是的，早在《第二性》中波伏娃就感慨：“显而易见，作为一个男人的事实没有特殊性；一个人作为男人，拥有属于他的权利，而做女人则是她的错。”① 女性想成为主体，但却发现她已经被界定为“‘有缺失的人’、‘意外的’存在”②。因此，女性永远陷入追求自由的失望境地，她会时刻感受到自己作为女性想争取自由的冲动，但却被社会准则固定在边缘的地位。波伏娃本人也是如此，她当初写作《第二性》就是因为伴侣萨特风流成性，波伏娃感到自己的生活态度被萨特所左右，自己只是为萨特而活。基于自身的体验，她迫使自己思考女性的社会处境。《第二性》是其情绪、才能和体能所蕴涵的巨大能量的总爆发，此领域是

---

① ［法］西蒙娜·德·波伏瓦著，郑克鲁译：《第二性Ⅰ》，上海：上海译文出版社 2011 年版，第 8 页。

② ［法］西蒙娜·德·波伏瓦著，郑克鲁译：《第二性Ⅰ》，上海：上海译文出版社 2011 年版，第 8 页。

萨特完全陌生的话题，《第二性》的成功让她多少摆脱一些萨特的阴影。张爱玲对女性的未来也感怀苍凉，她在自己的《传奇》再版序中说："个人即使等得及，时代是仓促的，已经在破坏中，还有更大的破坏要来。有一天我们的文明，不论是升华还是浮华，都要成为过去。如果我最常用的字是'荒凉'，那是因为思想背景里有这惘惘的威胁。"① 她借对时代捉摸不定、对现世的不安暗喻女性的危机。她笔下女人的"及时行乐"和对"物质沉溺"，其实都是在大时代"荒凉"的背景下对未来没有安全感的恐慌。她似乎在宣布最广大女性的所有生存状态都是在人间烟火的热闹中考验出来的，被呵护、被伤害、被扭曲，最后走向孤独的思考。因为看得太真实，明白得太透彻，所以就太悲怆。

第三，波伏娃与张爱玲文字风格不同，但都有"苍凉"的音符。"苍凉"是张爱玲文学的常态，在波伏娃的作品中似乎很罕见，可是看过波伏娃事业之旅上的艰辛和困苦，我们的眼前似乎浮现这样一幅画面：一个女性的孤独背影，行走在追求梦想的沙漠中，天边日昏残阳，此情此景，道尽苍凉。的确，从《第二性》问世那天起，波伏娃便成了很多人攻击的目标，好友加缪也对此书大加贬斥，认为这是一本令法国男人窘迫的恶劣文字，连同为女权人士的法国女作家弗洛伦斯·蒙特雷诺也认为《第二性》是一本让女人失去女人味的书，太过气势汹汹，缺乏女性的优雅。其《女宾》中的"三角关系"，《人总是要死的》中永不消逝的福斯卡，让一些人很难接受。另外，波伏娃作为一个拥有独立思想、敏锐洞察力、丰富哲理的女性却经常被置于萨特的"他者"地位，经常被误解为萨特思想的传声筒。只是近年来，在波伏娃去世20多年以后，随着对波伏娃研究的深入，法国人越来越发现，波伏娃的思想具有萨特无法比拟的魅力和才华。可惜斯人已逝！无论如何，波伏娃和张爱玲的一腔"侠骨柔情"里始终跳动着一颗"剑胆琴心"，无论是波伏娃挥斥方遒的文字，还是张爱玲软软糯糯的呓语，其底色都是对人世殷切的爱。无论在表面上如何被人认作是桀骜的、冷漠的，她们都乐于退到一个安静的角落，确认自己和人最亲密的关系，描述女性和生命最微妙的温柔。

---

① 张爱玲：《传奇·再版序》，金宏达、于青编：《张爱玲文集》（第二卷），合肥：安徽文艺出版社1996年版，第135页。

四、小结

最后，人类的任何快乐、幸福虽然是文化语境的自说自话，但它们都不是脱离普世凡尘之上的美妙幻想，而是在人间气息中所获得的简单而朴实的信念，这是人类原初以来，千秋万代的事业和终极追求——从繁复返归素朴，从喧嚣归于冷静。同为20世纪40年代的女作家，张爱玲和波伏娃将女性走过千百年的路化繁为简，借着书写，举重若轻，进行了一次跨越空间的文学合作。她们用笔让中西方爱情、婚姻、家庭中的女性殊途同归。“20世纪上半叶的女性小说之所以擅长描写爱情的萌发，寻求自主自由的自我，那是因为许多作家都对备受家庭悲剧和个人情感困扰的女性的生活状况作了认真的反思。”① 女人是主流社会期待中的贤妻、良母、贞洁的处女、淫邪的妓女，也是这些角色把女性捆绑于男性权威之下，女人们只有顺从和沉默。因女性屈从于男性的社会价值观和传统，所以女性也是在焦虑、恐惧和不安中接近男性权威，并逢迎之。波伏娃和张爱玲既从传统男性书写的视角，模拟男性欲望所折射出的女人，也更喜欢用女性的眼光来审视各自文学中的女性，并分别以中西方两种文化体验，颠覆了男性写作传统中的女性形象，以女性身份取代了普遍意义上的男性想象。这既是两位女作家的贡献，又是中西方女性文学的隔空致意，虽不相识，胜似相知。

本章是全书的重点和重心，分别从“革命性与小资表象”、“坚定性与不确定性”、“超越性与安之若命”、“显性哲学与隐性哲学”、“二人的性格因素”等几个方面系统比较了波伏娃与张爱玲文学的女性意识。从比较的关键点来看，本章选取了二人最具代表性的文学特征和个人特征进行细致入微的分析；从比较的过程可以看出，二人的文学思想各具鲜明的特点，其女性意识的差异性非常明显，但是，二人同为女性，对女性的关怀与困境的认识是相通的。最后，通过比较，可知中西方的女性文学和女性意识是相通互证的。而且，本章选取中法同时代两个不同

---

① 徐真华、黄建华：《20世纪法国文学回顾：文学与哲学的双重品格》，上海：上海外语教育出版社2008年版，第93页。

文化背景的女作家进行比较，在揭示差异性的基础上，选取各自优长及其相通之处，为中国当代女性文学和文化的发展提出可资借鉴的启示与参考。

第五章

波伏娃与张爱玲女性意识对中国当代女性文学文化的批判性启示

一、对中国当代女性文学的启示

（一）中国女性文学概述

打开卷帙浩瀚的文学史，远古的中国、希腊、埃及、印度四大文明古国为人类贡献了优秀的文学史篇：《易经》、《论语》、《史记》、《荷马史诗》、《尼罗河颂》、《吠陀》……如果篇幅足够，这个名单还可以开列更长。这些文学作品的精神风貌、学理概说、思想内涵很清晰地展现了思想巨擘们睿智的思维、广阔的视野、厚重的精神气质，他们是建构人类思想和世界观体系的核心力量。在中国，上古神话、诗经乐府、先秦诸子、魏晋风骨、隋唐气象、明清市井、民国精神等等，在一代代传承着华夏文明的思想血脉。中国思想是以儒家思想为代表的儒释道精神，其一，是以“修身、齐家、治国、平天下”（《礼记·大学》）为核心的入世思想；其二，是以“仁、义、礼、智、信”为标准的道德标准；其三，是以“天、地、君、亲、师”为次序的伦理观念；其四，是以“允执其中”（《论语》）为规范的中庸哲学。这些思想影响着华夏民族的性格内核和文化趋向。

诚然，人类文明丰厚、思想丰腴，然而又包含了多少女性的思想结晶？答案几乎为零，尤其是在中国。虽然人类的文学史中记录了人类发源于女性腹腔，但是，在强大的父权面前，文学史对女性文学的记忆几乎呈现失忆态势。自炎黄子孙开天辟地、孔孟之道弥漫始，女性写作就很难被列入文学史的范畴，一是受到三纲五常之影响，女子处于从父、从夫、从子的地位；二是女性的写作始终表现出向男权臣服的特征。在此意义上的中国女性文学一直被当作主流文学（男性文学）的附庸而存在。而且在人类其他国别的文字表述中：人类（human being）、人（human）、历史（history）等词语都不包含女性，她们是人和历史范畴中的缺席者。欧洲的文艺复兴、法国的理性启蒙、中国清末维新变法的人文主义思想都是抽象的人，如果具体化则仅指男人，甚至要求自由、平等、博爱的法国大革命的《人权宣言》也没有给予女性同男性一样的权利。

由于女性被边缘化的社会境遇，传统上的女性文学鲜有叛逆与反抗，即使有叛逆，也是在社会规则许可范围内的小阐释小呓语，她们甚至更愿意担当起社会道德的布道者角色。在作品风格上，多表现出细腻纤巧、悠长绵密的韵味；在内容上，女性文学具有鲜明的性别色彩，为了表示对男性话语的疏离和变异，她们规避主流话语，而选择以“爱情”、“婚姻”、“家庭”为主题，因为这三个主题是女性形象最为活跃的生活范围，也是女性感受父权制的主要场所。

中国自古代传说中大禹的夫人涂山氏流泪吟唱《候人歌》始，经蔡琰（文姬）、左芬、徐淑、鲍令晖、李治、鱼玄机、薛涛、李清照、朱淑真，到清乾嘉诗坛的随园女弟子及随后“五四”以来的诸多女性作家，在她们那流淌着女性柔情的字里行间我们既能聆听小溪淙淙的奏鸣，也能触摸如梦如幻的闲愁别绪，同时亦可意会到女性柔顺背后的坚持。难怪《红楼梦》中贾宝玉感慨女人是水做的。对“爱情”主题的偏爱是女性文学的核心机制，这是在传统模式下女性文学温婉含蓄的重要特质。两宋之交的著名女词人李清照，其少女时代的词句“何羞走，倚门回首，却把青梅嗅”笔调传神而有致，让人眼前呈现出一副情窦初开的少女娇羞扭捏却又弃之不舍的神态。中年的李清照，经历了战事离乱之苦后，思念丈夫赵明诚，百感交集：“醉里插花花莫笑，可怜春似人将老。”（《蝶恋花·上巳召亲族》）王朝将倾南渡偏安一隅时，李清照与故国南北相隔，与夫君阴阳两界，那份对爱情的依恋与孤独跃然纸上。对于女性而言，爱情使她们文采韶华，但也容易让她们迷失自我，以至于一旦触及“情”，就会失去常人的判断能力。在儒家传统道德的框架下，女性作者甚至自愿承担起宣扬女性美德模式的责任。从表面看，这是屈从于社会的女性特质，但究其本质，实际上是女性文学渴望在男权社会发出自己的声音。

婚姻是爱情的续曲，家庭则是婚姻的舞台。对这个舞台的解读，女性文学出现了两种完全不同的表达倾向：第一种是宣扬女性在家庭中的美德，中国东汉时期的班昭写有《女诫》七篇，包括卑弱、夫妇、敬慎、妇行、专心、曲从和叔妹七章，其实就是训诫班家女子的规则手册。在“夫妇”篇中，班昭认为丈夫与天高，须敬谨服侍，“妇不贤，则无以事夫，妇不事夫则义理堕阙”。女性把自我身份定位为家庭中服从、服侍与服务的角色，甚至以此作为女性道德戒律。即使在女性文学渐成风气并有所褒奖的明清时期，女性娴习史书也不过成为男性择偶时的一个参照系数，她们依然不能参加科举和出外游幕。而第二种女性文学作品则描写了因婚姻家庭严苛的教条而生成的“怨女”形象。明清时期女性习文的风气渐盛，但她们的创作深深表达了爱情、婚姻、家庭理想在现实面前的背离，明清之际，以“秦淮八艳”为核心的名妓们组成了该时代女性文学的代表，她们个个才艺高超，为女性文学的发展作出了贡献，但是她们的作品无论是主题还是题材均比较狭窄，大部分表现的是“愁、怨、痴、恨”的疲惫心态。“二十年来人未还”、“憔悴支离为忆君”、“抛针几度立苍苔”、“空闺愁独坐，无语对灯檠”，她们不仅要担当起“典衣奉姑膳，带病课儿诗”的生活责任，还得忍受“薄命有谁知瘦影”与“寒风残雪怯衣单”的精神压力。即使嫁得如意郎君钱谦益的柳如是也在感叹：“梦中本是伤心路。芙蓉泪，樱桃语。满帘花片，都受人心误。遮莫今宵风雨话，要他来，来得么。安排无限销魂事。砑红笺，青绫被。留他无计，去便随他去。算来还有许多时，人近也，愁回处。”（柳如是，《江城子·忆梦》）表达了作者的愁与怨。这些“怨妇”形象，从表面上看是女人的自凄自艾，其实是自古“文人无行者多，才子风流者众”对女性造成的负担，而女性面对这一切毫无抵抗之力。因此，许多女性作家以“怨、恨”为主题，写出了大量描写女性面对现实痛苦的内心体验。

正是由于男权思维禁锢了女性独立意识的发展，女性文学普遍缺乏多向度思维的能力，虽偶尔有女性的主体意识出现，但如沧海一粟，难成颠倒乾坤之势。经济地位的低下是主因，其次，在女性意志缺场的情况下，女性的生存境遇一直被主流话语所弱化，因此，女性为了争取生存空间，她们半是自愿半是无奈地成为社会主流话语辩护的工具，这是中国传统女性文学之所以具有隐忍、温婉、替男权社会辩护等特性的重要因素，也是中国传统女性文学在男权叙事模式下退而求其次的弱势选择。它的优点是抒发了文学的浪漫主义情怀，发扬了人性中追求和谐的积极力量，为朝代更迭、争权夺利的刚性华夏史增添了几许柔情。可是，上述特性也注定使女性成为“第二性”，女人注定成为男人的“花瓶”。

（二）中国当代女性文学欲望化写作模式批判

进入现代，中国女性文学对于自身的关注远远超过历朝历代。自“五四”女作家群的出现直至现代，女性文学的发展趋势既有女性意识的独立崛起，也有女权话语向主流社会的趋近；既有合理的发轫，也有非理性的泛滥。

1. 女性意识的复苏

女性意识复苏分为三个阶段：第一个阶段是五四运动以后，中国现代意义上的女性文学真正开始形成并逐渐成熟。“五四”女性文学的创作倾向大致分为两类：第一类是“五四”早期女作家如冰心、苏雪林、张爱玲、陈衡哲、凌淑华等闺阁派，她们歌颂女性饱满的母爱以及细腻的感情世界，帮助女性挣脱传统的重负，回归到对自身、对人类本体的重新关注上，她们期望建立一个温情的保持女性传统美德的世界；第二类则是英勇扛起反封建大旗的巾帼英雄，如丁玲、萧红等。以冰心、丁玲等为首的“五四”女作家群体开创了女性的文学叙述模式，既有温良贤淑、细语轻言的纯女人状态，也有女性“出走”的中性化表述。她们为现代女性文学开启了扬帆起航的前进步伐，然而在1949年以后，因意识形态的原因她们曾经被批判，进而导致现代女性文学出现过断层。

第二个阶段是1949年后到20世纪80年代前，由于国家政治的因素，女性文学被淹没在阶级和民族的意识中。文学的研究长期滞留在阶级斗争的范围内，性别视角写作一直被忽视，女性的创作也跟着“政治”的口号经历了“去性别化”的危险阶段。女性文学不但停滞不前，而且其创作也是以牺牲女性特质、女性意识为前提的“女英雄”形象。究其原因，一方面是反帝反封建任务已经完成，社会权力主体已不再需要利用女性进行反封建斗争；另一方面，由于受到“男女平等”的错误认识的影响，在文学作品中，女性的楷模是“李铁梅”、“吴琼花”、“白毛女”等苦大仇深的“铁姑娘”。女性文学一味向政治主流话语即男性权威靠拢，女性形象也被“男性化”，连爱情也要建立在对革命崇拜的基础上。这不但淹没了女性文学的独特性，而且也对女性文学造成了拔苗助长的戕害。因此，这段时间内中国女性文学在政治洪流之下已经被降低为“虚无的空洞”，更不要说女性意识被淹没在所谓“男女都一样”的口号里了。此时的女性文学失去了其独特本质，因此，就具体而言，这个时期的女性文学乏善可陈。

第三个阶段是自20世纪80年代始，这是中国现代女性文学继起的重要阶段，一直延续至今。借思想解放之东风，女性文学获得了发展的契机，进入了发展的黄金季。这既有女性文学的崛起，也有女性意识的凸显。“文革”后第一批成长起来的作家，如残雪、张洁、叶梦、王安忆、张抗抗、张烨、铁凝、蒋子丹、方方、徐坤、池莉、林白、陈染、刘索拉、林丹娅、陆星儿、毕淑敏等，这些女作家通过写作对女性去往何处进行了探索。

她们延续了传统女性文学贤良美好的一面，如以王安忆、铁凝（早期）、舒婷、谌容、张抗抗、张辛欣、王晓鹰、陆星儿等为代表的80年代女作家群体。她们成长于六七十年代，成熟于80年代。她们经历了文化大革命“整齐划一的宏伟叙事和个人化写作被彻底清算”的时代，因此特别珍惜“文革”后吹来的自由风气，她们将“文革”给女性带来的心灵创伤和阵痛以一种理性而又婉转的方式表达出来。此阶段是女性自身对自我认知的扩大，对世界体验的加深，以及女性要求拥有独立的生活品质等新女性文化现象出现的时期，这让女作家高扬起“自主、自立、自强”的旗帜，建构属于女性的话语体系。女作家们扛起了女权主义的大旗，抨击、解构男权文化社会带给女性的戕害，并试图颠覆男性话语的主导地位。特别是“70后”女性作家的文学价值昭然，她们用作品向文学领域发布了她们在文学圣殿的主张。她们以对艺术的卓越理解和对自我意识的强烈渴望，通过精湛的女性文学语言来表达女性的经验，营造了一个热情而坦荡、深刻而成熟的个人经验世界。

女诗人舒婷在自己的代表作《致橡树》中表达了女性在经历风雨后面对生活的勇气、理想和信心，以及呼唤女性意识回归：“我必须是你近旁的一株木棉，作为树的形象和你站在一起。根，紧握在地下，叶，相触在云间。……我们分担寒潮、风雷、霹雳；我们共享雾霭、流岚、虹霓。”“70后”女性作家的写作倾向于对各个不同环境下的女性生存痛苦的理性表达：被歧视、被侮辱、被虐待等字眼相继出现在这些女作家的作品中，虽然她们不是以一种对抗的口吻来书写女人的磨难，但对女性存在的同情已经成为她们的写作背景。其实，她们的最终目的是通过书写女性来展现这个社会的痛苦，因为唯有女性群体是感受痛苦最深刻、遭受迫害最直接的群体。王安忆经过童年和少年时期的上海生活，对处于中西文化影响的中心——上海的市井有了更深沉的思考。因而，她的《长恨歌》就无比贴近上海女人灵魂的最深处。在她的笔下，上海的弄堂是有灵性的，支撑起弄堂灵魂的是行走其间的女人袅娜的背影。当身着阴丹士林旗袍的王琦瑶走上“上海小姐”的圣坛时，弄堂是流光溢彩的天上街市；当友情掺和了各自利益的小算盘偷袭王琦瑶时，弄堂是一双寂寞无奈的眼；当王琦瑶为爱未婚生子又被抛弃时，弄堂则变身为从闭月羞花走向洗尽铅华的砖瓦，生硬冰冷。一个上海女人的历史就像弄堂的历史，经历了来来往往的兴衰成败，一切不过是过眼云烟，风景、人情、相悦不过一瞬间，到头来，命丧黄泉，只剩下虚无，女人在历史的夹缝中却什么都没有。表面上看，王安忆对上海弄堂的抒情是感性的，但王安忆却始终追求着理性的元素，她常常作为旁观者，归纳、演绎与总结着纷纭无穷的现象与实质。有人说，王安忆继承了张爱玲的文学衣钵，只不过舞台从民国的上海搬到了中华人民共和国的上海。然而，笔者以为，王安忆与张爱玲虽处同一空间，但因时间的物换星移而情感指向不同。王安忆重视女性外在环境的描写大于对环境的意象性思考，重视语言的华丽大于内容的丰满，重视女性的哀怨大于清醒的旁观。从某种程度上说，王安忆的文字较之张爱玲显得滞涩、呆板，读者在那些刻意、堆砌甚至笨拙的叙述之间游走时往往会累得喘不过气来。但是，我们也不能否认她对上海的感情同张爱玲一样，是那么深沉与凝练。离开上海放眼其他省，还有许多女作家如谌容、张辛欣、张抗抗等推出了一系列充满生命宽度的作品。作为知青作家的代表之一，张抗抗是一个异类，她的文字重现了那个特殊时代的残酷、坚忍和革命浪漫主义，在一些表现手法上延续了西方文学中的意识流模式，她那带有明显自叙传色彩的心态小说《隐形伴侣》是大陆 20 世纪 80 年代先锋写作的尝试。小说用意识流的方式表现了一个丰富多彩、亦真亦幻的女性人生，诠释了那个光怪陆离的世界和单调的生活。在那里，女性话语是碎片化了的意识流，破碎飘零。张抗抗寄希望于这种碎片式的表达方式去表达出时代女性意识在传统和现代之间的无所适从。女主角肖潇是一个年轻善良的姑娘，她对心中的理想社会充满了幻想，然而，面对现实的无助，她却那么消沉，无所依靠倍感孤独。在这里，我们依稀看到张爱玲的影子浮现其间，既有对文学的痴迷，又有对现实的无比哀叹。谌容的观察细致入微，她善于描写职业女性的喜怒哀乐。《人到中年》中的陆文婷在担负“金子般的心”的盛名时，其实已不堪重负，但她又何其隐忍！毕淑敏曾经在军队服役，她的《昆仑殇》讴歌女性在雄伟壮阔之大山中的凝练生活，当女人同男人一样经受来自自然和人为的磨炼时，被扭曲的不仅仅是女人，时代也病了。著名女作家铁凝成长于80 年代，她的作品在描写女性方面具有突出的贡献，其早期作品体现出少女的“清新质朴”、“温柔敦厚”，如

《哦，香雪》、《没有纽扣的红衬衫》，之后的作品就显示出女性粗粝野性的风格，除了让“性”露出端倪的“三垛”（《棉花垛》、《麦秸垛》、《青草垛》）之外，还有以刻画女性的困惑为主题的作品如《大浴女》、《玫瑰门》、《笨花》、《无雨之城》等。在这些作品中，铁凝透过女主人公的经历与磨砺，直指女人的内心沉痛，审视并叩问女人在亲情、爱情与友情的层层裹挟下，从纯真到成熟、从放浪至堕落的诸多因素。她深入剖析了女人与男人、女人与时代的种种不适应症，诠释了女性从美丽蜕变为丑恶的环境因素。铁凝将哲学的深度与艺术的高度合二为一，高超的语言艺术、精准的描述能力，使得其文学具有一种穿透心灵的震撼力，读后会让人久久啧味，掩卷深思。池莉的作品与铁凝的有异曲同工之妙，只不过池莉更重视对都市底层女人日常状态的刻画，略显直白且毫无粉饰的特色，但在还原女性人生的本来面目方面，贡献极大。而舒婷则用浪漫抒情的方式表达了女性对未来的憧憬与渴求，她的文字是女性浪漫因素的集中展现。80年代的女性文学摈除了“五四”早期女作家过于柔媚的娘娘腔，也不屑于非理性的“出走亢奋”。她们力求表达一种真实状态，即女性在社会中因身份不同、境遇各异而衍生出的千姿百态和多维度思考方式。她们以作家本身的视角建立起有别于男性叙事的女性评判模式，推动了女性意识的发展。在此，她们的女性意识与张爱玲的写作生态不谋而合。

稍晚的如迟子建、徐坤、刘索拉、林丹娅、残雪等女作家，她们虽较少经历“文革”的阵痛，但却目睹了后“文革”时代，女性在时代交叠、命运更替时出现的各种症候。首先是以对往事的祭奠来寄托今日之希望。迟子建成长于东北，深爱那片黑土地，深深眷恋黑土地上的疮痍、苦痛与奔放。她的《额尔古纳河右岸》描写了东北的少数民族鄂温克人在传统与现代交替中的顽强抗争和优美爱情，具有民族史诗的意义。可贵的是，迟子建通过最后一位酋长的女人的口吻，叙述了女性在族群中的意义和作用，讴歌了女性之伟大。其次是在对女性自我意识的挖掘和对女性身体的开拓上，女作家林白和陈染被视为当代中国文学中将女性化写作发挥得最淋漓尽致的人。林白专注于剖析女性的隐秘世界，将当代女性经验发展到极致。她能在最复杂最微妙最不可思议的女性意识中，抽丝剥茧，爬梳出一个螺旋上升的完整的女性世界和女性人生。林白在写作时，首先取消了自己的立场，让自己不“在场”，完全是用讲故事的方式，还原自然、本真的女性，如《万物花开》、《妇女闲聊录》。但是，林白也试图在作品中建立自己的“私语空间”和“个性”逻辑，如《一个人的战争》、《说吧，房间》、《玻璃虫》、《秘密之花》等。个性化的语言，现代派的意识，女性纤柔的感知构成了林白的女性世界。无论是童年女孩、懵懂少女还是成熟女人，林白都能从人生审美体验的角度出发，演奏出女人内隐忧而外佯狂的生命旋律。《一个人的房间》使读者立刻想到“魅惑、色情、诡异、肉欲”的字眼，在这些色浓颜烈的“性”背后却隐含着女人轻轻的啜泣和淡淡的忧伤。林白笔下的女人，如在世外，又不离生活其中，可能远在天边，也仿佛就是身边的你我她，当然，更是作者本人对女性价值本身的探讨。陈染的女性个人化倾诉现象则比林白有过之而无不及，她不忌惮将女性最隐秘的内心世界摆出来，如《谁掠夺了我们的脸》、《私生活》、《声声断断》等，陈染运用了先锋派手法、离奇的想象、怪异的写作逻辑，表现了女人在其中犹如飘荡不定的灵魂，以及孤寂、乖戾、细腻、冷峻、挣扎与反抗等特点。青春的激烈、成熟之后的岁月静好，处处闪烁着作家的激情与智慧。徐坤是这些女作家中的另类，她初入文坛时是以一个“中性叙事者”的身份出现的，《白话》、《呓语》、《梵歌》、《热狗》等，嘲讽知识分子的奴性和劣根性。但是，随着《遭遇爱情》的问世，其写作角色由中性恢复了女性角色的真实面目，《从此越来越明亮》开释了她久郁内心的真实女性话语。徐坤在评论文章《因为沉默太久》中说道：“……女性文学，说到底，无非就是争得一份说话的权利……”① 其他作家如刘索拉、海男等都开始通过文学创作逐步探索女性的“个人化”写作风格，并秉承了张爱玲的“私语空间”写作模式，专注于内心和身边琐屑的挖掘。她们的写作真实而具体。她们勇敢地在男性文化中心主义的话语禁区中力求开辟出女性的私语空间，将原来在父权社会传统里不可说、不该说的关于女性的话语供奉在词语的圣坛上，建构女性特有的主体性和认识体系，这是女性文学的积极因素。但同时，我们也注意到，女性文学在对女性进行关注时，必然带上了“性事”，甚至以此为快意大众的手段，如林白、陈染等对女性内心的挖掘到一定深度时对性的肆无忌惮的描写。于是，文学的话语在建立“私语空间”时，似乎有滑向“色情文学”的嫌疑，并成为后

① 徐坤：《因为沉默太久》，《中华读书报》，1996 年 1 月 19 日。

来者的榜样，这就是之后崛起的所谓“身体写作”。

2. “身体写作”媚俗化倾向

法国女作家埃莱娜·西苏（Hélène Cixous）在《美杜莎的笑声》（*Le Rire de la Méduse*）中提出了“身体写作”的女性文学准则：“通过写她自己，妇女将返回到自己的身体……”① 在西苏看来，女性的身体在传统（男性）文学史中遭到了各种各样的曲解。实际上，女性的“身体经验”是女性文学的思想精髓。这种“女性身体经验”不单纯是肉体的行动，也包括思想轨迹的变化。西苏提出“躯体写作”旨在呼吁女性打破沉默，勇敢地拿起笔来书写自己，书写自己的躯体和欲望，从而回归到女性的本体特质，并用此特质来争取女性写作的合法性。但是，当西苏的“身体写作”概念进入中国，经商业过滤后，人们却赋予“身体写作”以猎艳和色情的诠释，从而出现了一味夸大“身体”中的“肉体”，忽略了“身体”所蕴含的思想特征，忽略了女性自我反省的内在机制的文学作品。所以，当西苏的“身体写作”概念放在当代商业和消费主义语境中，便被彻底解构为高扬肉体欲望和强烈性意识的写作，谈及性别感受时大肆渲染“女人”、“诱惑”、“色情”、“性”等字眼。尤其不可思议的是，女性自身竟也甘愿充当“身体写作”的催化剂。

女作家的作品私人化的“肉欲”、“自恋”、“赤裸”等逐渐成了抢眼的版面头条。仅仅为了迎合商业社会庸俗化的文学消费倾向，追求所谓的“畅销书排行榜”，或者是商业利益，她们中很多人摈弃了传统女性清新、纯粹、优柔、知性的书写风格，而高调亮出大胆泼辣的性欲望、畸形恋情的招牌，把本该禁忌的女性私密话题亮相于公众视野。在她们看来，过激的语言、出位的身体和性才能引起社会关注。“情、色、性”抢尽人们的眼球，本该成为推动纯文学进步的女性文学反而沦落到性文学的尴尬境地，甚至以“美女作家”为噱头追求疯狂的商业效果。

这些“身体文学”一出现便带着“蝴蝶的尖叫”，一问世就骇俗，众语哗然，尤其是它们伴随着网络的劲健而疯狂传播，一发不可收拾。以卫慧、棉棉、安妮宝贝、九丹、盛可以、春树、张悦然等为代表的女作家不但颠覆了传统女性文学阴柔、敦厚、贤淑的特点，而且连林白、陈染这些

---

① CIXOUS Hélène, *Le Rire de la Méduse*, Paris: Gallimard, 1975, p. 18.

女作家也将细腻、反思与深刻抛开，无所顾忌地上演性爱的冲动和本能。她们扯下了“欲罢不能”的遮羞布，直接赤裸上阵，字里行间充溢着放荡和呻吟。从诗歌创作的哀号到小说的一丝不挂，此时的女性文学彻底沦为性事工具，毫无纯文学可言。甚至有些文学充满自恋自虐自曝自残，以致“性”的场面骇人。一些女作家的诗歌，如唐亚平的《黑色洞穴》：“是谁伸出手来/扩展没有出路的天空/那只手瘦骨嶙峋/要把阳光聚于五指/在女人乳房烙下烧焦的指纹/在女人洞穴里浇铸钟乳石/转手为乾扭手为坤。”伊蕾的诗更加肆无忌惮，文字随着性本能的消长而起伏，写作成为生理宣泄而非心理需要，成为肉欲膨胀而非审美关怀。“让你男性的铁钩深入些/再深入些/你是带生殖器的男神/我是带生殖器的女神/我喘息着/生生地看见/世界小得只有一捧/灵魂在大腿间越缠越紧/你粗暴的手指却没有血色”，把裸奔当艺术，视肉麻为性感。商业化的噱头、过分物质化的卖点，已从根本上泯灭了中国女性文学的艺术美感，彻底解构了中国女性温柔贤淑的形象，大大损毁了文学的良知。尤其是“美女作家”一旦被文学资本市场盯上，就会被贴上性的标签，以博取眼球、市场和商业利润。率先打开“性事写作”大门的卫慧，“是作家，更像是一个商人……更多时候她以一个推销商的面目出现在公众的面前：……她知道如何恭维媒体”①。这类女作家以看似另类实则媚俗的姿态在雅俗文学之外占据山头，痴迷于卖弄自己的身体欲望写作，大胆呈现女性的性体验，肆无忌惮地叙述乱交、淫荡、同性恋、酗酒甚至吸毒。

这种媚俗化、商业化的女“性”文学创作在“性”的方面经历了“欲说还羞”、“解禁”和“覆灭”的时段，每个时段都是“性”在做推手。“欲说还羞”时期的女作家叙述女性的性启蒙体验还比较婉约，如陈染的《私人生活》、林白的《一个人的战争》等。“解禁”时段，女作家棉棉的《糖》、《盐酸情人》等对性的描写，已经让人失去了探寻作品内涵的动力，女作家们甩掉遮羞衣，直接“裸体”表演。第三阶段则是彻底的性事混乱，女作家九丹的《乌鸦》一出版随即引出一片尖叫，作者已经把

---

① 李灵灵：《矮化与误区：商业传媒背景下的文化共谋——大众文化视野看 90 年代以来的中国女性文学》，《中山大学研究生学刊》（社会科学版）2007 年第 3 期，第 15 页。

频繁更换性伴侣当成日常状态，甚至所有人都可以充当性表演者。春树的《北京娃娃》除了它那灰色的调子、惨烈的青春和略带朋克的不羁之外，还有就是过早地让性充当青春的渴望，使人有点不寒而栗。尤其让人慨叹的是前几年风靡网络的木子美性爱日记《遗情书》，已经完全背离纯文学本色，彻底沦为性事流水账。

从表面看，这是一场高扬“身体写作”旗帜的女性文学堕落的闹剧，但追本溯源的话，其实质则在于：在全球商业化冲击下，文学为了谄媚市场，有意挑选那些迎合男性社会感官刺激的创作以吸引读者。以男性为主导的主流媒体掌握着强大的话语霸权和文化塑造功能，在推出女性文学时往往以男性的阅读心理期待为市场标准，因此无限放大女性文学中的“性”字眼，再加上出版商们对“美女作家”的刻意包装渲染，“身体”、“性”、“美女作家”以咄咄逼人之势占领市场，成为文化产业中的商业符号。而女作家也迎合了主流文化的消费心理，甘愿充当“性事”的推销员。海男是近年十分活跃的畅销书作家，她的很多作品从题目和封面上就能嗅到“性”的质感，如《身体祭》、《情妇》、《桃花劫》、《出轨》等，尤其是《身体祭》，书的封面直接以一斜躺的裸女形象冲击读者的视觉。而且，在当代法国，街头、书店、商场、景点等都堂而皇之地摆上了充斥性描写的女性文学，女性文学成为“性文学”的代名词。表面看来，女性文学热闹鹊起，实际上却渗透着男性文化中心主义深刻的性别偏见。另外，女性文学自身也存在自我矛盾意识的碰撞，既有被边缘化的极端失落，又有追逐权力的欲望暴涨，当这些因素在商业社会不期而遇时，首当其冲的就是对“性”的误读误用。在这场盛宴狂欢的写作热浪中，女作家们通过身体裸露和女性的私人化空间写作，将女性的愿望传递出来，希望突破强大的主流话语霸权。因此，我们在批判女性文学“性的堕落”的同时，也应意识到：女性之所以要不顾一切地把“性”赤裸到底，就是女性在以一种阴柔的方式消解男性话语霸权，她们要以肉体赤裸的姿态嘲笑社会赤裸裸的歧视。这种旁若无人的语言倾诉，在一定程度上保持了对主流话语的对抗姿态，但这种行为也存在着饮鸩止渴的危险。当身体写作、私人空间的公开化等让人误以为这就是女性文学的文化特征而加以渲染时，女性文学已经在商业利益的诱惑下自觉放弃了对更高层次精神的追求，从而陷入了本来就缺乏理论支撑的女性意识矮化的境地。也许，有人会说，男作家也写类似性主题的文学作品，如张贤亮、贾平凹、莫言、苏童、马原、陈平原、余华等都涉及过性写作，但请注意，他们笔下的性，是以男性阅读视角展示女性的私人体验，而并非自我践踏。归根结底，男性的性写作在某种程度上是窥私欲审美，女性的身体是被男性所凝视的。而一些女作家的写作则是将自己赤裸裸地出卖给商业社会，甘愿让别人偷窥和凝视，她们的文学已经丧失了对自我、对同胞的基本尊重。尤其是，当女性将身体写作发挥到一丝不挂的程度时，她们在追求解放的道路上也毁了自身，其实质则潜藏着更危险的未来：蔑视与被蔑视交织，玩弄与被玩弄相替。

在商业文明无孔不入的今天，一切社会行为的背后都有商业目的的影子，女性文学也深陷其中，一部分女作家背离了传统女性的美德，向庸俗谄媚，对商业俯首。这种趋势不但背离了波伏娃女性意识之“社会担当”的主旨，而且，也与张爱玲文学中对女性的人性关怀思想相去甚远。因此，当沉醉于商业洪流的女性文学脱离其“深刻性”时，我们需要重温前辈女作家们心怀大爱的关怀意识和家园精神，为女性文学正其名，去其弊，扬其善。

3. 非女性化即“无性化”倾向

波伏娃在她的著作《第二性》中指出，女性要想不仰赖男性的恩赐，要改变自己的命运，就必须依靠自己的斗争。波伏娃主张女性要像男人那样“介入”社会话语阶层，而“介入”最有效的手段就是写作。唯有女性独立的话语才能敞开女性被禁锢而封闭的心灵，为她们打开一扇新世界的门扉。当然，前文已述，波伏娃本人也是写作的忠实践行者，其在自己的一系列小说中塑造了一批具有独立意识的女性形象，如《女宾》中的弗朗索瓦茨、《名士风流》中的安娜。拥有女性独立话语还可以使女性的欲望合法化，这也是与波伏娃同时代的法国女学者埃莱娜·西苏在其长篇论文《美杜莎的笑声》中得出的结论。西苏认为女性表达的最佳途径就是写作，女性通过写作，能够获得一定的话语空间，更重要的是获得表达自我的权利，拿起笔书写是女性“逾越”障碍的一种社会表现。受此学说的影响，很多中国女作家也纷纷以追求与男性平等的地位、同样的生活方式、对感情的主动占有为女性形象的最高准则。她们彻底颠覆了传统女性的被动角色，不但改写了女性温柔贤淑、善解人意的形象，而且在男女感情中渴望把握主动。

在本章已经阐述，“五四”女作家群分为两类，第二类女作家以反帝反封建的健劲姿态问世，她们的到来一方面是时代变革的需要，另一方面也是女性从沉睡中醒来，企图效仿“娜拉出走”的反抗模式。如萧红、杨沫、庐隐、丁玲、白薇等新女性派作家。这类女作家笔下的女性不是“叛女”就是“魔女”，她们通过创造出位的女性角色来呼唤自由，反对家庭专制和封建势力。实际上，“五四”女作家群“越位”风格的出现只是社会转型时期的必然现象，是政治需要获得民间支持的文学现象。因此在写作上，此类女作家往往陷入一个误区：文字愈硬朗愈能代表与旧时代的决裂，愈表达“自主”愈是思想进步。在某种程度上她们认为女性文学的重要特征就是反对“女人要有女人样子”的传统模式。丁玲的《梦珂》、冯沅君的《隔绝》和《隔绝之后》等作品虽然张扬了反封建的革命情绪，但倾向于“无性化”的政治观点，把女性置于性别差异的盲点。于是，当女性离开了滋养性别差异的土壤，主动抛弃女性特征带来的社会权利和义务时，其“抗争”和“彰显”也就缺乏说服力了。这种风格在 20 世纪 80—90 年代被新时期女作家所继承，对新中国女性文学影响很大。

20 世纪 80 年代以后意识形态的干扰淡化，文学的自由意识萌芽，女作家的创作扎根于崭新的思想土壤中，这土壤赋予了她们复苏女性记忆的力量。她们在时代纷纭复杂的历史潮流里洗礼历练，变得干练而坦率、纯洁而真诚。宽容的时代赋予了女性作家选择的权利，这在很大程度上拓展了女作家的创作视野，使得女作家们能高屋建瓴地审视女性社会地位的整体格局。尽管这些女作家的人生经验和感悟不同，而且创作风格也迥异，但共同的时代经历赋予了她们共同的心声。她们的作品成为我们了解时代、感知时代、体会这一时代女性的主要媒介。这部分女作家看起来是独立自主的女性典范，但实际上，她们也因部分文本的出离奔放而备受诟病，她们不时用一种现成的标准即男性标准要求自己，甚至拔高自身，某种情况下就导致了自身受到拔苗助长的戕害。当她们的写作倾向过度弱化女性身份、过度模仿男性口吻时，就出现了女性文学的非女性化倾向。这个阶段的非女性化不同于以往，她们更强调超越现有的写作模式，试图解构传统女性文学，建构全新的女性写作范畴。此类作品不但抛弃了传统的女性叙事特质，也否定了性别差异带来的社会分工，她们只是一味要求追赶甚至超越男性。她们表面看起来很独立，在各方面都要与男性一决高下。比如，西门媚的《亲爱的史密斯》、巫昂的《比尔盖茨的礼物》、叶扬的《三人晚餐》，都是以男性为主角，有的还以第一人称来演绎虚构的事件。《三人晚餐》用阴郁的笔调，讲述了一个让人揪心的悲剧，作者是一位感伤的悲观主义者，批判男人面对爱情的软弱和自私。女主人公宁岚予敢爱，但男主人公“我”却没有胆量承担这份爱，导致一场悲剧的发生。但是这种不顾性别的生理和心理差异而强求超越的写作，貌似无所不能的“女扮男装”，归根结底却是对男性叙事标准的认同，因此，这直接导致了女性对自身主体意识的视而不见。其结果是，女人从“自由的狂欢”陷入了“自我迷失”的“假女强人”状态。

她们还喜欢将自己抽离文本的“在场”意识，故意隐藏女性的思维范式和意识主体。虽然她们的叙事模式不尽相同，既有传统的现实主义，也有荒诞的魔幻色彩，既有典雅的中式叙事，也有晦涩的西式叙事，但是都有一个共同指向，那就是大部分作家的小说都在刻意隐藏性别，在创作时竭力去掉作者的女性身份特征，读者很难从文字中猜出作者的性别。任晓雯的中篇小说《阳台上》是当代女性文学作品中，表现批判现实主义风格最好的一篇。《阳台上》讲述的是因拆迁而起的为父复仇的故事。张英雄和父亲张肃清都是拆迁进行中的符号，没有对政策构成任何威胁，他们的诉求并没有我们想象的那样蛮横和无理，面对强大的拆迁机器，他们是那么的无助。《阳台上》退隐了作者的女性身份，彰显了女作家的文学表现力和实力，但文学实力并无性别上的区别。任晓雯的这部批判现实主义作品关注的是底层，关注的是中国欲哭无泪的现实。她并没有揭露什么耸人听闻的东西，也没有在刻意批判什么，但通过这个简短的复仇画面，读者似乎读到了底层人士的悲情。在表现当代现实主义的文学作品中，《阳台上》的文学意义是不容忽视的，这篇作品不断被提起，作品蕴含的丰盈现实含义不断被认识到。而任晓雯故意隐去女性身份，其实是在用社会主流认可的男性化身份增强叙事的权威力量，引起大家对话题的关注。从深度视角来看，这是女作家普遍存在的“不自信”的潜意识在作祟。这些新时期的女作家，虽然在表现女性苦难方面远逊于前辈作家，但是她们对于“去女性化”的写作更加钟情，这是因为时代给予了她们自由的思想和更广阔的眼界，使得她们能放眼世界，拥抱、汲取文学的养料，因此，她们对于非女性化的写作达到了炉火纯青的程度，加上风华正茂的年纪，如阿乙、阿丁这样的作家，她们的文学中加入了更多的类似波伏娃的“自由”、“独立”、“自主”的叛逆不羁，她们渴望像男人那样肆意地接触世界、拥抱世界甚至改造世界。但是，她们毕竟是女性，对于非女性化叙事还没达到“忘我”的地步，一些希望摈弃女性特征的作品叙述还不扎实：有的顾左右而言他；有的因没有性别意识的支撑而漂浮无根，缺乏精神内核感，读起来散漫游移，也逐渐失去文学“素面朝天”的“任自然”的赏心悦目。

造成此局面之根源，首先是女性文学面对现代与传统的碰撞，在期望自觉承担同胞们“代言人”角色的同时，不懈地坚守着对女性的怜悯和关爱及对未来的牵挂。面对女性在婚姻和事业中所面临的“懈怠还是奋进”的尴尬人生，女作家们勇敢地言说现实境遇中同胞们所遇到的各种错综复杂的隐忍和痛苦。其次是在现代社会“男女平等”的命题下，女性不得不参与到社会竞争中去，像男子那样从事各种职业。女性在尽力做好分内工作的同时，又必须承担起婚姻下的家庭责任，既要努力当好贤妻良母，又要努力扮演温顺优雅的传统女性角色，她们把聪明与灵气消耗在恋爱与家庭义务中，身心俱疲。再次是作为职业女性，她们不但承担着与男性同样的社会责任，而且必须接受与男性同等的社会评价体系的检验，并没有因为要分出精力来承担家庭义务而享受特殊的评价体系。最后，在社会建设中，女性虽然承担的责任与男子一样多，但却比男性遭受着更多的歧视。随处可能遇到的性歧视、性骚扰让她们没有丝毫安全感与支撑力。凡此种种，都意味着女性要比男性付出更多的精力和体力，却承受着比男性更多的心理压力和精神痛苦。女性的这些遭遇与时代本质息息相关，一刀切似的“平等论”造就了女性面临的困境，而女性的困境又印证了时代在性别分工上的荒谬和不可理喻。在物欲横流和男权话语的双重扼制下，女性人格中的弱点基因被激活，她们逐步远离诗性的理想，抛弃了高格雅致的纯文学追求，在时代面前艰难而荒诞地行走。虽然她们还坚守爱情理想、追问生命意义，但是在商业氛围浓郁的社会面前，生存准则让女作家们在承担责任的同时偏离了纯文学的轨道。

简言之，上文所谈到的“身体写作”和“非女性化叙事”，都代表了女性文学的两种意识趋向，这些趋向的生发既有女性自身的因素，更离不开社会价值判断准则的多元化视角。世界范围内的女性文学皆或多或少呈现出此种状态。在多元文化语境下女性文学虽然呈现出不同的审美态势，但在要求平等这方面却出奇一致，尤其是她们对“平等”的认识都以男性评价标准为指标，并以此为依据来关怀女性平等。其实，忽视“性别差异”的所谓男女平等只是相对的平等，这样做的后果是将女性推入了事实上绝对不平等的深渊。

在分析了中西方女性文学的典型代表张爱玲和波伏娃之后，当我们试图去理解张爱玲的文学世界，试图去解构波伏娃的女性价值，并寄希望通过对彼此的比较而对女性文学里的女性经验、女性认知、女性追求和女性理想等女性意识进行一个综合的行之有效的分析时，正是女性文学从整体上需要构建真正的女性文本体系的时刻。因此，中国的现代女性文学，从本质上来说，既需要像波伏娃那样的恢弘叙事模式，立足传统，放眼世界，为迎接中西方文学文化大融合的发展姿态而奋笔疾书，同时，也要如张爱玲那样将女性本位、个人私语放在时代叙事、人类变迁、种族意识与全球融合等背景下，剔除媚俗因素，为女性在现代意义上的“性别”、“时代”、“种族”中获得发展的权利而不懈追求。

（三）中国当代女性文学的启示与前瞻：传统精神与现代视野

中国现代女性文学就其现状来说，既存在着合理的发轫也萌生着非理性的建构幻想。当波伏娃激进的女性文学模式和张爱玲“俯瞰苍生”的文学话语在女性文学流变中异军突起的时候，当叛逆、亢进的西方女性主义和稳健的中国女性文学藤缠萝绕、相互交融、彼此互见的时候，女性文学已经逐渐成为世界范围内的思想话题。因此从现代意义上说，女性文学叙事模式向何处去已成为当代文坛的共同话题。展望未来，女性文学应既不是走以男性为标准或超越男性标准的非女性化道路，也不是将“性”发挥到极致的“身体写作”，当然，非女性化的写作也未必是出路。在当代，女性文学的未来走向应具有以下特质：

首先，从时代角度看，女性文学的发展凭借商业和科技文化已呈现快速发展的态势，并在客观上形成了妖娆多姿的劲健风头，女性文学正以一种昂扬的姿态宣告属于女性写作时代的到来。因此，女性文学应从对男性叙事的过度依赖和无节制反叛中走出来，从对主流意识的皈依与颠覆中突起，应努力从边缘文化向社会主流渗透，以便站在时代高度参与各自社会文化格局的建设。女性文学既要具备波伏娃那样逆势而为的勇气，又要兼带张爱玲那样按捺不住要对人生、人情、人性、人世作毫不手软的剖析的清醒姿态。同时，当代女性文学还应在两者之间找到沟通的桥梁，使自己的写作能在大众的主流文化意识之中拥有相对独立的写作空间。要保持几分女性的俏丽与老辣，在芜杂的世事面前不懈地追求，走向文本本身，因为生命是形式化的，唯有文本可以将生命的痕迹以固态形式呈现，无论是女性生命的时空转换（家园牧歌、记忆、历史），还是女性诗意和现实的张力都会使文本更有生命力。尽管这将是一个悠久漫长且前仆后继的过程，但毕竟女性文学已经开始乘时代东风、借全球化的语境，在一番腾挪翻转中化蛹为蝶，在缤纷的时代背景中舞出绚烂的明天。

其次，从性别差异角度研究，现代意义上的女性文学，应始终关注男性文化背景下的女性生存环境和思维发展。这种关注从本质上呈现的应是对女性群体的普遍认知，表现形式则应以不否认性别差异的批判面貌出现。女性应通过文学阐释，摈弃非女性化及“性”泛滥的发展误区，保存女性化的母题，在达成性别差异互补的前提下，让两性相互理解与和谐共存。这既是波伏娃面对女性问题所采取的两性和谐模式，也是张爱玲所渴望的女性状态。于是，中国女性文学在保存女性化的前提下、在中西方女性意识达成彼此交融和解的过程里，一步步成长起来。成长的过程中，在哲学观上，中国女性文学经过西方的宗教文化、中国的儒释道文化，形成了现代生命诗学中具有丰富内涵的审美视角；在文学范畴内，女性文学已经初步具备了创造意识，势必在建构“生命文学”的道路上越走越宽阔。

再次，从发展趋势出发，全球化背景下的女性文学共同努力的方向不应只是种族内部各自抗争的自我表述，而应加强沟通与融合，关注不同种族、民族之间的女性多元存在模式，并进行文学实践。由此，人类主流话语才能走出男权意志的单边误区，给予女性普遍意义上的性别尊重，把女性纳入世界范围内的公平体系，实现真正意义上的男女平等。作为一个具有普世视野的活动家，波伏娃以思辨哲学将女性问题纳入了世界范围的理论研究，她关心殖民地国家的女性发展。在其《第二性》的鼓动下，人们已经开始将女性理论的发展状态扩大到哲学、美学、宗教、艺术等领域，同时，对不同民族、不同种族的女性理论发展也开始进行整合归纳。相对于波伏娃女性主义的普世价值观，张爱玲更关注民族内部、女性个体的经验和发展趋势。虽然张爱玲没有参与种族和民族之间的女性文学融合，虽然她的书写不是思辨性的，没有本着高深莫测的理论或学说，但是她能凭借自己对生活的观察和人生感悟，以经验性的意象去叙述。张爱玲的叙述去除了形而上学对于世俗人生的感性状态的遮蔽，弥补了传统女性文学对于作品求全责备的审美姿态，从并不亮丽的人生中描写出最精彩的女性叙事，虽然言在此意在彼，但是其指向却一目了然。综合波伏娃与张爱玲，她们的写作虽然没有空间上的彼此交融，但是在意义上却达到了理论的求同存异的效果。波伏娃以诗学视野打开了"双性共存"的性别理想，她使文学摆脱了庸俗社会学，向人与性别的生命本质回归。在回归的过程中，波伏娃强调要纠正女性研究过程中偏激、偏离的情绪，不要墨守固有的所谓"女性解放"的话语藩篱，强调两性和谐共生；张爱玲则提供了中国女性的生存状态，即使是扭曲的，但也是本真的，她拆解了传统文学中的理想女性角色，让"天使回到人间"。因此，中国的女性文学应以波伏娃的理性书写为根蒂，以张爱玲的冷静真实为情感，在理性和激情的写作中塑造现代女性文学的基本模型。

综上，在全球化的大背景下女作家应对"时代"、"性别"、"种族"等复杂问题进行深入的探索，并将女性在这些领域中所获得的权益及在整个社会文化中的"混沌性"用文学形式加以凸显。这是新时代女性作家应具有的文学激情的原动力。在这样的动力支撑下，女性文学必将在不懈的坚持和守望中成就一番美好的未来。

但是，面对女性文学的强劲扬帆，有一点需要强调：女性文学对女性的关注不能替代女性发展本身，女性发展最终将依赖于女性的自觉、自立、自省及社会对性别差异的担当，而这正是女性文学发展的终极含义。

二、对中国当代女性文化发展的启示

（一）中国传统女性文化——教义训诫的缄默

女性的黄金时代大概可以追溯到母系社会，此处的"黄金时代"是基于男女平等地位而谈的。根据史书对一些地区的风俗记载，可以看到男女平等关系的痕迹。《列子·汤问》"男女杂游，不聘不媒"，即男女婚配完全如现今时髦的自由恋爱。《汉书》记载了"桑间濮上"的现象："卫地有桑榆的濮上之阻，男女亦亟聚会，声色生焉。”其中更说到燕地之民俗：“燕地，宾客相过，以妇待宿；嫁取之夕，男女无别，反以为荣。”后来司马迁在《史记》中记载：“州闾之会，男女杂坐，行酒稽留，六搏投壶，相引为曹，握手无罚，目眙不禁。”《诗经》中“有女怀春，吉士诱之”，“静女其姝，俟我于城一隅”，我们不难发现，那时的男女关系是自由而平等的，尽管这种自由平等带有不文明的印记。

进入“文明社会”，女性文化则成为被男性文化中心主义所限定了的“他者”文化，可以归为两个基本要素：一曰美，因女性是被欣赏的物质；二曰从，因女性是被统治的人群。

女性之“美”。女性自古就被定义为美的源泉和化身，女子被赋予了赏心悦目的“美之代表”，人们往往将女性作为满足审美心理的物体而观赏。以“玉”喻美人，《诗经·国风》中记载：“彼其之子，美如玉，殊异乎公族。”《吕氏春秋·贵直》中载：“惠公即位二年，淫色暴慢，身好玉女。”“玉女”指代美貌的女子。杜牧《寄扬州韩绰判官》“二十四桥明月夜，玉人何处教吹箫”。还有“玉容”、“玉仙”、“玉颜”、“玉姊”、“玉真”、“玉莲”、“玉弓”、“玉指”、“金枝玉叶”、“香消玉殒”、“软玉温香”等词形容女子的美妙。古人以温润的玉喻美女的脸庞，平添了对女性的爱慕心理。以花借代女子的美貌，如李白诗《清平调词三首》中“云想衣裳花想容”、“一枝红艳露凝香”，把牡丹与杨贵妃交互写在一起，花即人，人即花，人面与花色交相辉映，同承唐玄宗的恩泽。崔护诗《题都城南庄》是一首典型的以花喻女子的诗：“去年今日此门中，人面桃花相映红。人面不知何处去，桃花依旧笑春风。”整首诗，“人面”、“桃花”贯穿始终，映照对比，叹“去年今日”与“今年今日”景同而“人不同”。以柳树之纤细喻女子之纤柔可人，李商隐《和人题真娘茎》中有“柳眉空吐欲颦叶，榆荚还飞买笑钱”。以“杏”喻美女之丰润，“杏眼”、“杏腮”、“杏花烟”，李贺有“裙垂竹叶带，鬓湿杏花烟”。以樱桃喻女子之娇柔，宋张宪《大真明皇并笛图》中有“风声龙爪玉星香，露湿樱唇金缕长”。以色彩喻美女之明丽，唐韩偓《边上看猎赠元戎》中有“红袖拥门持烛炬，解劳今夜宴华堂”，宋苏轼《海棠》诗“只恐深夜花睡去，故烧高烛照红妆”，清吴伟业的《圆圆曲》中有“恸哭六军俱缟素，冲冠一怒为红颜”。其他喻女子的词语如“花枝招展”、“花季”、“花魁”、“花瓶”、

"交际花"、"朱唇"、"尤物"、"婵娟"、"豆蔻"、"淑女"、"青娥"、"佼人"、"梨涡"、"芙蓉面"、"黛眉"、"二八佳人"、"沉鱼落雁"、"闭月羞花"等，人们将粉妆玉砌的辞藻不遗余力地用在女子身上，可以看出，人们对女子之美呵护倍爱之心、赏心悦目之情。中国传统文化的忠实笃行者辜鸿铭曾语："一个民族中的女性正是该民族的文明之花，是该文明国家的国家之花。"[①] 传统文化对女性的认同和期望如此殷切，我们似乎看到女性的骄傲，女人好像可以高呼"万岁"的胜利口号，可以高枕于"自由平等"的卧枕上，无忧无虑，享受着受宠的快乐。

女性之"从"，是以生理机能为基础的女性的社会特性。女性与人类的生殖密不可分，生殖是人类繁衍的唯一途径，而生殖的神秘又使得人们对生殖充满了敬畏，因此，人类对生殖的崇拜乃是一切美的底蕴。日本人笠原仲二在《古代中国人的美意识》一书中从字源学的角度剖析了"色"字的构成，他认为"色"字上部代表"人"，下部"巴"代表大腿，"色"实是男女性爱、交媾过程的形象化表现。如果将其阐释与《易经》中的《咸》、《恒》、《睽》、《兑》等卦象、爻辞对照，则更能说明上古先人对情爱毫无掩饰的大胆追求。[②] 而且根据《易经》卦象爻辞，从"—"和"——"这两个神秘符号可以看出："男根"、"女阴"可视为八卦的显性意义及象征意蕴之首位。钱玄同在《答顾颉刚先生书》中说："我以为原始的《易》卦，是生殖器崇拜时代底东西，乾、坤二卦即是两性底生殖器底符号。"[③] 这颇能说明中国古代文学何以如此重视情感抒发中对生命本能，特别是对身体感受的描摹。女性是生育的主体，是生命的主要缔造者，而且也是生殖文化中非常重要的审美对象，特别是女性在生命繁衍过程中的特殊贡献，人们对女性充满了敬意。但所谓的"文明社会"却用生殖牺牲了女性的自由，并牢牢地把女性束缚在家庭和婚姻中，即使对女性的敬意亦是短暂而且是以物态心理表现出来的。在人类发展历史上，除了

---

① 辜鸿铭：《中国人的精神》，上海：外语教学与研究出版社 2011 年版，第 121 页。

② ［日］笠原仲二著，杨若薇译：《古代中国人的美意识》，北京：生活·读书·新知三联书店 1988 年版，第 28 页。

③ 钱玄同：《答顾颉刚先生书》，顾颉刚编著：《古史辨》（第 1 册·中编），上海：上海古籍出版社 1982 年版，第 66 页。

母系氏族女性是管理者以外，其他社会形态下，女性始终作为“被动式”而存在，她们被拥有、被观赏、被统治，也面临被抛弃的危险，而主动方则是掌握社会公共权力的男性。看似不符合对称与平衡的自然法则，然而，却由古延续至今。

《易经》的阴阳、乾坤意象系统对女性的“从”说有着重要的先在影响。《易经》虽然尚未明确提出“阴阳”的概念，但其“阴阳”理念却无处不在，它用阴和阳二元对立的概念来解释宇宙内涵和变幻，这既是中国传统文学文本的叙事起点，也是中国传统哲学思维的基本范畴。《易经·系辞》中：“乾，阳物也；坤，阴物也。阴阳合德而刚柔有体，以体天地之撰，以通神明之德。”阳与阴的二元关系是乾和坤的关系，何为乾坤？《易经·说卦》解：“乾，天也，故称乎父；坤，地也，故称乎母。”在此，乾坤意指天地、父母，然后《易经·系辞》又解“乾道成男，坤道成女”。可见，乾与坤是男与女的关系，与之相辅相成的则是阳与阴的关系。“天地氤氲，万物化醇；男女构精，万物化生”，“一阴一阳谓之道”（《易经·系辞上》），释出阴阳之道乃是分析宇宙万物的法则，阴阳之契也是男女之命理，它们蕴含着丰富的生命美学。在《易经》中，阳为刚，阴为柔，为一体、互为对立、互根、消长、转化的关系。中国哲学自从《易经》对阴阳概念的释读以后，“刚柔相济、自强不息、动静有常”，男为阳刚，女为阴柔，就作为其论述范畴而经久不息，它的古典美学思想成为中国传统文化的基本根蒂，而男阳刚和女阴柔也成为中国古典哲学审美的核心范畴。由此，中国传统文化中之男女关系就是在《易经》之后被确立起来的，“乾道成男，坤道成女；乾，健也，坤，顺也；乾，天也，故称呼父，坤，地也，故称呼母”，可以归结为以下的对应关系：“男女、父母、乾坤、天地、日月、阳阴、外内、动静、攻守、刚柔、强弱。”

细心研究《易经》，我们恍然大悟，女人之所以能登上圣坛，全因她们是男性阳刚之气的审美对象，是柔弱之代表，是被保护的对象。被保护则意味着弱势群体的特点是服从。因此女性是被动的，是被捧上去的。作为被观赏者，她们可能被抬高到希望的圣坛，也可能被沉入绝望的谷底。但无论如何，女性永远决定不了自己的位置，她们甚至规划不了自己的未来。

因此，女性在被追捧的表面下是“命与不同”的本质。随之而来的就是对女性的两道枷锁，一是女性受到不公正的待遇；二是对女性的清规戒律，有顺从“男子”的命理特征。

首先，不公正待遇。对女性的不公是从娘胎里就开始了的，殷商卜辞就有“贞，有子”，“不嘉，有女”的字样，意思是“太好了，是儿子”，“不好，是女儿”。《诗经·小雅·斯干》记载：“乃生女子，载寝之地，载衣之裼，载弄之瓦；乃生男子，载寝之床，载衣之裳，载弄之璋。”意思是生个女孩，就扔在地上，随便用布包上；生男孩，就给他穿上漂亮衣服，放到床上。所以生男孩是“弄璋之喜”，生女孩就是“弄瓦之事”。文学叙事里充斥了对女性的蔑视，女性在被男性主宰的文学话语中成了两种动物的化身，一种是猫，温顺听话，偶尔也用利爪挠人；一种是老虎，母老虎，就是河东狮吼那种样子。仅在四大名著中，就将此两种女人写全了，《水浒传》里一个是明修栈道暗度陈仓的潘金莲，一个是棒槌不离手、剽悍的孙二娘；《三国演义》中色诱吕布的貂蝉；《西游记》中的一众女妖；《红楼梦》还算好些，写出了一个女儿国的恩怨情仇，然而，管理能力极强、铁面无私的王熙凤，却落得个凄惨的下场。

其次，对女性的清规戒律。《礼记·内则》记载从周代开始就有了闺礼，即妇德。秦代，秦始皇命人在泰山上刻石：“男女礼顺，慎遵职事，昭隔内外，靡不清静。”后有刘向的《列女传》、班昭的《女诫》、裴頠的《女史箴》、长孙皇后的《女则》、武则天发布的《内训》等等。宋代程朱理学更是将女规发挥到极致，如《司马氏书仪》规定：“凡为宫室，必辨内外，深宫固门，内外不共事。不共浴堂，不共厕，男治外事，女治内事，男子昼无故，不处私室，妇人无故，不窥中门。”至此，形成了完善的女性规诫言说。而且，女性一旦犯错，丈夫可以随时休妻，即“七出之戒”。《礼记·大戴礼》载：“妇有七去。不顺父母，去；无子，去；淫，去；妒，去；有恶疾，去；多言，去；盗窃，去。”

“不公正待遇”和“清规戒律”成为女性头上永远的达摩克利斯之剑，约束着女性的历史行为、族群意识，以致女性集体缄默。恩格斯说，母权制被推翻，乃是女性具有世界历史意义的失败。丈夫在家中掌握着权柄，而妻子则被贬低，变成丈夫淫欲的奴隶，变成生孩子的简单工具。社会一旦变成男人的社会，家庭中的“贤妻良母”就是对女性单方面的要求，是夫妻间的不平等条约。而女人们似乎对此已经习惯，她们不但接受了“女人是弱者”的普遍言论，而且严格恪守，充当起戒律的执行者甚至是帮凶。这就是瑞士分析心理学家古斯塔夫·荣格（Carl G. Jung）所说的“集体无意识”。荣格认为人的无意识有个体的和非个体的两个层面。集体无意识是心灵的一部分，它有别于个体潜意识，它从来没有出现在意识中，不是个体习得的经验，完全是通过种族遗传而世代存在的。集体无意识的内容主要是原型理论。原型是人心理经验先在的决定因素，它促使个体按照其本族祖先所遗传的方式去行动。人们的集体行为，也是按照本族遗传下来的方式所决定的，而不是个体经验使然，所以集体无意识是一种由个体组成并且代代传承的社会行为总和，是一种社会心理现象。荣格把“原型”分成很多表现形式，其中有四种突出的形式，即“人格面具、阿尼玛、阿尼姆斯、阴影”，其中的“人格面具”是个体与外界接触的那一面表征，它掩饰着真正的自我，并有意迎合他人及社会对其本人的期望。女规培养出的女性意识，深入人心，成为社会意识的一部分而世代传承，而对女规的习惯性恪守是女性与外界接触的唯一可能方式，女性的自我是被隐藏起来了的，女性的集体无意识由此而来。就女性的历史来看，集体无意识几乎是她们存在的一种方式，对男性的“从父、从夫、从子”这种意识已经被深深植入女性的思想中。因此，中国传统社会的女性在森严的教义训诫中保持着历史的缄默，其缄默的方式则是集体无意识。针对女性集体缄默的表现形式有三种：一是强加在女性头上的“恶德”，如平庸、琐屑、奴性、爱劳动、母老虎、悍妇等，好像女性天生如此，其实恰是针对女性的性别歧视和禁锢造就了女性“恶德”的产生，而这些“恶德”又反过来强化了对女性的鄙夷和歧视。借此，人们就认为“恶德”是女人的“天性”。然而悍妇并非天成，而是由于生活、婚姻、家庭中的男女不平等，导致她们通过凌厉的方式来表达不满。再如女人的“爱唠叨”，武汉大学的罗萍教授批评歌曲《常回家看看》是在歧视女性，“妈妈准备了一些唠叨”，似乎母性天然就是唠叨的。罗教授认为，歌曲存“唯小人与女人难养”的观念。“而且，正是这种不经意的、有一定现实基础的、不容易分辨出来的‘性别歧视’更深入人心，对女性形象的伤害也更大——因为它作用于人们的潜意识，而且在现实生活中很容易找到原型，故很难引发接受者有意识的反思或抵制。”[1] 但可怕的是，当罗教授的观点公布以后，“在网上竟然引起了那么多网友非理性的恶毒攻击和谩骂——由此看来，国人对女性有意识或无意识的性别歧视是何等的根深蒂固，他们的思维是何等的麻痹，他们的理性思辨能力是何等的稀缺”[2]。二是在“集体无意识”的社会心理下被误读的“贞操观”。美国斯坦福大学人文研究中心的王政博士在《浅议社会性别学在中国的发展》一文中指出：“我认为，这整个过程可以用‘集体无意识’来解释。我可以结合自己的实际谈一谈。我从小生活在由这样一个话语权所左右的社会里，它对我产生了潜移默化的影响，把针对男女两性的不公平道德价值观根植和内化在我的人格和世界观之中，而且自己一度对此无所觉察。”[3] 此“集体无意识”为社会普遍认同女人生来就是属于男性话语的猎物，除了对男女两性不公正的道德界定外，还有对女性身体的严格规定，认为女性的身体是先天赋予命中注定的某位男性的，女性要将自己的身体保护好，待新婚之夜奉献出来。于是，王政在《心智的选择》中提到了一个“失足”少女的悲惨经历。一个女孩被暴徒强奸，大家谴责的不是施暴者，反而是肉体和精神已经备受打击的无辜少女。受这种贞操观影响的既有男性也有女性，而女性自身也对这种观念起了推波助澜的作用。三是被消费的“女人味”。顾名思义，“女人味”是女人的风格。“女人味”在某种程度上是统治阶级或者说是男性的意识形态产物，是男性对女性凝视和歧视的结果。中国改革开放以后，随着商业化气息渐浓，消费主义成为日常生活的主导力量，无论是精神还是物质，都参与到了消费文化中。女性积极投身于各种消费之中，购买各种装饰物装扮自己、家人和家庭，同时，女性形象亦成为消费对象。女性形象出现在各种广告、杂志封面、影视作品、宣传资料上，可以被卖，被买回家，被消费。女性的身体被数不清的名牌服饰、高档化妆品、绝妙美容术定义，也成为消费品。女性形象之所以大行其道，是因为商家谙熟顾客对“女性美”的渴求而使用美女营销术，希望商品的销路更好。现如今流行的“宝贝”充斥在各种商业赛事中，女性充当“足球宝贝”、

---

① 宕子：《看似正常，正是集体无意识》，《中国妇女报》，2009 年 1 月 5 日。

② 宕子：《看似正常，正是集体无意识》，《中国妇女报》，2009 年 1 月 5 日。

③ 王政：《浅议社会性别学在中国的发展》，《社会学研究》2001 年第 5 期，第 37 页。

“篮球宝贝”似乎能为比赛增加吸引力，抑或是更能衬托出雄性竞争的激烈性。各种选美把女性直接端上视觉的餐桌，成为消费盛宴。“女性的气质”成为各种形象包装的结果，无论是公司白领、家庭妇女，抑或是大家眼中的“女强人”，一律以“性感、美丽”或者“知性”为界定的关键词，女性貌似受到了抬举和重视，实则是在男性话语主导下成为被包装的商品，是供人消费的主体。被消费的“女人味”似乎已经成为一种社会模式，成为性别交往的方式，女性似乎也很享受这种被关注的感觉，女性意识集体缄默。

需要说明的是，中国的女性从未像法国女性一样在历史上获得过真正的尊重，即使汉高祖皇后吕雉临朝称制，武则天当了皇帝，慈禧太后垂帘听政，女性的命运依然是在“三从四德”中苟安。

（二）中国当代女性文化的诗意家园

1. 解构历史的缄默：寻找失落的女性

波伏娃在《第二性》中的经典阐释是“一个女人之为女人，与其说是‘天生’的，不如说是‘形成’的”。波伏娃认为在历史进程中，女性的历史和现状是由男性的需要和利益决定形成的，女性是被男人的需要和利益所塑造的。

的确，由于女性的生理特征和所受教育的限制，她们在社会上处于劣势。在所有的社会生活领域和思维活动范畴内，人们都把女性的性别特征凸显出来，以视女性为男性之外的“他者”。而女性自身也常常确信、依赖甚至夸大这种劣势，所以，她们不得不向男性寻求帮助和依靠。而且，由于女性细腻、温柔的天生秉性，即使她们人格独立、经济自主、事业有成，还是无法摆脱对情感的寄托和依赖。“女人一辈子讲的是男人，念的是男人，怨的是男人，永远永远。”① 波伏娃本人亦承认，自己也未能幸免于性别的“被动”格局。面对萨特与其美国情妇多罗丽丝的关系，波伏娃的尴尬就是职业女性的困惑和痛苦，这也是所有女性所面临的现实问题，尤其在改革开放后的中国，女性文化成为人们关注的焦点问题。

这个焦点问题就如波伏娃指出的那样：“为什么女人是‘他者’？”波

① 张爱玲：《有女同车》，金宏达、于青编：《张爱玲文集》（第四卷），合肥：安徽文艺出版社 1996 年版，第 77 页。

伏娃发现了天下女人共同面临的困境。那么，女性到底是不是“他者”，怎样才能走出“他者”的境地呢？经济独立到底是不是女性最终的保证？这一连串问题波伏娃没来得及深入论及，或者说她并没有找到一条解决问题的途径。这也是她同时期或身后的许多理论家和文学家共同追问的命题。作为理论逻辑并不清晰的命题，我们很难就此提出合适的方法以启示后来人。然而，我们可以沿着目前的状况，在社会性别、自然特征差异艰难互补的情况下，做一些力所能及的功课。

首先，女性要以“解放”的姿态傲然挺立，泰然处之。这个“解放”不是女权主义运动时代所提倡的对抗姿态的“妇女解放”，而是女性要力争解构自身“集体无意识”的社会存在意识。按照法国哲学家米歇尔·福柯（Michel Foucault）的观点，人性中的“返回自我”是西方社会权力重新组合的一部分。[①] 古代世界的权力集中在社会上层的一小部分人手里，而现代社会，信息科学的发展使权力广泛地分散到社会成员手中。人真正享受到了“自由”带来的“解放”，在“解放”的同时人类社会也在系统地建构社会权力资源的重新再分配和定位。在福柯所说的这个“再分配”的话语解构中，女性以“多重压迫论”和“双重苦难论”来描述自己的社会身份。中国特殊的政治经济发展历史以及依然存于人们思想行动中的传统性别观念，导致了女性在整体社会资源的占有与分享上依然处于劣势的局面。20 世纪 80 年代的思想解放，是中国内地的女性逐渐走出“不爱红妆爱武装”误区之第一步，学界和文化界开始大范围批判旧有的性别观，批判的锋芒所向不但有衣装、责任、待遇，还包括男女平等的政治理论。学界积极否定“男女都一样”和“男女平等”的一刀切似的性别理论，无论男性知识分子还是女性知识分子，他们普遍认为“男女平等论”是对女性的“压迫论”，并产生了很多具有广泛影响的批判文本，对极“左”的女性意识起了很大的解构作用。记忆犹新的是 80 年代对“铁姑娘”的嘲讽。在 1986 年北京的一次女性问题研讨会上，一些男性学者表达了对“假小子”、“铁女人”的强烈反感，认为这是“女性的变异”。“铁姑娘”时期是中国女性文化中最黑暗最无情的历史阶段，它是人为的“去女性

---

① Michel Foucault, *Discipline and Punish*: *The Birth of the Prison Tran. Alan Sheridan*, New York: Vintage books, 1979.

化”的性别政治符号，让女性失去了除生育之外其他一切性别差异带来的权益。80 年代，也有许多西方的性别理论涌入中国，在当时及以后产生了极大的影响。波伏娃也伴随着萨特的存在主义被中国学界所关注，她带来的绝不仅仅是一本《第二性》的效应，她的到来让中国知识界把社会话语转向了对中国女性生存状态的关怀。女性问题研究者李小江说：“中国妇女解放具有超前性质，因而具有双向补课的任务，补社会生产力之不足和女性自主意识之不足。”[①] 李银河的《中国女性的独身主义倾向》[②]、李小江教授撰写的《夏娃的探索——妇女研究论稿》[③]、杜芳琴教授的《崛起的亚洲妇女学述评——一名中国学者的视角》[④]、北京市妇联研究室编撰的《妇女理论研究》等，被视为 20 世纪 80 年代中国本土学界最早关涉女性研究的学术成果。它们的出现，为女性意识的重新建构打开了“解放”之门，奠定了学界基础。然而，我们也注意到，对女性问题的关注始终是女性学者，男性学者则乏人参与，即使参与，也仅仅是发表一下同情言论而无本质关注。不但如此，女性学者还身处缺乏理论支持和批判精神的研究环境中，因此对女性学者来说研究女性问题将是莫大的机遇和挑战。

其次，建立女性研究的学科体系。20 世纪 80—90 年代就有一些学者倡议建立“妇女学”学科，如上海妇联干部李敏的《谈谈妇女学》[⑤]、内蒙古妇联干部奚杏芳的《建议开展“妇女学”研究》[⑥]、杜琴芳教授的《妇女学在高等教育中的角色》[⑦]和李小江教授的《妇女研究的缘起、现状

---

① 李小江：《夏娃的探索——妇女研究论稿》，郑州：河南人民出版社 1988 年版，第 24 页。

② 李银河、冯小双：《独身现象及其文化含义》，《中国社会科学》1991 年第 3 期，第 83 ~ 94 页。

③ 李小江：《夏娃的探索——妇女研究论稿》，郑州：河南人民出版社 1988 年版。

④ 杜芳琴：《崛起的亚洲妇女学述评——一名中国学者的视角》，《马克思主义与现实》2009 年第 4 期。

⑤ 李敏：《谈谈妇女学》，《社会》1984 年第 3 期。

⑥ 奚杏芳：《建议开展“妇女学”研究》，《中国妇女》1985 年第 3 期。

⑦ 杜琴芳：《妇女学在高等教育中的角色》，《山西师范大学学报》（社会科学版）2007 年第 1 期。

及发展——兼谈妇女学学科建设问题》[1] 等。她们认为，女性在历史上的缄默缘于男性话语权威过于强大，压制了女性的声音和学术价值，因此，建立妇女学有助于“纠正过去那种以男子为中心的学术上的谬误；客观地分析妇女的状况，提倡克服性别歧视的新妇女生活方式及人的解放；发展新的思想。它以研究妇女问题为出发点，使妇女能在社会生活中正常地生存”[2]。而美国斯坦福大学人文研究中心研究员王政博士的视野则更加广阔，她主张建立“社会性别学”，在“社会”基础上建立对女性关注的框架，让女性从此走进社会构建这个整体，“社会性别学应该坚持对妇女这个弱势群体的关注”[3]。她希望把其放在两性背景下，并与国际女性研究接轨，这样，不但能把男性也拉入研究的行列，使之从表层的关注过渡到深层的探讨，也使得中国的女性研究从自说自话的原生态到具有高屋建瓴的国际视角：“‘女性味’、‘男子汉’话语的制造过程和对男女的实际影响是值得学者们深入研究的课题……男男女女都在无意识中受到无所不在的社会性别话语的塑造和规范，包括那些有话语权的社会性别话语制造者。……在此需要强调，尽管男女都受到‘女性味’和‘男子汉’话语的影响，这个话语中的权力关系始终将女性置于被动、从属、物化和‘他者’的地位上，因此它对女性，尤其是青年女性的负面影响会更严重。我们今天在展望中国21世纪的发展时提出了‘以人为中心的可持续发展’的目标。这个‘人’自然应该包括妇女。任何阻碍妇女发展的因素都应该成为学者关注的对象，社会性别学也只有以对妇女发展的深切关注为基点才可能具有对现实的批判力量和理论指导作用。”而且，王政发现：“在过去10多年的妇女研究发展过程中，我国学者表现出的长处是密切关注妇女的现实问题，大部分研究经费（来自国际组织或是政府部门）也是投在为解决妇女现实问题的课题上。但是因为缺乏理论框架和分析方法，不少研究缺乏对深层社会文化体制结构的剖析力度。笔者在同许多妇女研究学者的交流中，深切地感受到广大妇女研究者对理论和方法的强烈需求。这种

---

① 李小江：《妇女研究的缘起、现状及发展——兼谈妇女学学科建设问题》，《陕西师范大学学报》（哲学社会科学版）1998年第4期，第128～133页。

② 李敏：《谈谈妇女学》，《社会》1984年第3期，第46页。

③ 王政：《浅议社会性别学在中国的发展》，《社会学研究》2001年第5期，第35页。

状况的存在正是因为我们还未能把社会性别学学科建设起来，这种状况的存在也正呼唤着社会性别学学科在中国的建立。”①

王政博士关于社会性别学的建议既扩大了女性研究的国际视野，又引进了历史、文学、人类学、心理学、社会学、教育学等多学科领域知识结构，为学科建设提供了广阔的理论舞台和设计模式，同时，对男性中心文化的批判也拥有了逻辑和实证的武器。

解构历史的缄默，是女性文学从传统女性文化中寻找具有独特自我创造能力的个体的过程，也是打开新性别文化纽结的重要利器。解构历史，意味着重建未来，意味着创造新的“女性文化”运动，这是一项光荣而有争议的运动。但是，无论从何种角度，女性文化的提高都与民族之兴衰息息相关，李小江教授曾在一次妇女研究会议上说：“我认为有没有性别视角、有没有妇女的声音，是检验学术型会议的水平是不是够现代、够国际水平的一个标准。”她认为女性的参与程度决定了一项学术、一个民族的文明程度。不但女性自身在呼吁，男性社会的先见之士也在呼吁，国学家梁启超深谙中国之内弊：“化二百兆聋瞽而聪明之，其必大有益于强种富国之道。”女子受了教育即：“上可相夫，下可教子，近可宜家，远可保种，妇道既倡，千室良善。”② 他强调兴办女子学校，强调对女性教育的重视，认为女性的素质会通过她的家庭角色而影响到其他人，并通过对子女的培养、对丈夫的关照而关涉到整个民族文化的繁荣。因此女性所做的相夫教子对国家昌盛具有极其重要的作用。

无论从理论阐释还是文本叙述上，中西方学人都作出了榜样，波伏娃的女性意识旨在希望女性独立而创制解构的武器对抗男性文化霸权主义，张爱玲的文学创作重心始终关注底层女性的自我意识，关注她们作为“人”而渴望解构的历史状态。波伏娃的理论建构与张爱玲的文本实践，正是中西方理论实践的互见互补互证，为扩大女性的生存空间提供了强有力的阐释支持。

但是解构不意味着毁灭，不是以“血染的风采”来成就女性的精神同

---

① 王政：《浅议社会性别学在中国的发展》，《社会学研究》2001 年第 5 期，第 41～42 页。

② 梁启超：《饮冰室合集·文集》（第 2 册），上海：中华书局 1936 年版，第 19 页。

盟，更不是用远离现实的“虚幻乌托邦”来建立女性意识家园。解构是性别关系中的系统工程，男女本就“同源同质”，解构涉及性别的社会分工、女性相对于男性的社会地位、社会生活、社会福利、社会权责以及家庭关系等。中国女性文化需要舍弃观点的差异和优劣论争，从整体上把握意向，超越西方女性主义的“唯流派论”，在保留本土经验的基础上，建立中西结合的视角和主张，为自己提供新蓝图。

2. 建构女性书写的本土文化维度

女性书写从来就不是孤立存在的，要对中国女性书写进行合理的阐释和建构必然牵扯到多方面的问题，对中国传统社会、历史、民族、阶级等因素加以综合考虑，而付诸实施的最重要任务就是扩大女性的文化视野和外部空间，拓展其思维深度、视角广度。自五四运动以来，一直有学人兢兢业业，为女性文学的“浮出历史地表”（戴锦华语）而努力。但是，中国传统意义上的女性文化是一种封闭循环的文化，束缚与视野的狭窄促成了她们狭小的心理空间。女性的期望是一种限于低值循环的封闭文化，她们没有摆脱个性意识匮乏的圈牢，她们不会主动完善自我意识，更不会开拓女性的思维王国，她们在相当程度上依赖于社会与丈夫的恩赐。反观张爱玲，她是旧家庭、旧婚姻、旧爱情的揭发者，她批判旧文化为谄媚于男性而将女性描摹为圣母或妖婆，并对其膜拜或诅咒。无论是倾城倾国、纯洁美丽的“女神”还是妖婆、悍妇、怨妻、淑女、贞妇、烈女、巾帼英雄等等，均是男性心中标准的写照。连男作家都看不过去，周作人曾激烈放言：“对于妇女的狂荡之攻击与圣洁之要求，结果都是老流氓的变态心理的表现。”①张爱玲以温婉含蓄的方式表达出自己的批判态度，这种内敛的中式叙事倒契合了中国传统的女性文化特质。而且她的作品中所传递出的女性意蕴、女性生存文化以及批判精神形成了比较开阔的书写视野和合理的写作格局，营造了传统与现代和谐共生的书写氛围，与读者和女性文学研究者构建了良好的沟通渠道。然而，一个张爱玲并不足以成为整个女性文学界的标本范例，我们需要的女性文化是由整个女性族群组成的集体的精神范畴。但是，总有一部分人，一谈到女性理论就“言必称西方”，而

---

① 周作人：《北沟沿通信》，周作人编：《谈虎集》（下卷），石家庄：河北教育出版社 2002 年版，第 66 页。

对本土经验却视而不见，甚至一提到女性文化，就以“西方如是说”作为唯一真理。虽然波伏娃的女性理论《第二性》启发了我们的女性思维，开辟了女性研究的新途径，但是这个漂亮的舶来品是否全盘符合中国本土经验尚待考证。尤其值得担忧的是，对西方女性理论的盲目崇拜造成了中国本土特色的失语和悖谬，不仅使得女性缄默或“自说自话”，甚至还出现了对男性学者的非理性攻击，导致了特定语境下的女性话语霸权。西方女权运动所提倡的“妇女解放”，是为了取得性别胜利而制造出的一种表面化的口号，因此人们只是在政治意义上接受了“平等”和“民主”的概念。“解放”了的女性感恩于自己社会地位的提高，但受到传统道德的约束，难以摆脱传统文化心理的制约，很容易生发自卑的社会心态，极端的自卑必然会导致极端的行为。在这种情况下一旦效仿波伏娃的法国式亢奋、激进与独立，就会闹出水土不服、过犹不及的笑话。例如，在传统人格与现代人格的冲突下，出现了当代夫妻角色关系不确定、离婚率上升、情感生活变化莫测、社会上对男性的个体攻击、对“女强人”的褒贬等一系列事件，这表明女性文化在对抗男性中心主义时发生了中西方女性意识的文化心理冲突。

实践证明，女性书写的文化维度是以传统为立足之本，吸收现代文明的性别主张。女性书写所应具有的文化维度之一：女性书写是建立在传统基础上的与现代性契合的女性文化，既要与传统保持同根同源，又要虚心求教于全球化背景下的人类文化状态；不止于书写中渗入对男权文化的批判精神，不止注重书写过程中的女性人生经验、女性审美心理以及富于女性特色的艺术表达方式，而且要在传统循环中追寻外部的现代性，与西学互为补证，这是女性文化的思想维度。文化维度之二：告别“性别战争”，走向两性和谐之路。在东汉文字学家许慎的《说文解字》中，“和”字左“禾”右“口”，解释为“相应也”，引申为互相唱和的意思，“谐”原作“龤”，从龠皆声，指音乐和谐。《论语·学而》云：“礼之用，和为贵。”《礼记中庸》称：“和者，天下之达道也。”《尚书·虞书》曰：“八音克谐，无相夺伦，神人以和。”指各种乐器、音符、音调间的配合与统一，造成和谐的氛围。《左传·襄公十一年》说：“如乐之和，无所不谐。”

"和谐"是中国传统文化的核心理念，指一种"配合得适当"① 的关系，包括人与人，人与自然，人与社会的基本和谐关系。而在这些和谐关系中，男女两性的和谐是人类和谐社会的基本关系。《易经》中的"万物负阴而抱阳，冲气以为和"，阳为男，阴为女，男女之间存在着互相对峙、互相依存、互为补充的关系，缺一不可。而两性和谐的理想状态应该是在尊重差异前提下的"和而不同"。"和"是事物的"和谐"，"不同"是事物的个性，是实现"和"的条件，在个性互存之中，达到两性间的和睦相处、共同发展的"和"状态。而现实中的"家庭和睦"更多的是建立在女性"宽容、退让甚至牺牲"的前提之上，这样的"和睦"只是"伪和谐"，是牺牲了女性利益的"和谐"，是男性中心主义对女性和女性文化的歧视，因被歧视，女性可能会陷入无节制的哀怨和对男性的攻讦，陷入"胳膊拧大腿"的性别骂战中，后果往往是"杀敌一百，自损三千"。反之，性别和谐也不是以牺牲男性为代价的，更不是以女性取代男性成为权力的中心而形成新的不和谐。那么如何体现"和谐"的两性关系？尊重性别差异，不一味宣传建立在男性标准上的"男女平等"；建立社会保障机制，让女性的家庭义务也参与社会经济分配，从而使女性的传统劳动获得法律和制度上的权益保障；建立公平的教育体制，让更多女孩有机会接受正规教育，减少女童的失学率。这才是女性文化得到充分尊重的社会维度。

3. 让女性文化走向哲学的思辨和制度的完善

首先，女性文化的哲学思辨是女性文学走向哲学的里程。波伏娃批判的哲学思辨精神表明了她"介入"的写作态度，以及文学可能探索个体生活经验之"模糊性"的方式。波伏娃的文学概念在她的文学实践中再现了女性境遇的语境，她一直强调女性要用"文学独立"来阐明自身的独立追求。波伏娃说："即便把我埋在你的旁边，你的灰烬和我的尸体没有任何交集。"这是哲学的波伏娃。而张爱玲呢，更喜欢在文本的探索中追问女性的存在意义和价值。刘川鄂说："这个世上女人大都不珍惜自己的才华，为情所累，只有张爱玲是一个难得的例外，她顽强地矜持地活在虚构的想

---

① 中国社会科学院语言研究所词典编辑室：《现代汉语词典》（第5版），北京：商务印书馆2011年版。

像的世界里，探寻着‘人性和人性的弱点’。”① 这是文学的张爱玲。哲学与文学的结合将生产出什么样的果实？换言之，波伏娃与张爱玲的女性意识结合后将会出现怎样的图景？这是问题，也是两者最后的答案。波伏娃哲学的背后是文学的激情，而张爱玲文学的本质则是哲学的必然归宿。总的来说，波伏娃的哲学是一种基本政治意识、人的权力和自由在人际关系中的变化，她是法国战后的“公共知识分子”，她在更广阔的人类框架中分析女性权力和性别自由问题，她常常在富有争议性的问题上发出声音。波伏娃声称自己是“彻底的女性主义者”。波伏娃的女性意识是将哲学的思辨与文本巧妙地结合在一起的女性维度，但其哲学性更多一些。张爱玲貌似始终沉浸在文学的探索中，更喜欢用旧式文学的叙事讲述当时的“现代都市哲理”。但在已逐步“经典化”、“哲学化”的中国现代文学史上，张爱玲是为数不多的经得起时间考验、经得起历史经验验证的作家之一。她提供了女性文学走向哲理的“标本”，也挖掘了最广大女性文化的日常生活哲学，使许多人在看过她的作品后都觉得这个女人好像替自己和许多女人都活过一遍似的。波伏娃与张爱玲，一个是哲学的文学家，一个是文学的哲学中人，她们的结合，是中西方女性文学中女性意识的互补互助，以文学的感性还原生活的理性，以哲学的思辨再造世界的面貌。“以反抗命运始，以包容命运终”（唐晓渡语）初步描画了中国女性文学发展的轨迹。这是一个富有包容意义的建构过程，这样的女性文学建构恰好说明了中国女性主义思潮的发展轨迹。从另一个角度讲，也是女性为超越性别差异所作的努力。因此，女性文学并不仅仅存在于文本阐释过程中，它更处于一定的社会关系、文化维度、历史语境和个体处境中。这些纷繁复杂的因素推动着女性文学探索女性的发展历程，也必将推动女性在不同的表述中获得精神的成长。因此，女性文学一边在质疑男性中心文明的实践中获得成长，一边为女性叙事积攒着思辨的品格。这是女性文学在面对性别视点时的双向出发，这样可以防止一味的性别对抗，也能一定程度上纠正由女性立场出发的一味强调性别压迫和不平等。这是女性文学的最终指向，也是女性人生的存在价值。波伏娃的哲学思辨和张爱玲的文学升华，为中国当代女性文学开启了智慧之旅。中国的女性文学首先要保持传统的精

① 刘川鄂：《张爱玲传》，北京：十月文艺出版社 2000 年版，第 12 页。

神，然后再结合以西方的哲学意识弥补其思辨的不足。

其次，女性文化的制度完善。相对于文学与哲学的互补，社会制度的完善更是抚慰女性之痛、平息性别之争的根本，说到底就是要防止两性在互补、互证、互相对抗过程中出现性别失衡。其实，男女始终是一个谁也离不开谁的生物体。就像餐桌上油与盐的关系，没有哪个能彻底退出，更没有哪个能完全取代对方。也仿佛诗歌互奏，莱布尼茨（Gottfried Leibniz）说“音乐是自己没有意识到的暗中的数学的计算”。诗歌是音乐的，音乐也是诗歌的，当我们把这两者叠合起来看时，它们共有一个相同的灵魂。同样，性别之男性和女性也都没有意识到暗中的性别的互助与互证，表面上看是两个东西，内心却是一物。所以，谈到女性，也是在写男性，谈到女性，总离不开与男性相通的那部分，这相通的部分既是女性之中心，也是男性之本真，或者可以叫：男女的叠影。在叠影中，没有性别，只有一样东西，那就是化男化女的性别依赖。二者的共同之处是，二者能在“性”上获得统一；不同之处是，二者终究要在社会中各司其职。这既是一种情感状态，又是一种行为艺术；既是一种文艺体裁，又是一种哲学精神。此外，男女关系之疆域，比我们之所及要大，大到无限。大道至简，归根结底，是男男女女说不尽道不明的“情”、“性”之归宿。然而，我们对之的解读却总是“不伦不类”：第一，中国女性文学对此有一定理解，但犯了过犹不及的毛病，20 世纪 90 年代以后流行的“身体写作”，一方面是对法国西苏的“身体写作”之误读，另一方面又何尝不是古已有之的“香艳文学”的现代版？虽然“性”无可厚非，然而，拿“隐私”作卖点，却总有些可笑。第二，所宣扬的“男女平等”，让女人更多走上历史的前台，但是，在没有解除家庭义务或对家庭义务作出制度性补偿的前提下，女性反而受到双向压力。比如，工作上与男人竞争，婚姻中又承担家庭义务，还要想办法博得丈夫的好感以维持婚姻。长此以往，女性人格被撕裂、异化，女性做起了男人的事，女性失去了阴柔、温和的品质。不久前，雅虎资讯专栏刊发文章《为什么想当“女强人”?》，引用了美国《新闻周刊》新闻网的一项调查《中国女性比美国女性“更具野心”》：

文章称，在受过高等教育的美国妇女中，仅有略超过三分之一的人称自己很有野心。在中国，这一数字接近三分之二。此外，超过 75% 的中国女性渴望获得企业高管的职位，而美国的这一数字仅为50%左右。亚洲协会负责人朱迪·基拉昌德说，在中国，很少有制度性的障碍阻挠女性实现职业上的成功。因此，女性担任领导人被视为很常见的事情。如今，中国女性在全国人民代表大会中的比例已达21.3%，高于美国国会中的女性比例。有日本网民表示，女性的“野心”在日本这样一个“非民主的国家”里是无法想象的，这只有在“男女平等的”国度里才可能。还有部分人留言称：“中国女性的野心是什么？是物欲，是拜金主义淋漓尽致的体现。对中国女性来说，野心＝物欲＋拜金。”

结论是中国女性的野心是物质欲望和拜金主义造成的。但是，雅虎资讯的分析让我们不得不面对现实。其分析如下：

首先，性别歧视永不消亡。

尤其女大学生找工作受到的歧视比例非常高。全国妇联妇女发展部主持并委托华坤女性生活调查中心做的全国“女大学生就业创业状况调查”报告显示，91.9%的被访女大学生感受到用人单位的性别偏见，理工科女大学生“经常”感受歧视的比例最高。四成被访女大学生认为女生找工作比男生困难，理科类和硕士生感觉更困难。

其次，婚姻不再是必选项。

从伊丽莎白一世到香奈尔到奥普拉，没结婚的杰出女性闪闪发光。结了婚的倒大多成了黄脸婆，为了下一代放弃自我，在丈夫面前失去魅力，过着缺乏赞美和滋润的生活。男人又是那么不可靠，即使你付出所有，他仍会挑剔菜太咸、衣服找不到、孩子太吵闹。波伏娃曾写道：“结婚，是社会传统赋予女人的命运。她必须结婚的理由之一是，她必须为社会提供孩子。”现在，很多女人的努力，已经使自己逃离了这宿命。即使你做了情人、二奶、小三，仍是处在一种被社会默许的两性关系状态中。这意味着，婚姻不再是女人唯一的选择项。

再次，生育，不是不能生，而是不敢生。

近年来，越来越多的人讨论关于生孩子的花费问题，尤其是城市地区，如流行词汇“孩奴”。据一位妇产科专家介绍，20世纪六七十年代生个孩子只要几元钱，80年代四五百元，90年代则要两三千元，现在已上涨到四五千元。中国社会科学院社会政策研究中心秘书长唐均接受记者采访时打比方说，在20世纪六七十年代的农村，生孩子就如同添双筷子，成本可以忽略不计，而现在，生孩子所花费的成本太高，导致一些家庭负担不起，所以不敢要孩子。唐均还指出，现如今社会竞争激烈，甚至是过度竞争，在城市生活的老百姓会感到生活压力很大，生孩子本身花费的成本也比较大，他们不希望孩子刚出生就过一种很紧迫的生活。零点研究咨询集团分析师姜健健指出，生育意愿和生育行为不可避免地受到了现实因素的制约，实际生育年龄逐渐提高是一个明显表现，表现特别明显的为城市地区。

最后，在家庭方面光靠男人当顶梁柱是不够的。

今在中国，特别是许多大城市里，楼价、物价等都在疯涨，导致收入“被缩水”的局面。家庭的重担已经远远不能让男人独自担当，女人也得出去打拼。网友Jason月收入过万，女朋友小云在事业单位工作，每月工资也有三四千元，两个人加起来收入本也不算低，然而他们的日子过得并不潇洒：白手起家的他们凭这几年的储蓄，终于在今年具备做房奴的“资格”，但每个月要负担4 500元的房贷；工作地点离家远且搭车不方便，他们今年贷款买了一部车，一年内还清，每个月要还5 000多元；为了以后的工作，他们准备接下来报读MBA，两年下来至少得准备十万……更重要的是，双方的父母都来自偏远的小县城，如今有的留在家里，有的还辛辛苦苦在外打工，都没有退休金，也没有医疗保险，养父母的压力自然落在他们身上。虽然父母现在身体尚算健康，也体谅儿女的压力，没有向他们提出要求，但作为儿女出来工作了怎么也得开始承担责任吧？他们每年不定期会给各自父母寄钱，平时也买一些东西寄回家。这样下来，他们的日子过得紧巴巴：不太敢去旅游，因为开销太大；看着商店里的贵价货很喜欢却不敢买；由于手头没钱，婚期也一推再推……想到未来，Jason更感到无奈而沉重：“父母老了以后，很可能至少有一方要和我们一起住，现在房子太小了。未来几年我们想生小孩，到时上有老下有小，一想起就头痛……”①

一位网友对此总结得非常到位：“主要是因为这种社会的福利根本没有保障，女性又受各方面歧视，不强不行！这不是说明我们比美国或日本进步，而是落后的经济及社会法律体系造成女性必须强大才有生存空间。”

因此，就中国来说，真正的女性文化，绝对不是女性自己的事情，而是需要男性参与、共同构建性别平等的社会大循环。性别平等，不仅仅是就业机会的体现，而且要建立完善的保障制度，保障女性在社会分工中所付出的义务得到相应的肯定和回报，这样才能提高女性在社会环境中的被认同感。比如，把家务劳动纳入国民生产总值（GDP）及社会劳动分配中，对待男女婴儿一视同仁，减少因性别而堕胎事件的发生，等等。女性参与社会管理固然是“平等”的体现，但是以制度形式认可家庭中的“贤妻良母”也未尝不是女性实现价值的归宿，社会需要做的就是对此予以充分的认可和保护。

三、小结

文学与文化如双胞胎，互生互补，互见互识。当对波伏娃与张爱玲文学的女性意识进行系统比较时，我们已经意识到中西方女性之共通互融之处，已经触及女性问题存在的本质根源：女性对自身的认识不足及男性对此问题的有意识回避是导致问题积蓄、膨胀、突变的主要因素。从这个意义上说，女性问题不但是男性的问题，而且是全社会的问题，是需要女性自身扭转意识积极构建并呼吁的问题。波伏娃意识到了这一点，所以才有了蜚声世界的《第二性》，张爱玲看到了这一面，所以才演化出其笔下众多鲜活生动的女性人生。而现代女性文学文化，面对自身的处境，面对女性的迷失、不为、不悟、自甘被虐的状态，面对男性将女性置于“他者”的消费心态，在进行自省的同时，必将在“时代”、“种族”、“民族”、

---

① 雅虎资讯：《为什么想当女强人?》，http://news.cn.yahoo.com/nvqiangren.html，2010年9月6日。

“跨文化”的交融契合中去糟取菁，奏出属于中国女性的文学和文化的鸿篇乐章。

在前几章的研究基础上，本章论述了波伏娃与张爱玲女性意识对当代中国女性的批判性启示。分别从“对中国当代女性文学的启示”、“对中国当代女性文化发展的启示”进行系统论述。具体而言，本章第一节揭示了波伏娃与张爱玲女性意识比较研究对中国当代女性文学的启示，首先，讨论了中国女性文学概况；其次，系统批判了目前中国女性文学写作模式存在的问题，如“身体写作”的媚俗化倾向、非女性化写作等，并借用波伏娃的社会责任感与张爱玲对人性的剖析，批判了当代女性文学写作的“自私”与“不顾一切”；再次，主要通过比较与分析，阐释了中国当代女性文学的启示与前瞻，其主旨是为了在“传统精神与现代视野”的相互碰撞与融合、取长补短的过程中获得前进的动力。第二节则侧重强调波伏娃与张爱玲女性意识之比较对中国当代女性文化发展的启示，首先，阐述了中国传统社会中女性文学呈现的问题与意识，并对之进行批判；其次，展望中国当代女性文化发展的应有之义及潜在的趋势。从总体上看，通过对波伏娃与张爱玲文学女性意识的比较研究，联系中国当代女性文学实际，着重提出具有中国文化特色的角色定位及在未来所应进行的发展调整，这是贯穿全章的主线。

结　语

简单地说，本书围绕波伏娃和张爱玲两位现代女作家之女性意识的比较而展开。其所要探讨的核心问题是：在中西方文化背景之下，其女性文学的差异性何在？适应其文学的女性意识发展是否有其内在的变化规律？她们的女性意识是否遵从着大致相当的文化意识？对她们女性意识的比较之结果是否可为当代中国女性文学文化提供有价值的借鉴依据？

为了回答这一核心问题，在结构安排上，本书除了前言和结语外，其余五章的逻辑划分为“一、二、一、一”的研究模式。

第一章是本书的概念理论部分，这一部分从基础层面分析探讨了中法女性文学的发展及波伏娃、张爱玲在各自国家的文学价值。从分析来看，她们在各自国家都占有重要的地位，但是其重心稍有差异，波伏娃的文学主要是以其思想性跃居法国文学之前列，张爱玲的文学则主要是以其对女性“琐屑空间”细致入微的描述而在抗战文学、伪政府文学的包围中异军突起，红遍当时的文坛。

第二、第三章是本书的分述部分，分别以波伏娃和张爱玲具有代表性的文学作品为切入点，从几个方面对她们的文学及其女性意识进行了分析。其中第二章系统分析了波伏娃文学及其女性意识，包括波伏娃所在的时代背景和文学发展状况，波伏娃文学的女性形象，集中选取了她的《女宾》、《回忆录》（第一、第二卷）、《第二性》为分析对象。首先，《女宾》是一部充分体现波伏娃爱情观的小说，具有鲜明的“波伏娃式”特色；其次，她的《回忆录》是她成长经历的记录，充分记录了其女性意识的发展变化，对剖析其女性意识具有重要价值；第三，波伏娃的女性经典作品《第二性》是其女性意识的系统阐发和概述。这三部作品是研究波伏娃文学道路、思想历程、女性意识的重要作品。此章认为，波伏娃文学的女性意识是以“自由”和“战斗”为起点，以解构传统女性文化为手段，以社会责任感为最终旨归的女性意识，此章的主要目的旨在为后文的比较建立范畴支点。第三章集中讨论张爱玲文学的女性意识要素。首先是对其有代表性的小说女性角色的身份、经历及其命运的考察。此章之所以选取小说《倾城之恋》中的流苏、《连环套》中的霓喜为重点考察对象，是因为她们代表了不同阶层女性的境遇和挣扎，具有代表性、典型性和鲜明性。虽然张爱玲文学还有其他一些典型的女性角色，但因前人研究较多，结论昭然，故本书不作为考察对象。其次是对其杂文所叙述的女性意识、女性维度和女性价值的观照。张爱玲的杂文堪称经典，其无论是从文学思想层面还是从一般女性内在意识的考察，均能充分体现张氏文学女性意识的实践依据。此章认为，张爱玲的女性意识是建立在女性私语写作基础上的对女性意识的挖掘和人性关怀，张爱玲文学是对女性意识的实践。此章的目的同样是为后文的比较构建范畴定位。

第四章是本书的比较分析部分，这一部分从比较角度对波伏娃和张爱玲文学的特点及其思想发展进行了经验分析和理论整合，对她们之间存在的差异和共通之处进行了详细比较和考察。其中，第一节对比较文学及其比较理论进行了阐述，旨在为后文奠定比较的支点。第二节则是对波伏娃和张爱玲女性意识差异进行多视角的对比考察。第一，波伏娃的文学阐述有独特的摧毁和重生气质，散发着热切的对女性事业的探索精神，其积极介入各种女性活动；而张爱玲的文学却处处表现出小资情调，她更喜欢“在炉边宁静的睡梦中，寻找早年所熟悉的穿过绿色梅树林的小径”①。第二，阐述了波伏娃的坚定性与张爱玲的不确定性，波伏娃对于女性事业具有一种坚定的信念和不懈的追求，她有意弱化自己的女性特质，积极参与到社会活动中去；张爱玲却始终保持着文学的女性触觉，她的志趣与她的文学始终在高昂与低调、热闹与寂寞、明晰与模糊、高雅与庸常、生活与死亡之间徘徊。第三，分析了波伏娃的超越性与张爱玲的安之若命。超越性，是波伏娃文学的一贯特质，快意写作，高屋建瓴，观点语惊四座，挑战传统，褒贬互见；而张爱玲则不制造剑拔弩张的气质，也不寻求叱咤风云之效果，她只是淡然面对此在，在文学中寻求彼在，最后达到此与彼的

① 张爱玲：《心愿》，金宏达、于青编：《张爱玲文集》（第四卷），合肥：安徽文艺出版社 1996 年版，第 14 页。

沟通融汇。第四，重点探讨了二人的哲学性问题，她们都具有一种将文学提炼为哲学的勇气，只不过波伏娃的哲学更为显性，甚至有时她的文学性与哲学性互通共合；而张爱玲的哲学更为隐秘，深隐在文学和人性的字里行间，掩卷深思方能体会此中的意味。第五，此章将波伏娃与张爱玲两人的性格做了对比，目的在于揭示除了文化背景之外，她们的文学、思想和女性维度之所以具有差异的本质原因。第三节则在二者的差异之外，系统分析了她们文学及思想的相通之处，分析得出：同为女性，她们都深怀对女性同胞的关注之情，她们分别以中西方的不同文化体验和文学感悟，以女性身份取代了普遍意义上的男性对女性的文学想象和文学定义，这是两位女作家为女性文学文化作出的贡献。

第五章是本书的落脚点。如引论所说，借比较波伏娃和张爱玲文学中的女性意识之际剖析中国女性文学文化的现状及未来发展的应有之义，并为之提供可资借鉴的经验。此章在前面章节分析成果的基础上，首先论述了中国女性文学的历史发展、现状及其存在的问题；其次论述了波伏娃与张爱玲女性意识中的“社会责任意识”及“人性关怀”对当代女性文学的角色定位和合理调整的启示。具体来说，内容包括对中国当代女性文学的欲望化写作模式的批判，启示中国当代女性文学要以传统精神为基础、以现代视野为起点，将中西方女性文学中的宏观叙述与微观实践相结合，构建中国当代女性文学文化的诗意家园。

综合本书内容，在吸收和借鉴国内外研究成果及经验的基础上，作者在下述几个方面作了一定的探索及具有创新意义的研究：

第一，基于比较文学理论，以比较视角系统揭示波伏娃与张爱玲文学中的女性意识的基础、前提与内涵。

从本书所掌握的文献看，目前国内外对波伏娃文学的研究，主要聚焦于其《第二性》的研究，关注其女性主义的主张，鲜少通过其文学作品对其女性意识进行系统分析，即便涉及，也多散见于不同的论述主题。尤其是以比较文学的视野在异质文化映衬下研究波伏娃文学中的女性意识，就目前所掌握的材料来看，还未出现；而对张爱玲文学的主张，主要聚焦于其海派小资风格，多呈现文本阐释，对其文学中的女性意识却较少涉猎，尤其是以比较的方法展现张爱玲文学独特的女性意识，就目前来看还未见论述。本书以她们二人的文学为基点，进行思想性研究，主要是因为文学是任何时代的见证者和承载者，对文学的研究，是后人认识前人思维的重要途径和依据。徐真华先生在对文学之使命的论述中有这样一段精准的概述："在所有这些精神和智力的活动中，文学可以说构成了各个时代的典型标志，它在题材的多样化和富有表达力方面仍然而且总是忠实于自己的形象与使命。"① 因此，从研究范畴来看，本书所展开的波伏娃和张爱玲的文学比较，是提炼二者女性意识的重要渠道，从宏观上讲难度较大，微观上在比较文学界尚属首次。

第二，通过对中西方女性文学典范的比较，借以建构一种丰满、真实的中西方女性文学之女性意识的理论基础。

全面梳理和分析波伏娃和张爱玲文学的差异，并对之进行比较研究，是系统研究她们的女性意识的基础，唯有如此才能发现在不同文化背景下，女性文学对自身存在意义的阐释。对此，本书首先在概念部分对法国传统女性文学、中国传统女性文学等一系列问题进行了分析。本书的分析表明，波伏娃在法国现代女性文学中具有相当意义上的典型特征，她的"自由"、"战斗"、"社会责任"是现代法国女性在现实状态下渴望突破的诉求；而张爱玲的"琐屑"、"碎语"则是现代中国女性在重重苦难下寻求安稳，不断缩小自我、不断被矮化及异化的典型写照。虽然波伏娃和张爱玲的文学起点和思想旨归不同，但她们对女性问题的关注、对女性困境的揭示、寻求女性自由的指向是相通的，这些使我们能够进一步探寻她们女性意识中所具有的共通价值的基本内核。将她们进行比较，是基于中西方文化影响、融合、互补互见的前提下，对中西方女性意识进行梳理和整合，进而改变中西方女性文学在各自文化圈自我徘徊、故步自封的境遇。只有互融沟通，中西方女性意识才能更好地借鉴、阐释、弥补，我们则有可能将西方理性的本质主义和中国空灵的精神韵味放在一个更广阔的跨文化背景上加以观照，这也是防止女性文学及其思想在各自文化背景下出现本位化、异化的根本途径。本书在此进行了富有创新的探索。

第三，通过对二者女性意识差异和共通之处的比较，反观当下中国女性文学及其文化特征，为中国当代女性的存在价值探索了新的可能性。

---

① 徐真华、黄建华：《20 世纪法国文学回顾——文学与哲学的双重品格》，上海：上海外语教育出版社 2008 年版，第Ⅴ页。

依据波伏娃和张爱玲的文学思想差异和共通之处的前提下，本书在批判借鉴波伏娃与张爱玲文学的女性意识合理内核的基础上，联系中西方女性意识的流变，结合当下中国女性文学出现的问题，如女性意识的过度泛滥、向商业靠拢的“媚俗化”倾向、以男性写作标准为前提的“雄性化”特征等，以全球化及当下中国的文化转型为背景，结合对现时女性文学状态的分析，集中揭示了波伏娃和张爱玲女性意识对当代中国女性文学的启示和借鉴意义。本书得出的结论：波伏娃与张爱玲的女性意识在当下仍然具有特定的理解和阐释优势。在其外在表现上，她们会以不断被反复阅读的方式继续存在；在其内涵上，她们的女性意识将成为中西方女性文学文化交流的原动力；在发展方向上，借鉴整合后的波伏娃和张爱玲思想优势，必将使当代中国女性文学从凌乱迷失的歧途回归到纯文学正轨上，女性文化在中外文学交流的背景下，经过曲折和反复，也将逐渐走向独立的甄别、反思和批判之路。所以，在当前语境下，以跨文化视角进行女性文学的考察，是女性文学主题的应有之义，也是中国女性文学和文化及其国际化意识和相对化方法逐渐步入新时代的生长点。

总之，总揽全书，其基本结论和核心思想是：波伏娃和张爱玲始终代表了特定文化圈的女性文学典范。在这一角色定位下，波伏娃和张爱玲的女性意识有其内在的特征和规律，尽管表现手段和风格不同，但是她们对女性困境的认识、对女性未来的关注却是相通的。而且，通过整合她们的女性意识，借鉴其经验，并结合当下中国国情，必将探索出一条符合中国实际的女性文学、文化及其自身的发展之路。

然而，尽管围绕主题，本书已做了大量的研究工作，但受到研究视角、资料的限制，本书仍然存在着不足之处。这主要表现为以下两点：

其一，对波伏娃和张爱玲文学的全面研究还不够。本书对于其文本和文学思想主张进行了整理、归纳和阐释。但是，受到资料和篇幅的限制，除了书中所列举的文本，对于二人其他文本和文学思想的全面、集中研究尚显涉猎不足、力度不够，尤其是对波伏娃作品原文的解读，对张爱玲 20 世纪 50 年代以后的海外作品鲜少涉猎，这是本书未尽之功课！

其二，对波伏娃和张爱玲文学中的女性意识之缺陷的研究还不够。基于研究视角的限定（包括资料的限制），本书更关注波伏娃和张爱玲女性意识的优势方面，而对于其缺陷的详细研究着墨不多，也尚未对其缺陷之处进行有效的分析及对比，这使得本书的全面性和具体性受到限制。

这些不足可能在一定程度上限制了本书对波伏娃和张爱玲女性意识更全面、更深入的阐发与研究，也限制了本书阐释她们对当下中国女性文学和文化的指导意义，从而使得本书留下了许多未尽之处。但是，从另一角度看，所存在的不足或许正是今后相关论题的研究中，可以进一步补充和完善之处，它给作者提供了继续深入研究的方向。

参考文献

1. 徐真华、黄建华：《20 世纪法国文学回顾：文学与哲学的双重品格》，上海：上海外语教育出版社 2008 年版。

2. ［法］西蒙娜·德·波伏瓦著，郑克鲁译：《第二性Ⅰ》，上海：上海译文出版社 2011 年版。

3. ［法］西蒙娜·德·波伏瓦著，郑克鲁译：《第二性Ⅱ》，上海：上海译文出版社 2011 年版。

4. 张爱玲：《自己的文章》，金宏达、于青编：《张爱玲文集》（第四卷），合肥：安徽文艺出版社 1996 年版。

5. 李小江：《世纪末看“第二性”》，《读书》1999 年第 12 期。

6. 李银河：《女性主义》，济南：山东人民出版社 2005 年版。

7. 郑克鲁：《女性问题的透视与自省——对女性主义理论经典〈第二性〉的解读》，《学习与探索》2008 年第 3 期。

8. 胡兰成：《评张爱玲》，《杂志》1944 年第 13 卷第 2 期。

9. 夏志清：《中国现代小说史》，上海：复旦大学出版社 2005 年版。

10. 水晶：《张爱玲的小说艺术》，台北：大地出版社 1974 年版。

11. 迅雨（傅雷）：《论张爱玲的小说》，《万象》1944 年第 11 期。

12. 谭正璧：《论苏青与张爱玲》，《风雨谈》1944 第 11 期。

13. 唐文标：《张爱玲资料大全集》，台北：时报文化出版事业有限公司 1984 年版。

14. 唐文标：《张爱玲卷》，台北：远景出版公司 1983 年版。

15. 张爱玲：《忘不了的画》，金宏达、于青编：《 张爱玲文集》（第四卷），合肥：安徽文艺出版社 1996 年版。

16. 刘再复：《张爱玲的小说与夏志清的〈中国现代小说史〉》，刘绍铭、梁秉钧、许子东编：《再读张爱玲》，济南：山东画报出版社 2004

年版。

17. 刘再复：《也说张爱玲》，刘再复编：《西寻故乡》，香港：天地图书公司 1997 年版。

18. 戴天：《无题有感》，刘绍铭、梁秉均、许子东编：《再读张爱玲》，济南：山东画报出版社 2004 年版。

19. 郑秉钧：《反墓志铭》，刘绍铭、梁秉均、许子东编：《再读张爱玲》，济南：山东画报出版社 2004 年版。

20. 赵园：《开向沪、港“洋场社会”的窗口——读张爱玲小说集〈传奇〉》，《中国现代文学研究丛刊》1983 年第 3 期。

21. 颜纯钧：《评张爱玲的短篇小说》，《文学评论》编辑部：《文学评论丛刊》（第十五辑），北京：中国社会科学出版社 1982 年版。

22. 李子云：《同一社会圈子里的两代人——与女作家李黎的通信》，《读书》1986 年第 5 期。

23. 钱理群、吴福辉、温儒敏、王超冰编：《中国现代文学三十年》，上海：上海文艺出版社 1985 年版。

24. 柯灵：《遥寄张爱玲》，《收获》1985 年第 3 期；《读书》1985 年第 5 期。

25. 柯灵：《遥寄张爱玲》，金宏达、于青编：《张爱玲文集》（第四卷），合肥：安徽文艺出版社 1996 年版。

26. 盛英主编：《二十世纪中国女性文学史》（上下卷），天津：天津人民出版社 1995 年版。

27. 饶芃子、黄仲年：《张爱玲小说艺术论》，《暨南大学学报》1987 年第 4 期。

28. 王剑丛：《雅俗结合的宁馨儿——试论张爱玲小说的审美特征》，《社会科学战线》1991 年第 1 期。

29. 刘川鄂：《中国现代小说史上的张爱玲》，《文学与语言论集》，武汉：湖北人民出版社 1989 年版。

30. 胡凌芝：《张爱玲的小说世界——评小说集〈传奇〉》，《抗战文艺研究》1987 年第 1 期。

31. 阎志宏：《美丽而苍凉的花》，《沈阳师院学报》1991 年第 2 期。

32. 宋家宏：《张爱玲的“失落者”心态及创作》，《文学评论》1988

年第1期。

33. 赵顺宏：《张爱玲小说的错位意识》，《华文文学》1990年第2期。

34. 潘学清：《张爱玲家园意识文化内涵解析》，《上海文论》1991年第2期。

35. 阿川：《〈乱世才女张爱玲〉之附录二：〈近十年来国内张爱玲研究资料索引〉》，西安：陕西人民出版社1993年版。

36. 沈珂：《重新认识波伏瓦——波伏瓦研究新进展综述》，《外国文学动态》2009年第3期。

37. 柳星：《海外张爱玲研究现状述评》，《吉首大学学报》（社会科学版）2010年第5期。

38. 陈树义：《女性文学女性意识研究综述》，《太原日报》（双塔副刊）1990年第1182期。

39. 秋瑾：《秋瑾集》，上海：上海古籍出版社1991年版。

40. 王忍之编：《辛亥革命前十年间时论选集》，北京：生活·读书·新知三联书店1960年版。

41. 王德威：《张爱玲成了祖师爷爷》，《中国时报》，1991年6月14日。

42. 王德威：《"世纪末"的福音》，《中国时报》，1995年9月13日。

43. 王德威：《落地的麦子不死——张爱玲的文学影响力与"张派"作家的超越之路》，《中国时报》，1995年9月11日。

44. 王斌斌：《"张爱玲热"：吃错了药》，《中国青年》1995年第11期。

45. CREENE Hélisienne de, Les angoisses douloureuses qui précèdent d'amours, *Textes littéraires de la Renaissance*, Paris: Honoré Champion, 1997.

46. CREENE Hélisienne de, Les épitres familières et invectives de Madame Hélisienne, *Textes littéraires de la Renaissance*, Paris: Honoré Champion, 1997.

47. CREENE Hélisienne de, Le songe de Madame Hélisienne, *Textes littéraires de la Renaissance*, Paris: Honoré Champion, 1997.

48. ［法］克洛德·弗朗西斯、弗朗德·贡蒂埃著，唐恬恬译：《波伏娃：激荡的一生》，桂林：广西师范大学出版社2009年版。

49. ［法］西蒙·波娃著，陈欣章等译：《盛年——西蒙·波娃回忆录

(二)》，南京：江苏文艺出版社 1992 年版。

50. ［法］西蒙娜·德·波伏娃著，周以光译：《女宾》，北京：中国书籍出版社 1999 年版。

51. ［美］卡伦·霍妮著，许科、王怀勇译：《女性心理学》，上海：上海锦绣文章出版社 2009 年版。

52. ［法］西蒙娜·德·波伏瓦著，罗国林译：《波伏娃回忆录·第一卷·端方淑女》，北京：作家出版社 2011 年版。

53. ［法］西蒙娜·德·波伏瓦著，黄荭、罗国林译：《波伏娃回忆录·第二卷·岁月的力量》，北京：作家出版社 2012 年版。

54. 龙应台：《孩子你慢慢来》，北京：生活·读书·新知三联书店 2009 年版。

55. 张爱玲：《倾城之恋》，金宏达、于青编：《张爱玲文集》（第二卷），合肥：安徽文艺出版社 1996 年版。

56. 张爱玲：《连环套》，金宏达、于青编：《张爱玲文集》（第二卷），合肥：安徽文艺出版社 1996 年版。

57. 张爱玲：《我看苏青》，金宏达、于青编：《张爱玲文集》（第四卷），合肥：安徽文艺出版社 1996 年版。

58. 张爱玲：《金锁记》，金宏达、于青编：《张爱玲文集》（第二卷），合肥：安徽文艺出版社 1996 年版。

59. 张爱玲：《沉香屑　第一炉香》，金宏达、于青编：《张爱玲文集》（第二卷），合肥：安徽文艺出版社 1996 年版。

60. 张爱玲：《心经》，金宏达、于青编：《张爱玲文集》（第一卷），合肥：安徽文艺出版社 1996 年版。

61. 张爱玲：《花凋》，金宏达、于青编：《张爱玲文集》（第二卷），合肥：安徽文艺出版社 1996 年版。

62. 胡兰成：《论张爱玲》，陈子善编：《张爱玲的风气》，济南：山东画报出版社 2004 年版。

63. 中国社会科学院语言研究所词典编辑室：《现代汉语词典》（第 5 版），北京：商务印书馆 2011 年版。

64. 刘向：《战国策》（中册），上海：上海古籍出版社 1985 年版。

65. 许慎、段玉裁：《说文解字注》，上海：上海古籍出版社 1988

年版。

66. 张爱玲：《谈女人》，金宏达、于青编：《张爱玲文集》（第四卷），合肥：安徽文艺出版社 1996 年版。

67. 张爱玲：《有女同车》，金宏达、于青编：《张爱玲文集》（第四卷），合肥：安徽文艺出版社 1996 年版。

68. 张爱玲：《钱》，金宏达、于青编：《张爱玲文集》（第四卷），合肥：安徽文艺出版社 1996 年版。

69. 张爱玲：《气短情长及其他》，金宏达、于青编：《张爱玲文集》（第四卷），合肥：安徽文艺出版社 1996 年版。

70. 张爱玲：《造人》，金宏达、于青编：《张爱玲文集》（第四卷），合肥：安徽文艺出版社 1996 年版。

71. 张爱玲：《更衣记》，金宏达、于青编：《张爱玲文集》（第四卷），合肥：安徽文艺出版社 1996 年版。

72. 张爱玲：《私语》，金宏达、于青编：《张爱玲文集》（第四卷），合肥：安徽文艺出版社 1996 年版。

73. 费孝通：《乡土中国》，南京：江苏文艺出版社 2011 年版。

74. 乐黛云：《多元文化与比较文学的发展》，《江苏社会科学》2003 年第 1 期。

75. 曹顺庆：《中外比较文论史》，济南：山东教育出版社 1998 年版。

76. 张爱玲：《我的天才梦》，金宏达、于青编：《张爱玲文集》（第四卷），合肥：安徽文艺出版社 1996 年版。

77. ［法］达妮埃尔·萨乐娜芙著，黄荭、沈珂、曹冬雪译：《战斗的海狸——西蒙娜·德·波伏瓦评传》，北京：作家出版社 2009 年版。

78. 张爱玲：《烬余录》，金宏达、于青编：《张爱玲文集》（第四卷），合肥：安徽文艺出版社 1996 年版。

79. 张爱玲：《公寓生活记趣》，金宏达、于青编：《张爱玲文集》（第四卷），合肥：安徽文艺出版社 1996 年版。

80. 张爱玲：《色·戒》，金宏达、于青编：《张爱玲文集》（第一卷），合肥：安徽文艺出版社 1996 年版。

81. 张爱玲：《传奇·再版序》，金宏达、于青编：《张爱玲文集》（第四卷），合肥：安徽文艺出版社 1996 年版。

82. 林纬欣:《解读传奇中的女性》，陈子善编:《重读张爱玲》，上海:上海书店出版社 2008 年版。

83. 张爱玲:《太太万岁题记》，金宏达、于青编:《张爱玲文集》(第四卷)，合肥:安徽文艺出版社 1996 年版。

84. 冯友兰:《中国哲学史新编》，北京:人民出版社 2007 年版。

85. [古希腊] 柏拉图著，郭斌和、张竹明译:《理想国》，北京:商务印书馆 1986 年版。

86. [苏联] 巴赫金著，刘虎译:《陀思妥耶夫斯基诗学问题》，北京:中央编译局 2010 年版。

87. [法] 克洛德·弗兰西斯、弗尔朗德·贡蒂埃著，全小虎筹译:《西蒙娜·德·波伏瓦传》，北京:中国社会科学出版社 1990 年版。

88. 张爱玲:《惘然记·序》，金宏达、于青编:《张爱玲文集》(第四卷)，合肥:安徽文艺出版社 1996 年版。

89. 张爱玲:《中国的日夜》，金宏达、于青编:《张爱玲文集》(第四卷)，合肥:安徽文艺出版社 1996 年版。

90. 张爱玲:《红玫瑰与白玫瑰》，金宏达、于青编:《张爱玲文集》(第二卷)，合肥:安徽文艺出版社 1996 年版。

91. 朱西宁:《先觉者、后觉者、不觉者——谈〈张爱玲杂碎〉》，《书评书目》1976 年第 42 期。

92. 杨照:《四十年台湾大众文学小史》，杨照:《文学、社会与历史想象——战后文学史散论》，台北:联合文学出版社有限公司 1984 年版。

93. 张爱玲:《道路以目》，金宏达、于青编:《张爱玲文集》(第四卷)，合肥:安徽文艺出版社 1996 年版。

94. 张爱玲:《鸿鸾禧》，金宏达、于青编:《张爱玲文集》(第一卷)，合肥:安徽文艺出版社 1996 年版。

95. 唐文标:《一级一级走进没有光的所在:张爱玲早期小说长论》，唐文标编:《张爱玲杂碎》，台北:联经出版事业公司 1976 年版。

96. 陈芳明:《张爱玲与台湾文学史的撰写》，杨泽编:《阅读张爱玲》，桂林:广西师范大学出版社 2003 年版。

97. [美] 弗洛姆著，陈明学译:《逃避自由》，哈尔滨:北方文艺出版社 1987 年版。

98. 白落梅：《因为懂得　所以慈悲》，北京：中国华侨出版社 2012 年版。

99. 徐坤：《因为沉默太久》，《中华读书报》，1996 年 1 月 19 日。

100. CIXOUS Hélène，*Le Rire de la Méduse* ，Paris：Gallimard，1975.

101. 李灵灵：《矮化与误区：商业传媒背景下的文化共谋——大众文化视野看 90 年代以来的中国女性文学》，《中山大学研究生学刊》（社会科学版）2007 年第 3 期。

102. 辜鸿铭：《中国人的精神》，上海：外语教学与研究出版社 2011 年版。

103. ［日］笠原仲二著，杨若薇译：《古代中国人的美意识》，北京：生活·读书·新知三联书店 1988 年版。

104. 钱玄同：《答顾颉刚先生书》，顾颉刚编著《古史辨》（第 1 册中编），上海：上海古籍出版社 1982 年版。

105. 宕子：《看似正常，正是集体无意识》，《中国妇女报》，2009 年 1 月 5 日。

106. 王政：《浅议社会性别学在中国的发展》，《社会学研究》2001 年第 5 期。

107. Michel Foucault，*Discipline and Punish*：*The Birth of the Prison Tran*，*Alan Sherida*，New York：Vintage books，1979.

108. 李小江：《夏娃的探索——妇女研究论稿》，郑州：河南人民出版社 1988 年版。

109. 李银河、冯小双：《独身现象及其文化含义》，《中国社会科学》1991 年第 3 期。

110. 杜芳琴：《崛起的亚洲妇女学述评——一名中国学者的视角》，《马克思主义与现实》2009 年第 4 期。

111. 李敏：《谈谈妇女学》，《社会》1984 年第 3 期。

112. 奚杏芳：《建议开展“妇女学”研究》，《中国妇女》，1985 年 12 月 3 日。

113. 杜琴芳：《妇女学在高等教育中的角色》，《山西师范大学学报》（社会科学版）2007 年第 1 期。

114. 李小江：《妇女研究的缘起、现状及发展——兼谈妇女学学科建设问题》，《陕西师范大学学报》（哲学社会科学版）1998年第4期。

115. 李敏：《谈谈妇女学》，《社会》1984年第3期。

116. 梁启超：《饮冰室合集·文集》（第2册），上海：中华书局1936年版。

117. 周作人：《北沟沿通信》，周作人编：《谈虎集》（下卷），石家庄：河北教育出版社2002年版。

118. 刘川鄂：《张爱玲传》，北京：十月文艺出版社2000年版。

119. 雅虎资讯：《为什么想当女强人?》，http：//news. cn. yahoo. com/nvqiangren. html，2010年9月6日。

120. 张爱玲：《心愿》，金宏达、于青编：《张爱玲文集》（第四卷），合肥：安徽文艺出版社1996年版。

121. A. Fausto – Sterling，*Myths of Gender*：*Biological Theories about Women and Men*，New York：Basic Books，1979.

122. A. Yeatman，"A Feminist Theory of Social Differentiation"，in L . Nicholson (eds)，*Feminism/Postmodernism*，New York/London：London：Routledge，1990.

123. B. Hooks，*Feminist Theory*：*From Margin to Center*，Boston：South End Press，1984.

124. B. Rosi，"Of Bugs and Women：Iragaray and Deleuze on the Becoming – Women"，in Carolyn Burke（eds），*Engaging with Irigaray*，New York：Columbia University Press，1994.

125. D. Horowitz，*The Morality of Spending*：*Attitudes Toward the Consumer Society*，Baltimore：Johns Hopkins University Press，1998.

126. E. Sedgwick，*Between Men*：*English Literature and Homosocial Desire*，New York：Columbia University Press，1985.

127. G. Hate，*George Eliot's Collection of Book and Letter*，New Haven：Yale University Press，1954.

128. H. Sandra，*The Science Question in Feminism*，Ithaca：Cornell University Press，1986.

129. J. Butler，"Variations on Sex and Gender：Beauvoir，Witting，Foucault"，in S. Benhabib D. Cornell（eds），*Feminism As Critique*，Minneapolis：University of Minnesota Press，1987.

130. J. Butler, *Gender Trouble: Feminism and the Subversion of Identity*, London: Routledge, 1990.

131. J. O. Higgins, "Sexual Choice, Sexual Act: Foucault and Homosexuality", L. Kritzman, ed., Politics, Philosophy, Culture: Interviews and Other Writings, 1977 – 1984, New York: Routledge, 1988.

132. J. Swindells, *Victorian Writing and Working Women: The Other Side of Silence*, Cambridge: Potity Press, 1985.

133. L. Irigaray, *Speculum of the Other Woman*, New York: Cornell University Press, 1985.

134. L. Irigaray, *This Sex Which Is Not One*, New York: Cornell University Press, 1996.

135. L. Irigaray, *Ce sexe qui n'en est pas un*, Paris: Editions de Minuit, 1977.

136. L. Watt, *The Rise of the Novel*, London: Penguin Books, 1963.

137. M. Foucault, "Gender Trouble, Feminist Theory, and Psychoanalytic Discourse", in Linder J. Nicholson (eds), *Feminism/Postmodernism*, New York: Basic Books, 1989.

138. M. Z. Rosaldo, "The Use and Abuse of Anthropogy: Reflections on Feminism and Cross – Cultural Understanding", *Signs: Journal of Women in Culture and Society*, Chicago: The University of Chicago Press, 2000.

139. N. Sarraute, "The Site of Action", in Lois Oppenheimer (eds), *Three Decades of the French New Novel*, Urbana: University of IIlinois Press, 1986.

140. P. Stubbs, *Women and Fiction—Feminsm and The Novel* (1880 – 1920), Brighton: Harvester Press, 1979.

141. R. Bowlby, *Just Looking: Consumer Culture in Dreiser, Gissing and Zola*, London: Methuem, 1985.

142. R. Schafer, *A New Language for Psycho – Analysis*, New Haven: Yale University Press, 1976.

143. R. Stoller, *Presentations of Gender*, New Haven: Yale university Press, 1985.

144. S. Foster, *Victorian Woman's Fiction: Marriage, Freedom and the Individual*, London: Routledge, 1985.

145. S. John, *An Introduction to Cultural Theory and Popular Culture*, 2ed Edition, London: Prentice Hall, 1997.

146. S. Harding, "The Instability of Analytical Catergories of Feminist Theory", in Jean F. O'Barr (eds), *Sex and Scientific Inquiry*, Chicago: University of Chicago Press, 1987.

147. S. Kofman, *L'Enigme de la femme: la femme dans les textes de Freud*, Paris: Galilee, 1980.

148. S. Walby, *Theorizing Patriarchy*, Oxford: Blackwell, 1990.

149. T. Moi, *Sexual/ Textual Politics: Feminist Literary Theory (New Accents)*, London: Methuem, 1985.

150. W. Margaret, "Rereading Irigaray", in Ed. Tere, Brennan (eds), *Between Feminism and Psychoanalysis*, London: Routledge, 1990.

151. ［德］爱丽丝·史瓦兹著，顾燕翎等译：《拒绝做第二性的女人——西蒙·波伏娃访问录》，北京：中国友谊出版公司1989年版。

152. ［法］乔治·巴塔耶著，董澄波译：《文学与恶》，北京：北京燕山出版社2006年版。

153. ［英］彼得·沃森著，朱进东、陆月宏、胡发贵译：《20世纪思想史》（上下），上海：上海译文出版社2008年版。

154. ［法］西蒙娜·德·波伏娃著，楼小燕、高凌瀚译：《越洋情书》，北京：中国书籍出版社1999年版。

155. ［美］苏珊·布朗米勒著，徐飚、朱萍译：《女性特质》，南京：江苏人民出版社2006年版。

156. ［法］皮埃尔·德·布瓦岱弗尔著，鲍刚译：《今日法国作家》，北京：商务印书馆1998年版。

157. ［法］皮埃尔·德·布瓦岱弗尔著，陆亚东译：《1900年以来的法国小说》，北京：商务印书馆1998年版。

158. 曹顺庆：《中外文学跨文化比较》，北京：北京师范大学出版社2000年版。

159. 曹文轩：《中国八十年代文学现象研究》，北京：作家出版社2003年版。

160. 陈厚诚：《西方当代文学批评在中国》，天津：百花文艺出版社

2000 年版。

161. 陈静：《诚信契约：〈一个循规蹈矩的少女的回忆〉》，《法国研究》2011 年第 3 期。

162. 陈太胜：《西方文论研究专题》，北京：北京大学出版社 2008 年版。

163. 陈振尧：《法国文学史》，北京：外语教学与研究出版社 1989 年版。

164. ［日］池田大作、［美］海瑟·亨德森：《珍爱地球——迈向光辉的女性世纪》，香港：商务印书馆香港有限公司 2010 年版。

165. 丁立群：《发展——在哲学人类学的视野内》，哈尔滨：黑龙江教育出版社 1995 年版。

166. 丁耘、陈新：《思想史研究》，桂林：广西师范大学出版社 2005 年版。

167. 杜松石：《当代女性主体意识的缺失及其原因》，《内蒙古民族大学学报》（社会科学版）2011 年第 3 期。

168. 方珏：《波伏娃存在主义的女性主义哲学思想渊源探析》，《山东社会科学》2008 年第 12 期。

169. 方汉文编：《东西方比较文学史》（上下），北京：北京大学出版社 2005 年版。

170. 方亚中：《从波伏娃的“他者”到依利加雷的“他者”》，《华中科技大学学报》（社会科学版）2009 年第 6 期。

171. 费勇：《张爱玲传奇》，上海：上海人民出版社 2009 年版。

172. ［英］弗吉尼亚·伍尔夫著，翟世镜译：《论小说与小说家》，上海：上海译文出版社 1986 年版。

173. ［美］弗里丹著，程锡麟、朱微、王晓路译：《女性的奥秘》，成都：四川人民出版社 1990 年版。

174. ［奥］西格蒙德·弗洛伊德著，彭舜译：《精神分析引论》，西安：陕西人民出版社 2006 年版。

175. ［奥］西格蒙德·弗洛伊德著，林尘、张唤民、陈伟奇译：《弗洛伊德后期著作选》，上海：上海译文出版社 2005 年版。

176. 傅美蓉、屈雅君：《社会性别、再现与女性的他者地位》，《妇女研究论丛》2010 年第 3 期。

177. 葛红明：《女人的格调》，北京：中国商业出版社 2002 年版。

178. 葛路：《中国绘画美学范畴体系》，北京：北京大学出版社 2009 年版。

179. 何培忠：《当代国外中国学研究》，北京：商务印书馆 2006 年版。

180. ［德］埃德蒙德·胡塞尔著，倪梁康译：《现象学的方法》，上海：上海译文出版社 2005 年版。

181. 胡辛：《张爱玲传奇》，北京：二十一世纪出版社 2006 年版。

182. 荒林编：《中国女性主义》，桂林：广西师范大学出版社 2005 年版。

183. 金宏达：《平视张爱玲》，北京：文化艺术出版社 2005 年版。

184. 金宏达：《镜像缤纷：回望张爱玲》，北京：文化艺术出版社 2009 年版。

185. 康正果：《女权主义与文学》，北京：中国社会科学出版社 1954 年版。

186. ［法］克罗蒂娜·蒙泰伊著，胡小跃译：《第二性——波伏娃》，北京：作家出版社 2006 年版。

187. 李赋宁：《欧洲文学史》，北京：商务印书馆 2010 年版。

188. 李福祥：《多丽丝·莱辛笔下的政治与妇女主题》，《外国文学评论》1993 年第 4 期。

189. 李凯：《儒家元典与中国诗学》，北京：中国社会科学出版社 2002 年版。

190. 李欧梵、夏志清等：《重读张爱玲》，上海：上海书店出版社 2008 年版。

191. 李欧梵：《苍凉与世故》，北京：人民文学出版社 2010 年版。

192. 李晓红：《面对传统的张爱玲》，昆明：云南人民出版社 2007 年版。

193. 李小江：《女人读书——女性/性别研究代表作导读》，南京：江苏人民出版社 2006 年版。

194. 李小江编：《让女人自己说话——文化寻踪》，北京：生活·读书·新知三联书店 2003 年版。

195. 李醒尘：《西方美学史教程》，北京：北京大学出版社 2005 年版。

196. 李银河：《西方性学名著提要》，南昌：江西人民出版社 2002 年版。

197. 李泽厚：《美的历程》，天津：天津社会科学出版社 2002 年版。

198. 林幸谦：《女性主体的祭奠》，桂林：广西师范大学出版社 2003 年版。

199. 刘锋杰：《想象张爱玲——关于张爱玲的阅读研究》，合肥：安徽教育出版社 2004 年版。

200. 刘霓：《西方女性学》，北京：社会科学文献出版社 2001 年版。

201. 刘岩：《女性书写》，《外国文学》2012 年第 6 期。

202. 柳鸣九：《法国文学史》，北京：人民文学出版社 1981。

203. 柳鸣九：《法兰西文学大师十论》，上海：复旦大学出版社 2004 年版。

204. 刘绍铭等编：《再读张爱玲》，济南：山东画报出版社 2004 年版。

205. 刘晓文：《多元文化视野中的西方女性文学》，桂林：广西师范大学出版社 2007 年版。

206. 栾栋：《感性学发微——美学与丑学的合题》，北京：商务印书馆 1999 年版。

207. 栾栋：《比较文学研究的突破性尝试》，《华南师范大学学报》（社会科学版）2006 年第 2 期。

208. 吕一民：《法国通史》，上海：上海社会科学院出版社 2002 年版。

209. 马敏、张三夕等编：《东方文化与现代文明》，武汉：湖北人民出版社 2001 年版。

210. 马元曦、康宏锦编：《西方女性主义文学文化译文集》，桂林：广西师范大学出版社 2008 年版。

211. 孟悦、戴锦华：《浮出历史地表》，北京：中国人民大学出版社 2004 年版。

212. ［捷］米兰·昆德拉著，孟湄译：《小说的艺术》，北京：生活·读书·新知三联书店 1984 年版。

213. ［英］米兰达·弗里克、詹妮弗·霍恩斯比编，肖巍、宋建丽、马晓燕译：《女性主义哲学指南》，北京：北京大学出版社 2010 年版。

214. 莫伟民、姜宇辉、王礼平：《二十世纪法国哲学》，北京：人民出版社 2008 年版。

215. 彭立荣：《儒文化社会学》，北京：人民出版社 2003 年版。

216. ［法］普鲁斯特著，许均等译：《追忆似水年华》，南京：译林出版社 2001 年版。

217. 祁寿华、林建忠：《文学》，北京：中国人民大学出版社 2007 年版。

218. 钱秀中：《波伏娃画传》，北京：东方出版社 2005 年版。

219. 乔以钢、周珉生：《性别文化与文学研究》，《华夏文化论坛》2011 年第 00 期。

220. ［法］让·杜歇著，周征凌、范倍思译：《第一性》，深圳：海天出版社 2001 年版。

221. 任一鸣：《后殖民文学"静默"主题的女性视角》，《中国比较文学》2002 年第 1 期。

222. 任茹文、王艳：《张爱玲画传》，北京：团结出版社 2008 年版。

223. 沈志明、艾珉编：《萨特文集》，北京：人民文学出版社 2005 年版。

224. 邵迎建：《不确定的认同：张爱玲文学》，北京：生活·读书·新知三联书店 1998 年版。

225. 石白：《中国才女的红尘旧梦》，哈尔滨：哈尔滨出版社 2009 年版。

226. ［英］史蒂文·康纳著，严忠志译：《后现代主义文化》，北京：商务印书馆 2002 年版。

227. 史忠义：《20 世纪法国小说诗学：比较文学和诗学文选》，郑州：河南大学出版社 2008 年版。

228. 宋杰：《女性文化的价值取向》，《上海师范大学学报》（哲学社会科学版）1992 年第 2 期。

229. 苏光文：《20 世纪中国文学发展史》，重庆：西南师范大学出版社 1996 年版。

230. 苏红军、柏康编：《西方后学语境中的女权主义》，桂林：广西师范大学出版社 2006 年版。

231. ［美］苏珊·布朗米勒著，徐飙、朱萍译：《女性特质·序》，南京：江苏人民出版社2006年版。

232. 陶方宣：《海上花·张爱玲》，北京：东方出版社2009年版。

233. 万燕：《女性的精神》，上海：同济大学出版社2008年版。

234. 王国维：《人间词话》，南京：江苏文艺出版社2007年版。

235. 王纯菲：《伦理——性政治与性政治——伦理——中西方女性历史生存的文化学分析》，《辽宁大学学报》（哲学社会科学版）2009年第6期。

236. 魏可风：《临水照花人》，台北：联经出版事业有限公司2001年版。

237. ［美］文杜里著，迟轲译：《西方艺术批评史》，南京：江苏教育出版社2007年版。

238. 吴元迈、赵沛林、仲石编：《外国文学史话》，长春：吉林人民出版社2001年版。

239. 武跃速：《西方现代主义文学的个人乌托邦倾向》，上海：上海社会科学院出版社2004年版。

240. 吴岳添：《法国文学流派的变迁》，北京：北京大学出版社1995年版。

241. 吴岳添：《法国小说发展史》，杭州：浙江大学出版社2006年版。

242. 吴岳添：《萨特传》，北京：新世界出版社2003年版。

243. 夏志清：《中国现代小说史》，香港：友联出版社1979年版。

244. 徐真华：《法国文学他化的启示》，《学术研究》2010年第2期。

245. 徐真华：《米兰·昆德拉：小说是关于存在的诗性之思》，《外国文学研究》2008年第4期。

246. 徐志啸：《古典与比较》，上海：上海古籍出版社2003年版。

247. 雅苓：《张爱玲的风花雪月》，北京：中国华侨出版社2003年版。

248. 阎纯德：《二十世纪中国女作家研究》，北京：北京语言大学出版社2000年版。

249. 杨善华等著：《西方社会学理论》，北京：北京大学出版社2006年版。

250. 杨周翰、吴达元：《欧洲文学史》，北京：人民文学出版社1997

年版。

251. 叶朗：《中国美学史大纲》，上海：上海人民出版社 2005 年版。

252. 叶舒宪：《文学与人类学——知识全球化时代的文学研究》，北京：社会科学文献出版社 2003 年版。

253. 叶维廉：《中国诗学》，北京：人民文学出版社 2006 年版。

254. 余斌：《张爱玲传》，海口：海南国际新闻出版社 1995 年版。

255. 喻天舒：《西方文学概观》，北京：北京大学出版社 2004 年版。

256. 袁济喜：《古代文论的人文追寻》，太原：山西教育出版社 2005 年版。

257. 袁可嘉：《欧美现代派文学概论》，桂林：广西师范大学出版社 2003 年版。

258. 乐黛云：《比较文学原理新编》，北京：北京大学出版社 2004 年版。

259. 乐黛云：《比较文学与比较文化十讲》，上海：复旦大学出版社 2004 年版。

260. 张爱玲：《张爱玲作品集》，海口：南海出版公司 2005 年版。

261. 章国锋：《二十世纪欧美文论名著博览》，北京：中国社会科学出版社 1998 年版。

262. 张岚：《本土视阈下的百年中国女性文学》，北京：中国社会科学出版社 2007 年版。

263. 张首映：《西方二十世纪文论史》，北京：北京大学出版社 2004 年版。

264. 张雄、王晶雄编：《新编现代西方社会思潮》，上海：上海社会科学院出版社 1999 年版。

265. 张向荣：《张爱玲小说现代性探微》，《求是学刊》2011 年第 3 期。

266. 张向荣、徐真华：《传统精神与现代视野——女性文学之辨正》，《外国文学》2012 年第 6 期。

267. 张毅：《儒家文艺美学》，北京：九洲图书出版社 2003 年版。

268. 张玉能编：《西方文论》，武汉：华中师范大学出版社 2002 年版。

269. 赵树勤：《女性文化学》，桂林：广西师范大学出版社 2006 年版。

270. 郑敏：《论西蒙娜·德·波伏娃自身的“第二性”及其教训》，《外国文学评论》1993 年第 4 期。

271. 郑克鲁：《法国文学史》，上海：上海外语教育出版社 2003 年版。

272. 郑振铎：《文学大纲》，桂林：广西师范大学出版社 2003 年版。

273. 周芬伶：《艳异——张爱玲与中国文学》，北京：中国华侨出版社 2003 年版。

274. 周思源、陈清：《中国哲学史》，北京：北京语言大学出版社 2000 年版。

275. 周秀萍：《简析〈女宾〉中弗朗索瓦兹的形象》，《湘潭大学学报》（哲学社会科学版）2008 年第 5 期。

276. ［美］朱迪斯·巴特勒著，宋素凤译：《性别麻烦——女性主义与身份的颠覆》，上海：上海三联书店 2009 年版。

277. 朱刚：《二十世纪西方文论》，北京：北京大学出版社 2006 年版。

278. 朱光潜：《西方美学史》，上海：上海人民出版社 1979 年版。

279. 朱贻庭：《儒家文化与和谐社会》，上海：学林出版社 2005 年版。

280. 朱志荣主编：《中国美学简史》，北京：北京大学出版社 2007 年版。

后记

本书是我在博士论文的基础上整理而成的。2009 年 9 月我考入广东外语外贸大学西方语言文化学院，师从法国文学与比较文化领域的专家徐真华先生，从事中西方女性文学的比较研究。四年笔耕不辍、秉烛夜读的读博时光倏忽即逝，2013 年初我终于顺利交出一份人生答卷。我的博士论文选题为“波伏娃与张爱玲文学的女性意识之比较研究”。之所以确定这个选题，首先是受徐真华先生对“文学与哲学的双重品格”研究的启发。徐先生学养深厚，在几十年的法国文学研究生涯中，一直致力于对文学中哲学元素的提炼，也努力在哲学中勘正文学的轨迹，积极将哲学纳入到文学批评的视野中。徐先生的专著《20 世纪法国文学回顾：文学与哲学的双重品格》，是他对 20 世纪法国文学的批评的集大成之作。此著作传递给我们这样的信息：文学的存在不仅仅是文艺的一个门类，文学也是一种哲学精神，是作者通过文字在精神世界对所存在的世界与读者达成的共鸣或者给予读者的启示。这种共鸣或启示不但引发读者对世界、对命运、对价值观的新认识，它们也寄予了对现存文学的精神状态进行哲学改造的期望。其次，此选题也是我进入博士阶段，经过大量阅读梳理文学作品，在与导师商讨并仔细斟酌后确定的。对女性文学的研究是 20 世纪以来文坛蓬勃继起的盛事，然而，本人在仔细研究和整理 20 世纪以来国内外女性文学批评后发现，对女性文学的研究多数停留在对其作品及人物的分析上，较少透过文学的描述解读文字背后的思维广度，或者是仅仅在一定范围内对某国某地区的女性文学进行研究，鲜有以中西方不同文化语境为背景，揭开异质文化对女性文学及其女性意识的认识等。基于此，遂决定以法国女作家、思想家波伏娃和中国女作家张爱玲为研究的起点，对中西方女性文学中所蕴涵的女性意识的差异和共通之处进行解析和比较研究。

在大量搜集、整理和仔细阅读相关文献资料后，我对波伏娃和张爱玲文学有了比较清晰的认识：波伏娃虽然被世人冠以“女权主义者”的称号，但是她更喜欢通过文学手段为女性的生存境遇代言、呼吁。波伏娃用《第二性》或其他文学作品的流畅文笔告诉世人：女性与现实的冲突是自主存在与客观自我——“做他者”的冲突，这种冲突最终导致了女性从人的地位贬低到物的地位。波伏娃的观点代表了一种强烈的女性意识的觉醒和批判，这种觉醒和批判，也是女性文学存在和发展的基础，可以说，波伏娃是女性文学中政治色彩浓烈的作家。张爱玲是中国现代文学史上一位以“私人空间写作”而著称的女作家，她的文学虽然从表面上看不出政治意义上的女性意识特征，但透过她那漫不经心甚至有些拖沓冗长的叙述，我们能轻易发现她文字背后饱含着女性在家国命运下所背负的“暗色调”人生，张爱玲的女性意识就是对这些“暗色调”的集中揭露。张爱玲文学不似波伏娃那样宏大叙事，但在“日常生活”背后却是对人、人性、人道主义不留情面的控诉。曾有前辈对该选题提出质疑，质疑的核心主要聚焦于“二者的可比性”问题上。有观点认为，从文学史上看不出波伏娃和张爱玲之间存在任何影响、平行并进的交集和瓜葛，甚至有人直接否定此选题的可能性，认为这不过是作者一厢情愿的“拉郎配”。面对质疑，我尚未正式进行过解释。借此一隅，援引德国哲学家伽达默尔的解释学原理尝试释疑，伽达默尔认为理解者总是无法消除某种先在的文化传统所给予的“偏见”，而最终消除理解者“偏见”的最根本途径就是通过“对理解对象多次解读”，逐渐在理解者心中产生“正确的理解”。涉足文学，我如“初生牛犊不怕虎”的懵懂少年，尝试跳出传统的圈子，本着“西山东海，心理相连，南习北学，道术攸关”的原则，把握比较文学从诞生那天开始就以寻求世界文学的共同规律为研究目标的文学心理，通过实践来验证世界文学的共同规律不但存在，而且是可以被认可的。在这一前提下，选择波伏娃和张爱玲进行比较就有其必然性和可能性了。但寻求共同规律的目的不是为了将文学批评设定在某一框架内批量生产，而是为了追求文学批评的更高境界——自由创作，这种自由不是随心所欲、肆意妄为，而是在规律之上的对创作理念的延续，也让接受美学更有“玉树临风”之风貌，就如西方人所说“生活在别处”。脱去羁绊的枷锁，灵魂才能大放异彩。魏晋名士的飘逸之美，陶渊明调素琴，不识音律而成高韵；狂狷阮籍，高呼“礼岂为我设邪”，有挑战世人底线的胆识和勇气。但是，我没有魏晋名士的旷达无拘，更无西方人“穿着拖鞋出走”的勇气，我只想尝试在所涉及的学术范畴内拓展自己的研究视野，有一颗灵动的心，无非是希望舞步更洒脱轻盈，身虽不至，心向往之。当然，我会悉心接受前辈们的建议，就算“偏见”亦是一种学术善良，是前辈们耐心培养学界后生的善意。我也一直告诉自己，不管什么意见和建议于我都是宝贵的人生财富，将来老了，慢慢回忆自己的往昔时光，末了可以感叹一句：“其实有那么多关心和关注，我活得很精彩啊……”具体而言，本书对波伏娃和张爱玲的认识，以及对她们的比较，只期望理解者“多作解读”后，能言语一声“好的”便足矣。具体论述、验证布局已体现在本书相关章节中，此处不一一赘言。

物华天宝的云山溪水养育了人杰地灵的广外，既哺育着我那颗外乡人诚惶诚恐的心，也润泽了我的文学灵性。在教学的同时撰写书稿，虽然紧张，但也甜蜜，激活爱好的感觉是美妙的，让爱好变成信手拈来的“娱乐”更是“痛并快乐着”的体验。对于走在文学之路上经历的一切，无论是赞许还是批评，我都欢欢喜喜，因为是友情与善意，就算痛也欣然接受。因此，今天这份沉甸甸的书稿不是仅凭一己之力书就的，它饱含了太多人的感悟、智慧与鼎力相助。我本无意写煽情的文字，只是每每写出，都脱不了幸运的欣喜，因为我的心里总是弥漫着深深浅浅的不安，帮助我的良师益友太多，而我回报得太少，真希望有一千双手，紧紧握住他们，说声“谢谢”。

我的博士生导师徐真华教授是一位学识广博、儒雅慈厚的师长。当我学业稍有懈怠，不思前行时，徐先生治学严谨的态度、审悉正直的为人、德隆望尊的师风给我树立了真正学者的榜样。当我苦于论述拐点，前路漫漫无法把握时，他常常教导我要紧紧抓住生命的宝贵碎片，捕捉学术的闪光点，不断创造学术的独特性、差异性，让我以积极的态度发现并攻克未知的学术阵地。在读书的四年中，在徐先生悉心教导下，我阅读了大量原著及研究波伏娃、张爱玲和女性意识方面的文献，从纷繁芜杂的资料中抽丝剥茧发现具有论证价值的线索和亮点；在徐先生立德立言立功的教诲下，我在写作过程中大胆假设，小心求证，快意文章。当我如期交出书稿时，内心对恩师的感激溢于言表。

值此成书之际，我还要感谢广东外语外贸大学外国文学文化研究中心的栾栋教授。栾教授在人文学领域勇于开拓的创新意识值得我学习并践行。栾教授为人谦和，不拘一格奖掖后学。在他主持的人文学学科之下，广纳具有学术潜力的年轻人，为学术春苗植造良好的生长土壤。此书得以出版，恰是在栾教授的鼓励和推动下成为现实的，谨此对栾教授的支持致以衷心的感谢！另外，郑立华教授是国内跨文化领域的专家，郑教授的跨文化学说启发了我的思维，让我的写作视阈在跨文化的大背景下游刃有余。

同时，在撰写过程中我还得到国内学术界前辈、同行的大力支持和帮助。2012 年 7 月在湛江师范学院举办的“中法文学研究会学术年会”上，北京大学孟华教授在仔细聆听我的论文阐述后及时指出需要补正之处；中国社科院外文所的罗新璋老教授在得知我的研究后，特意请专人捎来他的著作，以便解疑释惑；尤其值得一提的是，广东外语外贸大学英语语言文化学院的刘岩教授不但为我提供了有实用价值的文献资料、观点，甚至还细心地找出打印错误，为我的文稿臻于完善打下良好基础。

跨越空间，不仅仅是对话，也是思念，当我的艰辛即将变成小小果实之际，我始终心存感激，这感激镌刻在时光中，一时间，宛若蒙蒙细雨，恍然拽紧了凝固的印象。在我的记忆里，不时闪现我的硕士生导师刘敬圻教授循循教诲的画面。刘教授是中国古代文学研究领域的泰斗，她的学生（本科、硕士、博士）早已“桃李遍天下”，但她对每个学生的关心和呵护依然如昨。正是在刘教授的引领下，我得以涉足文学的圣地；也是在刘教授的指点下，我才逐渐懂得如何在纷纭万象的学界独辟蹊径、开拓新视野。即使由于工作调动我离她远了，但她时不时的叮咛和善意提醒，仍让我不敢居功自傲，而是时刻谨记“谦虚有礼做忠厚文章”。此套丛书的策划人、暨南大学出版社总编辑史小军教授，为丛书的出版倾尽全力，还有责任编辑黄少君女士非常细致认真地编辑了书稿，并提出了很多宝贵意见，在此一并表示感谢！

当然，更要感谢我挚爱的父母，是你们给了我生命，让我得以欣赏这个绚丽的世界，体验生命的百味，并在我写作与教学兼重期间任劳任怨，解除我的后顾之忧；感谢我的爱人，军功章上有你的一半；感谢所有关心和帮助过我的朋友们，你们的凝视是如影随形的风，穿透我的灵魂，伫立成我前行的航灯。

寸纸难尽情谊，寸心聊表谢意。需要感谢的人太多，恕我不能一一道来，请让我时时感念你们，为你们在心底踏歌而行。

本书的写作从构思到完稿历经了四个年头，在此期间我也相继发表了一些关于此类研究的文章，虽然比较零散不成体系，但它们是我在此领域不懈探索不断成长的足迹，此书的付梓算是对来时路的回眸与凝望。然而，此书既是小结也是开端，生命的华章处与花开相逢，与月圆相望，与文学相守，无论是春华还是秋实，夏雨抑或冬雪，“人世间真挚而美好的感情总会成为人们守望的精神家园”。婴声啼啼地来到这个世界，漫步茫茫世海，对文学的追问，对精神家园的寄托，必将使我的生活在一笔一画的简洁美好中，记住单纯的快乐！

是为后记。

张向荣

2013 年 5 月 18 日于广州白云山麓语轩斋